Claude J. Jacquier

La
Petite
Fille
Assassin

Suivi des notes
du Docteur Rollet
et de 61 images

ARTOKARPUS
www.totejacquier.fr
ISBN: 978-2-9537240-3-5

« Si j'avais des ailes grandes ouvertes et bruissantes,
et si je fendais les airs maintenant...»

Heinrich von Kleist, *Penthésilée*, scène IX,
trad.R.Ayrault, Aubier

Avertissement

Les pages qui suivent, bien qu'inspirées du texte du Dr. Rouby s'éloignent résolument de toute tentative de reconstitution d'une quelconque réalité historique. Seuls l'époque et le cadre de l'histoire sont à peu près respectés. Pour le reste, ceci est un travail de pure imagination. Je suis conscient que ce mot a, en ce moment, mauvaise presse. Le réel serait bien plus... imaginatif. Mais de quel réel parle-t-on? Et surtout par quelle objectivité serait-il sous-tendu? Je ne m'étendrai pas. Quelle que soit la précision des textes, la rigueur des sources ou la qualité des «effets de réel», il n'est de réel qu'imaginé.

Les lieux sont à peu près les mêmes, car ils sont fondamentaux pour la cohérence de l'histoire. Les noms des personnages ont été changés afin qu'aucune ambiguïté ne subsiste quant à leur caractère fictif.

Les mêmes mais des autres.

À table! À table!

C'est ta mère, tu l'entends? Il va falloir rentrer. Le petit repose, assis entre ses jambes, la tête sur son ventre. Elle lui caresse les cheveux, son autre main, glissée sous sa blouse tient la chose minuscule et chaude. Le petit est content, il ferme les yeux.

— Si je saignais du nez, je pourrais me la mettre tout entière dedans. Si je la mangeais, elle aurait un goût d'éponge et de fond d'artichaut. Je pourrais la sucer comme un bonbon ou souffler dedans pour qu'elle prenne la forme d'un petit poulet. Son bout serait son bec et je pourrais le faire picorer dans la cour de la Ferme juste devant la maison des patrons. Je sais transformer les choses, tu sais.

Il répond en écartant un peu plus les jambes pour qu'elle assure encore mieux sa prise, mais elle la relâche et lui caresse l'intérieur des cuisses comme s'il était un petit chien.

— Tu es doux, parce que ta peau d'ange n'a pas encore durci. Elle lui donne un baiser et le serre contre elle. Allez, on y va.

Il fait le poids mort, il veut rester ici, il veut qu'elle le caresse et le touche encore. Il refuse de s'éloigner de son odeur.

— Fais pas le con, ta mère va gueuler, t'as pas faim?

Il fait non de la tête. Elle le soulève, le prend dans ses bras, elle n'est pas si forte, alors elle se cambre sous l'effort.

— Si tu continues à faire le lourd, on va tomber tous les deux.

Ils rigolent. Elle se cambre tellement qu'ils finissent dans la poussière, lui dessus, elle dessous. La tête du petit heurte sa lèvre, la dent coupe la lèvre, le goût du sang. Ils restent sans bouger, il sent son ventre sous son ventre, qui monte, qui descend. Se frotter encore un peu. Salissures, poussière et brindilles maculent sa robe. Avec sa petite main sale, il lui caresse la joue et la barbouille de rouge. Il veut nettoyer, il ne fait qu'étaler. Indienne, indienne. Elle rit encore plus fort, lui prend la tête à deux mains et frotte son visage contre le sien. Rouge lui aussi. Indien, indien. Il fait couler un long filet de salive sur ses yeux. Ils se mélangent de nouveau, hilares. Les petits nez s'entrechoquent, les bouches se bouchonnent et le temps s'arrête.

Bon, cette fois-ci, on y va vraiment. Elle se relève brutalement, il culbute et péniblement se remet sur ses pieds. Ils s'époussettent. La terre a marqué leur peau, des brins de paille, de minuscules cailloux, un monde en miniature inscrit dans leur pulpe enfantine. Le petit, abruti de plaisir, les pupilles dilatées, les paupières lourdes, tient à peine debout. Elle remet de l'ordre dans les brailles du gamin. Elle lui lèche le front, les joues, les lèvres. Il ferme les yeux.

Quand la pointe de sa langue appuie sur ses paupières, il voit des boules orange. Un petit homme tout a elle. Allez! La Ferme paraît si loin. La chaleur a été telle que les pierres du chemin semblent odorantes. Un chemin qui se tortille sur le flanc de la colline, comme un serpent.

— Ce chemin n'est pas très malin, il faut que tu le saches, mais il est assez gentil pour nos pieds, une pierre, une herbe, des pierres, de l'herbe, deux pierres, deux herbes.

Elle fait de grandes enjambées pour ne marcher que sur les touffes sèches.

— Chez Madame France, les chemins sont plus doux et plus larges... là-bas les enfants, même ceux de mon âge, ont le dessous des pieds tout rose, comme les bébés.

Elle met son pied à côté de celui du petit, les deux sont noircis jusqu'aux chevilles.

— Un grand pied, un petit pied, mais bientôt il sera plus long que le mien, un vrai pied d'homme

Ils continuent leur route. Elle a récupéré une branche et tout en marchant elle décapite les hautes herbes. Il essaye de l'imiter, mais sa baguette, à chaque fois trop fine, se brise.

— Tu aimes ta mère?

Il fait signe que oui.

— Elle est gentille. Tu as de la chance d'avoir une mère comme ça. La mienne est morte, elle est dans la terre, là-bas, mangée par les bêtes, elle est peut-être au ciel mais son corps c'est les bêtes qui le bouffent, niquée, niquée, des vers bien gros... mais c'est pas grave, quand t'es mort tu sens rien et ton âme est au ciel avec Jésus. Je sais pas comment ça se peut, mais paraît-il que c'est vrai. Tu vois, on va souvent sur la colline, et bien la colline c'est un petit ciel, tout à l'heure on a vu Salim et Rabah, tout petits, en train de bêcher. Dans le vrai ciel, c'est pareil, sauf qu'on peut voir la terre entière, c'est grand et joli, il fait pas trop chaud, il fait pas trop froid, t'es assis tranquille à regarder en bas. Tu bouffes autant que tu veux et tu niques avec tout le monde. Ça, le curé Maurice, il le dit pas, c'est les arabes qui le disent. Mon père, quand il était encore arabe, il croyait ça... ma mère, elle nous regarde... mais je m'en fous... toi aussi t'es dans le ciel, ton corps est ici, mais le reste n'est pas encore descendu, t'es toujours un ange.

Ils traînent les pieds pour faire scintiller la poussière dans la lumière déclinante. Le chemin est direct maintenant, droit et plat comme la plaine. Quelques centaines de mètres et ils atteignent les premiers hangars. Des ouvriers y préparent le matériel pour le lendemain. Ils se racontent des blagues, mais ils ne rient pas beaucoup, juste un peu. Des rires qui peinent à sortir de leurs lèvres et qui ne durent pas longtemps, deux ou trois secondes peut-être. Elle les interpelle :

— Tonio! Ton chapeau est trop grand, heureusement que tes oreilles le retiennent!

Les autres, pour le coup, rigolent franchement. Tonio lui jette une pierre. La pierre passe au-dessus de sa tête. Elle sent son souffle.

— Va te faire enculer Tonio!

Un bras d'honneur tout fin et elle se sauve en courant, le petit à ses basques. Le cœur de la Ferme, c'est une rue. Une rue longue et large avec, d'un côté, les écuries et les logements des ouvriers, cubes rectilignes à trous carrés, portes et fenêtres, de l'autre, la maison des maîtres, celle du régisseur et un grand bâtiment d'une couleur curieuse assez proche du sang séché, c'est la distillerie de géranium. Courant toujours, les deux gosses, ombres de poussière, surgissent au bout de la rue. Ils s'arrêtent exténués sous la fenêtre de Mme Cano. C'est la mère du petit, Pierrot. Blanche et brune, elle apparaît dans l'encadrement.

— Mon Dieu! Que vous êtes sales, vous êtes encore allés traîner dans les collines. Édith! viens ici! Elle lui nettoie le visage avec un torchon humide. Tu veux manger avec nous?

— Non merci Madame, le père m'attend..., il va sûrement gueuler, parce que je suis encore en retard.

Elle part en courant.

— Attends!

Mme Cano la rattrape et lui donne une miche de pain enveloppée dans un linge. Édith la prend sans rien dire et tourne les talons.

Le père.

— Qu'est-ce que tu foutais encore!

Il la fixe en clignant des yeux, signe de colère. Yeux noirs, peau sombre. Elle ne dit rien et se met à agiter des casseroles.

— Ne te fatigue surtout pas... de toute façon, nous avons déjà mangé moi et ton frère. Mauvaise fille, si ta mère te voyait, elle aurait honte !

Il dit ça à voix basse, il est assommé de fatigue, ses yeux sont vides. Elle lui tourne le dos, le ventre appuyé sur la pile de pierre, unique luxe du ménage. Elle ne bouge pas, seul son pied frappe nerveusement le sol. Deux pièces, une pour survivre, une pour dormir. Elle se retourne brutalement et jette une assiette à travers la pièce.

— Je ne suis pas votre bonniche!

Le cirque commence. Jean, file se cacher dans la chambre. Le père, fou de rage, course Édith autour de la table. Il l'attrape, la propulse contre le mur. Il la frappe. Elle hurle.

— Laisse-moi sale bicot!

Un dernier coup la laisse, sonnée, sur la terre battue. Ils vont se coucher, le père et le fils. La fille reste étendue sur le dos, la robe sur le visage, le bas-ventre exposé.

Au milieu de la nuit, elle reprend presque conscience. Elle est éveillée, mais tous ses esprits ne sont pas encore là. Certains sont dans la montagne, d'autres analysent géographiquement les différentes douleurs qui parcourent son corps. L'un d'eux embrasse Pierrot et un autre encore, fixe le plafond après avoir fait glisser l'étoffe de la robe pour dégager la vue. C'est autour de ce dernier que tous les autres viennent s'agglomérer et c'est à ce moment-là qu'elle revient entièrement à elle. Le plafond est étrange. Le toit plutôt, puisque c'est lui qui est là, direct et nu. Des poutres, de la tôle, un peu de rouille. C'est la première fois qu'elle le voit de cette façon. C'est la première fois que son père la frappe aussi fort. Le centre de son corps est froid, sec et nu. Elle fini de descendre sa robe, se lève sans trembler, récupère sur la table le pain de Mme Cano et sort dans le noir. La nuit en est au point, où, sans être encore là, le jour se prépare. Elle prend le chemin des collines et s'enfonce dans l'obscurité. Son instinct la guide, comme chaque fois qu'elle est en crise. Ses rouages primitifs prennent les commandes.

Elle progresse rapidement, elle a déjà dépassé l'endroit où hier elle avait emmené Pierrot. Elle franchit une petite vallée, s'engage dans une autre et continue jusqu'à ce qu'elle atteigne les premiers escarpements. Il fait grand jour lorsqu'elle atteint sa maison. Un grand trou dans le rocher occulté par un mur d'adobe. Une seule fenêtre, une seule porte, fermées par des claies en roseau. Un ancien refuge de bergers au milieu des taillis et des éboulis. Depuis deux ans elle l'aménage. Un tapis en alfa, un lit de paille, une table, deux chaises, des bassines, des ustensiles. Tout a été volé à la Ferme et dans les environs. De longues marches, surtout de nuit, avec une chaise, une cuvette, même la table, pas trop grande heureusement, a ainsi été amenée. Elle l'avait posée sur sa tête. Le tapis aussi, trouvé bien roulé au fond d'une ravine. Un cheval s'était emballé, la charrette avait basculé dans le vide. ils n'avait rien retrouvé, car elle seule savait comment y descendre.

Le tout est étonnamment propre, briqué, soigné, même les parois ont été nettoyées.

Après avoir fermé la porte, elle pose le pain sur la table, bien au centre. Elle se met à genoux, les yeux au ras du plateau. Le pain est une île au milieu d'une mer de bois. Elle est sur le pont d'un bateau en verre qui flotte doucement sur les veines sombres. L'île s'estompe doucement et elle s'endort, comme en prière, le front sur l'horizon. En fin d'après-midi, elle se réveille, sous la table. Elle regarde un moment le mécanisme du tiroir, la couleur du bois non verni, le tampon du fabricant. Un autre plafond mais bien à elle. Si c'était le ciel, est-ce que Dieu serait dans le tiroir?

Sa mère aussi y serait, mais elle ne verrait rien, elle ne pourrait pas la voir. À moins qu'elle ne passe la tête dans l'espace entre le tiroir et le dessous du plateau. Le problème est que si quelqu'un l'ouvrait elle aurait la tête coupée. Elle repense à l'île. Non, ce n'est pas possible, car le tiroir est sous la mer de bois et le fond de la mer n'est pas le ciel,... à moins que Dieu ne soit sous la mer. Grand poisson aux yeux globuleux. À quatre pattes elle s'éloigne de la table. Elle s'arrête et reste un moment dans cette position. Elle grogne et se met à aboyer après les ombres de la grotte. Son aboiement s'amplifie en ricochant sur le rocher. Il lui revient aux oreilles comme le hurlement d'une scie arrivée au cœur d'une poutre d'acier. Cela lui donne de la force. Elle ne s'arrête que lorsque sa gorge la brûle. Elle se lève, se déshabille et s'inspecte. Deux bleus sur la cuisse droite qu'elle entoure avec son doigt humecté de salive. Deux cercles tracés dans la crasse apparaissent. Elle lèche son doigt. Le goût de la poussière. Une écorchure sur la cheville gauche, en forme de C, un autre bleu sur la fesse droite. Elle ne le voit pas, mais la douleur, elle, est bien là. Elle essaye de l'apercevoir dans le bout de miroir accroché sur la pierre, mais il est trop haut. Le bras droit est tuméfié du coude jusqu'à l'épaule, violet et rehaussé de marbrures jaunâtres laissées par les doigts du père. La pommette gauche est douloureuse, l'œil un peu fermé. Elle s'arrête là, après tout, quelle importance. Elle se renifle. La puanteur de son père s'est incrustée dans sa peau. Elle le tuera, avec du poison, parce qu'elle s'imagine que le poison sent mauvais et qu'il faut tuer les gens avec ce qu'ils sont. Elle met sa robe en boule et descend à la rivière, cent mètres en contrebas. Elle s'assoit sur la berge. Une petite rivière, un gros ruisseau, qui scintille au soleil. Elle dit,

— Salope de rivière, étendue et coulante, qui sans honte reçoit le soleil, le plus possible tu écartes tes jambes de rivière.

Elle l'énerve, comme tous ces arbres, ces rochers, ces animaux. Il faudrait les détruire et bâtir à leur place de grandes maisons, propres et blanches, pleines de tapis, de salons, de chambres remplies de tissus violets, de tableaux, de cabinets de toilette parfumés, un peu comme dans la maison de la patronne, mais mieux décorées. Elle se plonge lentement dans l'eau glacée. Peau de hérisson, aux piques arrachées. Elle y entre entièrement. Le temps qu'elle étende sa robe sur l'onde, fantôme flottant, elle n'a plus froid. La rivière ne la mord plus. C'est une garce, mais pas mauvaise dans le fond. Elle finit de frotter sa robe, la repose sur la berge puis se lave en se passant lentement un galet sur tout le corps.

S'il était un peu plus gros, avec, elle écraserait la tête de son père pendant qu'il dort, c'est plus rapide et plus facile que le poison. Celle de Tonio aussi et de tous ces abrutis d'ouvriers qui la regardent comme s'ils voulaient la manger. Ça ferait du jus de pastèque, rose, rouge... Comme le papier que la patronne a collé dans son salon, avec des fauteuils verts et jaunes et un tapis bleu... C'est ridicule. Cette pute française se croit raffinée, comment peut-on faire de telles erreurs de goût. Elle aussi, il faudrait qu'elle y passe. Avant d'écraser la tête des ouvriers, elle les obligerait tous à lui passer dessus. Oui, dans l'écurie, et pendant qu'ils la défonceraient, elle

17

mettrait le feu. Tous rôtis, comme des moutons. Le corps tringlé de la patronne et le corps tringleur d'un arabe, noirs et calcinés, métamorphosés en insecte géant. Une grosse araignée fumante.

Ces visions sont un véritable baume, elle ne sent plus ses blessures. Rassasiée de colère, elle va étendre sa robe sur la dalle chaude et bombée d'un rocher, toujours le même. Il s'appelle M. Pinel, comme l'épicier, mais ils n'ont aucun lien de famille. Il est énorme et il s'enfonce jusqu'au centre de la terre. La bosse polie sur laquelle elle aime se reposer, n'est que l'infime partie émergée de son immense corps souterrain. Elle s'y allonge et reste là, jusqu'à ce que sa peau craquelle. Une fois qu'elle est sèche et que sa robe l'est aussi, elle remonte à la caverne.

C'est l'heure du dîner. Elle dresse la table, une assiette, un couteau, une fourchette, un gobelet. Elle tranche un bout de pain, le dispose dans l'assiette et le mange à la fourchette et au couteau, lentement, délicatement, en mâchant bien chaque bouchée. Elle avale la moitié de la miche. Elle se rend compte qu'elle a soif et qu'elle a oublié d'aller chercher de l'eau. Elle prend le bidon et sort pour aller le remplir à la source, un mince filet entre deux rochers à quelques mètres de la grotte. Elle met bien un quart d'heure à le remplir. Une fois revenue, elle remplit son gobelet et le boit à petites gorgées. Il fait de plus en plus sombre, mais elle attend de ne presque plus rien voir pour allumer sa lampe Pigeon, un joli rat-de-cave malencontreusement oublié dans l'une des écuries de la Ferme. C'est son trésor, la petite flamme sans laquelle ses lectures du soir seraient impossibles. Quelques livres et revues. La crème de ses rapines. Ils sont rangés dans un panier en alfa posé à côté du lit. Elle va lire. Mais avant, il faut respecter le rituel. Rat à la main, elle se dirige vers un recoin du rocher, en sort une boîte plate en carton, l'ouvre et en retire précautionneusement le contenu. Un masque en carton fin, un visage blanc cérusé et rose-poupée, une poupée adulte. Lèvres rouges, grands cils, pommettes rouges, nattes en papier jaune, une mouche rousse et une ficelle en raphia. Elle le pose sur son visage, et l'attache. À la lueur de la lampe, elle contrôle son reflet dans le petit éclat. Une dame de qualité. Tout est bien. Elle dispose trois livres et quatre revues sur la table en commençant par la gauche.

1.   « *L'art dans la maison (grammaire de l'ameublement)* » tome premier par Henry Havard.

2.   « *L'art au foyer domestique (la décoration de l'appartement)* » par Émile Cardon illustré d'après les dessins de M. Claude David.

3.   « *Art et Décoration, revue mensuelle d'art moderne* » premier semestre 1898 (relié).

4.   « *Le Magasin Pittoresque* » janvier 1898, (première et deuxième quinzaine), mai 1898 (première quin zaine), juin 1898 (première quinzaine)

Les trois premiers ont été volés dans la bibliothèque vitrée qui est à droite lorsque l'on entre dans le salon de la patronne, cette garce veut être raffinée, elle possède une centaine d'ouvrages sur l'art et la décoration qu'elle commande à Alger ou se fait ramener de Paris. Les revues ont été échangées par un forçat militaire contre deux bouteilles d'eau. Mais la patronne en possède aussi ou plutôt le patron. Il les fait relier année par année. La lecture se déroule de façon anarchique. Ouverture, fermeture, feuilletage, rotation du livre. Du début, à partir de la fin, des pages du milieu ou de la quatorzième, de la cinquante-troisième, de la quatre cents trente-sixièmes, peu importe. Le texte, les images, les images et le texte et encore les images, moins fatigantes finalement, surtout quand le sommeil menace. Et puis des visages, des histoires, se détachent peu à peu. Des proéminences, des petites lumières qui excitent plus ou moins puissamment son intérêt. Elle s'y attarde alors et son regard se fige. Le désordre de ses gestes s'apaise, elle redevient petite fille.

Monsieur Havard se scandalise de la hauteur inappropriée de l'assise des chaises et des fauteuils. L'époque moderne dans sa précipitation mercantile ne fabrique que des meubles absurdes. Point de souci de l'homme, point de souci de la science des statistiques, qui seule, est à même de nous fournir le juste milieu. Entre l'immense Patagon et le nain Samoyède, il y a la juste mesure de l'homme moderne: 1m¬65. Nos militaires l'ont déterminée statistiquement. C'est la taille moyenne et raisonnable du français ordinaire. Dès qu'il atteint le mètre soixante-dix, nous avons affaire au « bel homme ». Y a-t-il un seul « bel homme » à la Ferme? Elle n'en voit que des petits et noirauds, aux gestes sans grâce et aux yeux vides.

Et puis, il n'y a pas que le sexe barbu, le beau sexe aussi a le droit de s'asseoir décemment sans que ses pieds ne pendent risiblement dans le vide. Édith approuve.

Monsieur Havard démontre, explique à l'aide de croquis et de bonhommes antiques égyptiens, qui, selon lui, devaient certainement être très proches du français moyen. Ainsi, la figure 43, Canon égyptien, représente un homme debout, jambes serrées, les bras le long du corps, une main tendue l'autre fermée, des grandes oreilles, un chapeau rond avec un signe. Il est tout nu excepté une ceinture à laquelle est accrochée une sorte de tour pendante qui cache son zob. Des traits le divisent en indiquant des hauteurs: 0 m,10: cheville, 0 m,20: base du mollet et ainsi de suite jusqu'au sommet de la tête qui culmine au fameux mètre soixante cinq. Elle note qu'à 0 m,80 se trouve la « base des reins », c'est comme ça apparemment que M. Havard appelle le zobi. Elle admire le savoir vertigineux du savant décorateur. Comment sait-il tout cela? Peut-être connaît-il un marabout qui a le pouvoir de faire apparaître sur des photographies des Égyptiens anciens, à moins qu'il ne soit capable de convoquer leurs esprits, afin de leur demander leur taille. M Havard ne décolère pas, les tapissiers de rencontre sont des imbéciles qui vendent comme chaises et fauteuils de « style » des promontoires ridicules fabriqués pour des échalas de 1m,80 à 1m,92, c'est-à-dire pour des carabiniers, des tambours-majors et des patagons. Encore les Patagons. Qui sont-ils ces Patagons? Où vivent-ils? Des grands, des géants avec des yeux énormes et ronds pour voir loin. Des hommes-tour qui guettent en permanence et qui marchent en tournant sur eux-mêmes comme des phares ambulants. Leur tête tourne aussi et leurs yeux envoient des rayons et ils la surprennent en train de caresser Pierrot.

Vite, elle s'éloigne de quelques pages des Patagons. Figure 48, un bel homme assis sur un siège de hauteur correcte, figure 49, la même scène de dos. Bel homme, fines moustaches, son mari. Elle s'assoit sur ses genoux, il l'embrasse, elle tortille doucement le derrière et le bel homme et tout ému et comme ses pieds sont à la bonne hauteur, il peut prendre appui sur le sol, la soulever un peu et... Est-ce que la patronne a des sièges à la bonne hauteur? Des fauteuils sur mesure pour elle et le patron. Des chaises aussi, adaptées à leur taille, leur taille moyenne d'Algériens français, qui est un peu plus petite que celle des français français, du moins elle le suppose.

Ce n'est pas sûr, ils sont radins, elle surtout. Malgré ses prétentions, elle a dû s'équiper chez un tapissier de rencontre, un fournisseur de Patagons. Quand elle invite ses amies, elles ont les pieds aussi pendants que leurs langues et elles les balancent au rythme des sottises qu'elles déblatèrent. Elle essaiera de mesurer, en douce, le mobilier des patrons, elle en profitera pour barboter un ou deux livres. Mais Havard commence à l'énerver, c'est bien ce qu'il raconte, mais il ne faut pas pousser, toutes ces mesures... Elle ouvre « *L'Art au foyer domestique* » de M. Cardon, elle tourne lentement les pages. Chapitre I, « *L'appartement comme il est* », chapitre II, « *L'appartement comme il doit être* », 1, « *L'antichambre* », 2, « *La salle à manger* », 3, « *Le salon* », 4, « *La chambre à coucher de Madame* »... Madame, c'est elle, lavée, parfumée, elle vient de quitter les genoux de son mari à la belle moustache. Elle l'a laissé avec sa grosse bosse à la braguette, ce n'est pas encore le moment, qu'il fume sa pipe et lise son journal encore un peu. Elle doit finir de se pomponner et profiter de sa nouvelle chambre fraîchement décorée. Il y flotte encore des odeurs de colle et de peinture, il faut aérer. La chambre de Madame...

« Ce que la chambre à coucher d'une femme doit être, c'est gaie et claire. » — Oui, c'est vrai, le gourbi de son père est gris et sale, sans lumière, comme lui, comme son frère. On y peut vivre que de façon puante, les uns sur les autres. On y peut être que sale et tout y est salissant. Poussière du sol, tôles rouillées, boue quand il pleut, transpiration, pisse, odeur de pets et de viande moisie. — Étoffe choisie, tendue... murs et plafond... papier peint exactement pareil à l'étoffe... cretonne... mobilière Louis XV ou Louis XVI... meubles en bois de rose, marqueteries, bronzes finement ciselées... le médiocre est intolérable, intolérable. C'est ce que disait le maître d'école quand elle y allait: « Édith, tu lis très bien, tu n'es pas faite pour la médiocrité, mais tu dois faire plus d'efforts. » Meubles en bois de citron, érable, douces tonalités, meubles en noyer ciré, meubles peints laqués blanc bleuté avec filets bleus et or... Avec filets bleus et or, pourquoi bleu, blanc bleuté? Elle réalise qu'elle a commencé la lecture en milieu de page, elle remonte de quelques lignes, pourquoi le bleu?

« Pour la couleur à choisir, il n'y a d'autre choix que celui de la teinte qui ...si...sied (?)... le mieux. Admettons que Madame soit blonde – c'est le type idéal de la

beauté féminine – c'est le bleu qui sera adopté. »
Quoi! Blonde = bleu, bl = bl, b = b, c'est la première chose qui lui vient à l'esprit, alors rousse = rouge et brune = brun... plus on va vers la brune et moins on peut trouver de vraies couleurs commençant par les mêmes lettres. Brun, c'est pas terrible comme couleur, en fait, son vrai nom c'est marron. Il faudrait, par exemple que le vert commence par « br », alors on aurait: brune = brert. C'est pour ça que ce M. cardon aime tant les blondes, c'est parce que ça rime de devant avec bleu. Il est bien un peu con quand même. Ici, de toute façon, personne n'est blond. Les premiers blonds sont à dix kilomètres, à la Ferme Muller. En plus, Mme Muller est grosse, rose et suante et l'installer dans le décor de M. Cardon... autant emballer un jambon dans du papier doré. Pourtant, tout en caressant la natte de papier qui pend à son masque, elle imagine qu'elle pourrait bien se teindre, entièrement, même les poils qui entre ses jambes commencent à former une belle touffe... bien noire. Bien que déstabilisée par cet impératif capillaire, elle poursuit sa lecture. Rideaux de fenêtre... baldaquin... cheminée... draperie de la cheminée en cretonne avec garnitures plissées... une psyché... c'est quoi? Un meuble qui revient à la mode après avoir été remplacé par les armoires à glace qui, maintenant, sont plutôt reléguées dans le cabinet de toilette... peut-être un meuble où l'on se regarde... en tout cas la patronne n'en a pas. Elle a encore une armoire à glace, c'est normal, une paysanne dans un trou d'Algérie.
Donc, dans la chambre de Madame, le mobilier se réduit à: *un lit de pied, deux tables de nuit chiffonnier,*

une commode, un bonheur du jour (?) qui sert de bu-
reau, une psyché et une table à ouvrage... quant aux
sièges, ils se réduisent à une chaise longue et quelques
fauteuils et chaises capitonnés.
Elle n'en croit pas ses yeux. Se réduire! Se réduire!
Dans sa seule chambre cette putain blonde a autant de meubles que dans toutes les habitations de
la ferme réunies... excepté la maison de la patronne
bien sûr.
Il faut, elle doit être à la place de cette garce, et pas
comme la patronne, comme celle du livre, en vrai,
pas avec un masque.
C'est la femme, l'ange gardien du foyer, l'éducatrice
de l'enfant, (Pierrot), qui peut le plus faire pour
nous rendre le culte de la maison et de l'art familier
qu'avaient nos pères... C'est la femme ou le père!
Qu'est-ce qu'il raconte celui-là, les pères, c'est de
la merde, des couilles pourries qui n'y connaissent
rien en décoration... et sa mère, éducatrice des asticots, cadavre au foyer... dans sa maison morte, avec
son mari mort et ses enfants morts.
Cabinet de toilette... complète la chambre à coucher
et en garde les secrets... Madame se lave le cul après
s'être bien fait bourrer par Monsieur la Pine à Moustaches... c'est l'ordre et la propreté... faïence émail-
lée partout... un seul coup d'éponge humide... bai-
gnoire... aussi vaste que possible... table et tablette
en marbre... glace avec cache en bois peint fileté...
étoffe pour cacher les brocs, les seaux... armoire
à glace à trois portes... c'est mieux... qui reflètent
la toilette sous toutes ses faces... fauteuil à coiffer,
deux sièges, parfois un divan... S'il y a le gaz, deux
becs mobiles de chaque côté de la glace... un robi-

net avec tuyau en caoutchouc pour y brancher une petite cheminée portative... Le gaz, le gaz, ça serait bien ici, dans la grotte... mais avant qu'ils l'installent dans le coin, et surtout qu'ils le montent jusqu'ici... de toute façon ce n'est pas possible, car c'est un endroit secret... personne ne doit le connaître. Mais ça serait bien... « ...quand on a le gaz, avec un petit réchaud placé sur un coin de la tablette de la toilette, on peut avoir à toute heure du jour ou de la nuit, en cinq minutes, une bouillotte d'eau chaude. Qu'il survienne une légère indisposition la nuit, demandant l'emploi d'une tasse de thé ou de tilleul; qu'en rentrant de soirée ou du théâtre, on désire prendre une boisson chaude, il est souvent désagréable de déranger un domestique logé trois ou quatre étages au-dessus pour faire chauffer un peu d'eau. Dans les situations modestes, on n'a pas un personnel nombreux de domestiques veillant la moitié de la nuit pour vous attendre, alors que leurs services sont exigibles à la première heure du matin; le gaz satisfait aussi à une foule de petites exigences et de commodités de la vie. Avec de la précaution et de la surveillance, il n'y a aucun danger. »

La chambre de Monsieur... sévère... lieu de travail... Elle s'en fout... ce qu'il est, elle s'en fout, ce qu'il fait, elle s'en fout, dans quoi il vit, elle s'en fout. Qu'il soit là pour son plaisir, quand elle en a envie. Monsieur, c'est Monsieur Zob, une bite avec des pattes, et une petite moustache quand même, un point c'est tout. Elle pousse le livre sur le côté et rêve au gaz. La grotte lumineuse, le réchaud avec une marmite, la chaleur en hiver... Elle se voit nue, regardant par la fenêtre la neige tomber doucement. Derrière elle Pierrot boit son chocolat chaud, bien chaud, et ça lui fait des moustaches, comme M. Zob.

Le gaz, c'est moderne, mais aussi l'électricité, mais aussi le téléphone. Elle ouvre un « Magasin pittoresque ». C'est bourré de ce genre de choses. Ça ne lui déplaît pas et en même temps elle se demande pourquoi ils font ça, pourquoi ils ne restent pas tranquilles à dépenser leur argent avec de la nourriture ou des habits... L'Hôtel des téléphones à Paris... des photos de dames, en ligne comme des poireaux devant des tableaux avec des trous... téléphone, téléphone, on peut parler à distance, à quoi ça sert? Parler avec qui? La patronne, le curé, le maître? Avec sa mère dans le tiroir, le bon Dieu, le ciel? Elle en achètera un quand même. Installée dans la chambre de Madame, à côté du lit, elle aura juste à tendre le bras pour attraper le combiné. Elle chantera dedans ou elle criera des insultes à n'importe qui, tête de nœud! crétin! salope! vieille pute! connard! maricon! Elle lit encore et encore, sans but, en dérivant de page en page comme un ivrogne de troquet en troquet. Les rayons X, avec eux, il serait possible de lire dans les pensées des gens. Un journaliste imagine qu'un père, en photographiant la tête de son futur gendre avec un appareil à rayons X, a pu lire sur le cliché toutes ses mauvaises pensées. Seule la dot l'intéresse, et sa fiancée est une petite dinde bête à mettre à la broche, et la mère une vieille toquée et le père un majestueux pot à tabac. Elle frémit à l'idée qu'on puisse mettre au jour ses pensées, elle serait toujours en prison! Invention stupide. De toute façon, il suffit quand on vous photographie de penser à autre chose, de dissimuler sa vraie pensée par une autre. Tout dépend à quelle profondeur le rayon peut aller. Mais à son avis il doit s'arrêter aux premières pensées, celles qui sont en surface. Cet appareil ne peut pas être plus intelligent que celui qui l'a inventé et celui qui l'a inventé est comme tout le monde et comme tout le monde ne va pas plus loin que sa première pensée quand il croit deviner ce que pensent les autres... c'est pour ça que c'est si facile de mentir. Elle lit ensuite l'histoire d'un petit Moussah, enfant abandonné et recueilli par des braves gens du genre des Cano. Le problème, c'est qu'il se laisse mourir en rêvant de ses palmiers ou d'on ne sait quoi. Quel con celui-là, au lieu de les piller et de se scaper sans demander son reste. D'ailleurs qu'est-ce qu'il foutait en France?

Et puis un article illustré, sur les microbes. Streptocoque pyogène (pus)... bacille de Koch (dans un crachat de phtisique)... bacille virgule (choléra)... Les vignettes qui accompagnent le texte sont très agréables à l'œil, les microbes fournissent des motifs curieux. Elle imagine la chambre de Madame avec un papier peint « crachat de phtisique » ou « streptocoque pyogène ». Ce coulo de M. Cardon n'y a pas pensé, obsédé qu'il est par sa cretonne, son bois de rose et ses blondes bleues...

Un texte sur La fête des fous et la Mère-Folle de Dijon ... image de La Mère-Folle (estampe ancienne) on dirait un homme, pas une femme. Un jeune homme déguisé en femme avec un bonnet à clochettes et un bâton emmanché, en son bout, d'une petite tête. Les yeux lui piquent et elle n'a plus envie de lire. Elle essaye de deviner qui peut bien être cette Mère-Folle. Une mère qui tue son petit et qui se promène avec sa tête au bout d'un bâton, personne ne lui dit rien parce qu'elle est folle et qu'un enfant de folle, on peut bien s'en passer. Elle se promène dans la ville et ça amuse les gens... Le Chariot de la Mère-Folle (Estampe ancienne)... elle a l'air d'être pleine de flouss pour se trimballer avec une carriole si luxueuse. C'est pour ça qu'on la laisse tranquille, elle est riche. Quand tu es riche, tu peux te payer le luxe de tuer tes enfants. C'est bien un peu dégueulasse, mais en y réfléchissant bien, ça peut être assez pratique. Si ton enfant est débile, s'il est pas beau ou s'il est mauvais... Elle, ça ferait longtemps que son père l'aurait réduite en bouillie... sa tête au bout d'un bâton... sa tête qui murmure quelque chose... elle murmure parce qu'elle est coupée... et quand on a la tête coupée, on ne peut pas parler très fort... on n'entend pas bien non plus... les bruits sont atténués ... Les yeux se ferment et tout devient flou... ils brûlent aussi... à cause des larmes. Lentement elle pose sa tête sur ses avant-bras et elle s'endort.

Des taches lumineuses. Un très ancien souvenir, son premier souvenir, avant qu'elle ne nomme les choses, du temps où le monde n'était qu'une masse de couleurs entremêlées. Les points de lumière se transforment, glissent doucement, se percutent mollement, changent d'intensité, certains se mettent à briller, d'autres s'éteignent. Son plaisir est infini comme est infinie la présence de cette pavane lumineuse. Puis, insensiblement, elle se sent aspirée dans un cône de lumière déclinante. Peu à peu tout semble s'assombrir en se dessinant avec plus de précision, en se rétrécissant ... la fenêtre, le sol, la lumière à travers les bambous – taches – le soleil vient de se lever.

Assise à la table, la tête sur sa revue, elle a dormi comme ça, près de la lampe éteinte. Elle retire son masque, palpe l'empreinte qu'il a laissée sur son visage, le range dans sa boîte et range la boîte dans son encoignure.

Entre la grotte et la rivière s'est planté un énorme figuier, un poulpe géant aux tentacules branchagés. Improbable à cet endroit de la montagne, il défie les autres essences. Elle y prend son petit déjeuner à cheval sur le cylindre charnu d'une énorme charpentière, des figues en saison, sinon du pain ou quelque nourriture apportée. Au centre du poulpe, elle croit le sentir bouger, imperceptiblement, ce n'est pas le vent, mais un mouvement qui lui est propre. Chaque tentacule se déplace, mais selon un rythme séculaire. C'est heureux, car il l'étoufferait sûrement s'il vivait dans le même temps qu'elle.

Elle rejoint ensuite la rivière, le cabinet de toilette de Madame, et y accomplit minutieusement son ablution. Elle discute un peu avec M. Pinel, son séchoir rocailleux, puis remonte se poster sur un petit promontoire situé juste au-dessus de la grotte. De là, elle peut observer la plaine. Une grande peau tatouée, un tapis aux motifs connus qu'elle se plaît à identifier un par un. La Ferme, ses champs, ses vergers, ses pâturages, ses bâtiments, ses routes, ses cours d'eau. Elle inspecte et analyse le moindre mouvement qui se produit à sa surface. La Ferme, encore, et sa respiration journalière, un gros abcès d'où s'écoulent des hommes, des animaux, des véhicules ; le matin dans un sens, le soir dans l'autre… streptocoque pyogène. Les hommes sont aux champs depuis un certain temps déjà, dans les orangeraies, dans les vignes.

Les équipes qui entretiennent les chemins, les barrières et les clôtures, les bergers, les bouviers, sont tous disséminés dans l'espace. La Ferme est là, sous ses yeux, dans son expansion maximale. Une fois la géographie en place, elle détermine quel va être son prochain objet d'enquête. Qui ou quoi va-t-elle espionner ? Pour cause de moyens de transport limités à leur expression la plus primitive, les parties du territoire les plus éloignées, au nord, au nord-est, au nord-ouest sont éliminées d'office. Reste, juste en bas, la longue bande de terre qui borde la montagne, la plus grasse en événements, ce qui tombe bien. Avec son poing, elle forme une longue vue, comme elle a vu les bergers le faire. Elle isole ainsi des portions d'espace à l'intérieur desquelles il est facile de se concentrer. Repérer, isoler, observer. De loin, un élément au milieu du décor, une chose infime dans le présent du paysage, de près, un être réel avec toutes ses particularités, une vie singulière, odorante, colorée et mouvante. De loin, de près, une chose est autre chose. Là, dans l'axe de la Ferme, inhabituel, un groupe d'hommes sur la route de la montagne. Ils s'affairent avec des pioches et des pelles. Elle ne distingue pas vraiment les outils, mais les devine d'après les corps et leurs postures. Sur le haut talus qui les surplombe, elle avise un amas de buissons, il est au plus près de la scène. Elle pourra descendre s'y dissimuler pour mieux les observer. En à peine un quart d'heure, elle exécute une manœuvre d'approche parfaite. Tout le long du parcours, elle est restée à couvert, silencieuse. La montagne résonne, et le moindre bruit avertirait les vivants de sa présence. Une fois sur place, elle s'installe confortablement sur une grosse pierre. La route est en contre-bas, les hommes sont là.

Huit, avec pelles, pioches et un tombereau empli de pierres. Ils bouchent les trous que l'hiver a creusés dans la route. Ils s'activent sans précipitation et ils discutent beaucoup. Elle les connaît tous, sauf un. Torse nu, jeune et musclé, c'est un nouveau. Son plaisir à le regarder s'accroît de minute en minute. Elle se régale de voir jouer ses muscles sous sa peau luisante de transpiration. Chaque coup de pioche déclenche une réaction en chaîne qui anime toute la surface de son corps. La lumière qui l'éclaire change en permanence, révélant à chacun de ses scintillements un détail de sa musculature. Son émotion est intense et le cheval Émir envahit immédiatement son esprit. Émir, seul dans son enclos, mâle noir et ombrageux. Lui aussi, a un pelage brillant, si brillant qu'on dirait une peau, le plus souple des cuirs, dépourvu du moindre poil. Elle quitte subitement sa cache et discrètement s'en va en direction de l'enclos d'Émir, à dix minutes de marche. Mais après quelques pas elle revient en arrière. Elle n'a pas assez observé l'ouvrier. Si elle veut comparer, il faut l'enregistrer parfaitement dans sa mémoire. Son projet de comparaison stimule son attention, son discernement. Mentalement elle emmagasine toutes les informations possibles, volumes des muscles les uns par rapport aux autres, couleur de la peau, qualité de ses reflets. Elle essaye de deviner, sous l'étoffe rugueuse de son pantalon, la puissance réelle de ses cuisses et la forme de ses fesses. Elle voudrait posséder son odeur, alors elle hume, le nez au vent, comme une petite bête, mais elle ne parvient qu'à distinguer l'odeur de la poussière. Un peu plus tard, elle est devant l'enclos d'Émir.

Comme à son habitude, il piaffe dès qu'il l'aperçoit. Il piétine, il galope soudainement et s'arrête tout aussi brutalement. Son pelage est frémissant et il frappe du sabot. Il arrive enfin vers elle, la tête haute, les naseaux dilatés, les yeux fous et roulants de tous les côtés. D'énervement, son sexe s'allonge. Chacun de ses caprices donne lieu à un véritable spectacle de chair. Elle le voit comme une machine, une usine, comme la Ferme et ses territoires agités. En somme, un monde dans le monde, une terre dans la terre, un pays dans le pays.

Elle place l'homme à côté, elle compare. Bien sûr, il est plus petit, plus délicat, mais il faut s'en tenir à ce qui est comparable. Pour la race des hommes, il est parfait, comme Émir est parfait pour la race des chevaux. Il s'approche d'elle, de plus en plus près, de bas en haut il agite la tête et son souffle bouillonne comme un torrent. Il frappe le sol, le son la submerge, grave et caverneux, elle a peur. Elle recule de quelques pas, saisit une grosse pierre et la jette de toutes ses forces.

— Tiens, prends ça dans ta gueule, saloperie noire du diable avec ton zob d'éléphant!

Elle atteint le cheval aux naseaux. Après un moment de stupeur, il se cabre, fou de colère. Il essaye de casser la barrière à coups de sabots puis se met à tourner furieusement dans l'enclos en hennissant de rage. Elle est déjà loin. Un jour il faudra que je te tue. Tu es beau mais mauvais. Elle remonte à la grotte et y passe une journée inquiète.

Elle rôde sans but dans les bois alentour, s'approche des ravins pour se griser de vertige, arrache des plantes et s'en barbouille le visage. Elle sent dans sa poitrine la constriction qui gagne, ce qu'elle appelle un nœud d'énervement, et qu'elle voudrait arracher avec ses ongles. Elle imagine une bête, qui tourne en gratouillant pour se faire un nid dans le haut de son ventre. Le jeune terrassier l'obsède, l'ouvrier-cheval à la bouche écumante s'infiltre dans son corps et dans sa tête. C'est incompréhensible, elle se fiche complètement de cet homme, il n'a même pas de visage.

La nuit est encore plus troublée. Elle tourne, se retourne, se couvre la tête avec sa couverture. Aux heures où son sommeil aurait dû être le plus profond, elle veille, d'une veille malsaine et effrayante. Les ombres enchevêtrées, les cris d'animaux, les bruissements, les infimes mouvements de la nuit, déclenchent en elle une peur obscure et primitive. Dans les courts moments de répit, il lui vient à l'esprit qu'elle a été envoûtée, qu'un rituel s'est accompli à ses dépens.

Elle s'est pourtant toujours moquée de la faiblesse de ceux qui se laissaient prendre aux bouffonneries maraboutiques. Combien de vieilles n'a-t-elle pas effrayées en clouant quelque charogne sur la porte de leur gourbi. La superstition ronge le pays plus sûrement que le choléras. La conscience précoce de cette réalité avait fait naître en elle un sentiment de supériorité. Seule parmi les aveugles, elle, une enfant, ne se laissait pas avoir.

Et pourtant, maintenant, elle voit une femme, peut-être madame Cano, peut-être la patronne où les deux ensemble, déterrer un cadavre frais, l'asseoir sur le sable du cimetière, lui glisser une cuillère de bois dans la main et lui faire mélanger de la farine et de l'eau dans une jatte. Elle les observe, préparant un feu pour y cuire l'odieuse préparation. Elle se voit acceptant le pain tendu par la main et le sourire de Mme Cano. Le pain des morts. L'outil absolu de domination sur celui qui le mange. Elle l'a mangé, alors on la tourmente. On lui fait voir un cheval autre, un homme autre. Des fabrications de sorcières, pour la rendre folle, pour la punir de ne pas avoir cru en leurs pouvoirs, pour la punir de la mort de sa mère, d'être la fille du kafir, de l'arabe converti.

Les premières lueurs du jour ramènent un calme relatif, elle s'endort. À son réveil le soleil est déjà haut dans le ciel. Tout est revenu à sa place, les choses et les lumières ont repris une consistance rassurante. Les cauchemars de la nuit se sont éloignés. Pourtant, elle reste méfiante, elle sent encore une menace planer. Cette perte de contrôle, cette façon dont le monde lui a échappé, cela la trouble et la préoccupe. Elle doit reprendre les commandes le plus vite possible, et en premier lieu, résoudre l'énigme de l'ouvrier. Confusément, elle ébauche une explication qui, sans qu'elle puisse vraiment la formuler, pourrait se rapprocher de ce que certains appellent un choc esthétique. L'amour et le sexe ne sont pas directement concernés, elle n'a pas vu ses yeux, comment peut-on être amoureux d'une personne dont on n'a pas croisé le regard? Il ne lui a pas parlé, elle ne sait rien de lui. Il n'est qu'un mannequin sur lequel a joué la lumière. Une belle viande structurée, c'est tout ce qu'il est. Elle croisera son regard et le fera parler, et on verra bien ce qu'il a dans le ventre. Elle décide de redescendre le plus rapidement possible à la Ferme et son vœu est immédiatement exaucé. Sur la route, elle tombe sur les cantonniers et leur tombereau au moment où ils se déplacent d'un chantier à un autre. Elle se demande si elle doit les éviter ou, au contraire, passer au milieu d'eux. En temps normal, elle aurait opté pour la première solution. Cette fois-ci les choses sont différentes. Elle les croisera, tête haute, bien au milieu de la route. L'âne et son tombereau, suivi du groupe divisé en deux rangs de quatre hommes répartis de chaque côté de la route, forment une haie d'honneur qu'elle traverse sans hésiter. Elle s'attend à des réflexions, mais ce sont seulement des « bonjour Édith! » dans lesquels elle perçoit néanmoins des accents goguenards. Lui, c'est le dernier du groupe de droite. Il la regarde et lui aussi lui dit bonjour. Ses cheveux sont courts et noirs comme ses yeux. Son visage est bronzé sans avoir la couleur charbonneuse des autres ouvriers. Elle l'a observé. Pas plus de deux secondes, mais c'est amplement suffisant pour l'instant. Elle leur crie d'aller tous se faire foutre et détale en direction de la Ferme. Quand elle arrive au gourbi, son père est déjà parti au travail depuis longtemps. Son frère doit traîner quelque part, il n'est certainement pas allé à l'école. Il n'y va plus depuis six mois. Le logement est dans un désordre indescriptible. Son père et son frère sont vraiment des jeanfoutres. Tout en pestant, elle entame un ménage sommaire qui calmera le vieux quand il rentrera, puis elle file chez Mme Cano. Elle la trouve en train de laver des draps derrière les baraques.

— Tu es revenue. Tu sais, tu donnes du souci à tout le monde quand tu disparais comme ça...

— Je me demande bien qui peut être...

— Moi, en premier, je n'aime pas te savoir dans le nulle part comme ça... mais, tu es blessée...

— J'ai vu des ouvriers qui réparaient la route.

— Oui, c'est le maire qui a demandé au patron de lui prêter quelques hommes pour boucher les nids-de-poule.

— Ah... Tu les connais tous?

— Oui... Mouloud, Tonio, Paulo, Nasser, Joseph, Fr...

— Joseph?

— C'est un nouveau, un italien, il est arrivé la semaine dernière, il habite dans la baraque du bout... Il t'intéresse?

— Ça va pas la tête! Je voulais juste savoir si le maire, il les payait pour le faire.

— Je suppose que oui. C'est ton père qui t'a encore frappée?

— Tu veux que je m'occupe de Pierrot?

— Si tu veux, il est juste là...

Elle va chercher le petit et fonce tout droit en direction de la baraque du bout. C'est la moins confortable, la plus ancienne, celle qu'on attribue au dernier arrivé. Ce n'est même pas une baraque d'ailleurs, c'est une petite pièce, sans fenêtre avec juste une porte sur la rue. Arrivée devant la chambre de Joseph, elle vérifie à droite et à gauche que personne ne la remarque puis elle ouvre la porte. Elle n'est pas verrouillée et elle ne peut pas l'être, il y a un gros trou à la place de la serrure. Il fait sombre, Édith cligne des yeux pour s'habituer à l'obscurité. Peu à peu apparaissent un lit, une chaise, une petite table, le tout couverts de vêtements en vrac. Une odeur d'eau de Cologne flotte dans la pièce. Elle mémorise le tout puis s'en va traînasser sur le domaine avec Pierrot.

Le soir, lorsqu'elle revient chez son père, il est là qui l'attend, flanqué du curé Maurice. Elle apprécie la présence du prêtre qui lui garantit un certain répit côté raclée. Néanmoins, son père semble apaisé.

— Le Père Maurice est venu exprès pour te voir.

— Nous avons beaucoup parlé de toi, ton papa et moi, tu es une personne importante pour nous, tu le sais?

En disant cela, il se penche sur elle et pose deux immenses mains osseuses sur ses épaules. Il la regarde, les yeux humides et vides, comme s'il fixait par transparence un objet placé derrière elle. Une intense odeur de pipe la saisit, l'enivre légèrement. Pour ne pas se laisser influencer par le discours du prêtre, elle s'absorbe dans l'exploration de son visage. Les dents jaunâtres, marquées par endroits de fissures sombres, fleuves microscopiques. Les généreuses touffes de poils épais, piqués de blancs qui végètent dans ses grandes narines. Les joues ravinées de presque vieux et les poils de barbe comme une forêt calcinée.

Il se redresse, grand, d'autant plus grand que sa soutane étroite et longue l'augmente en une chose effilée et noire couronnée d'un minuscule béret. Curé Maurice à quatre pattes, hennissant comme Émir, tu es noir, mais tu ne brilles pas autant que lui. Si je t'énerve est-ce que ton katz va surgir à travers ta peau noire et poussiéreuse...

— Édith, Édith, ma petite, ton papa se fait beaucoup

de souci à cause de toi...

Elle baisse les yeux et fixe l'endroit de la soutane d'où devrait jaillir le katz. Il lui parle du devoir des enfants envers les parents, de l'avenir, du courage de son père qui a embrassé la vraie foi.

— Penses-tu qu'il soit facile pour lui d'affronter jour après jour les moqueries, les insultes des autres... kafir! kafir!... et qu'en plus sa propre enfant lui procure des ennuis? Plus qu'une autre, tu dois prendre conscience de ce que tu représentes... La justification... La raison d'être de la conversion de ton papa... Il a choisi la foi juste et son foyer s'est illuminé. Connais-tu la mission qui est la tienne? Tu dois être le réceptacle de cette lumière et celle qui la retransmettra en une multitude de rayons.

S'il continue comme ça son zob ne devrait pas tarder à apparaître, elle regarde encore plus intensément l'endroit de son épiphanie.

— Mais le Cœur de notre Seigneur est vaste et il saura malgré tout prendre en considération la belle souffrance de ton papa, elle lui ouvre les portes du paradis.

Souffrance, paradis. Édith, regardant toujours dans la même direction, émerge de sa torpeur ennuyée.

— Quand on souffre, on va au paradis?

— Bien sûr, la souffrance est le lait dont se désaltère notre Bon Dieu. Il ouvre toutes grandes les portes du paradis à celui qui a souffert et surtout à celui ou à celle qui a souffert pour les autres.

Édith est émerveillée par cette phrase, c'est un véritable choc. Des millions de corps souffrants, dont le jus produit par leur écrasement, s'écoule en abondance dans une grande bassine et Dieu qui boit goulûment le liquide en y trempant sa grande barbe.

— Alors si je fais souffrir mon père, il va au paradis?

— Oui.

Curé Maurice, qui n'est pas le dernier des disputeurs, voit venir le coup. Immédiatement il ajoute,

— Mais toi tu vas en enfer, Dieu te laisse le choix.

— Mais il faut bien que des gens en fassent souffrir d'autres pour qu'ils aillent au paradis.

Curé Maurice commence à se sentir mal, il n'aime pas la tournure que prend la discussion. Cette gamine, il a bien remarqué ce qu'elle regardait, il sent le désir monter en lui, ses foutues pulsations dans le bas-ventre que des nuits et des nuits de prière n'ont jamais réussi à calmer. Éternel! Ne me reprends pas dans ta colère, et ne me châtie pas dans ta fureur... Je m'épuise à gémir; chaque nuit je baigne ma couche de pleurs, je trempe mon lit de mes larmes... Mon visage est tout défait de chagrin; il dépérit à cause de tous mes ennemis! Ses virées dans les bordels d'Alger où des filles pas plus vieilles que celle-là l'apaisaient, bien plus efficacement que tous les psaumes...

Il est faible, certes, mais il n'a jamais eu la prétention d'accéder à la sainteté, et puis, il se rachète. Le Seigneur dans son immense Providence l'a doté du don de la parole et ce don lui a permis d'amener dans le giron de la vraie religion plus de cent cinquante infidèles et idolâtres, cent cinquante trois exactement et même cent cinquante quatre si on compte le facteur qui avait perdu la foi et était devenu socialiste. Grâce au regretté, bien que républicain, cardinal Lavigerie, sa réputation est allée jusqu'à Rome et en 91, Léon XIII en personne l'a convoqué pour le conforter dans sa mission. Il est une sorte de placier divin et cette fonction éprouvante et difficile, demande quelques compensations. Que sont quelques sexes juvéniles comparés à de nouvelles ouailles? Il est rare qu'il se remette en question de la sorte, c'est un signe, une épreuve. Cette pisseuse est là pour le pousser dans ses retranchements... s'il y croyait, il dirait bien que c'est le diable ... Je sais où tu habites: là où se trouve le trône de Satan...

— Mais il faut bien que des gens en fassent souffrir d'autres pour qu'ils aillent au paradis.

Confrontée au regard absent du curé Maurice, elle a répété la question. Se reprenant, il continue, bien déterminé à ne pas laisser un seul pouce de terrain à ce succube.

— Oui, mais rares sont ceux qui font souffrir dans cette intention, c'est pour ainsi dire pratiquement impossible. Le mal est toujours intéressé et s'il ne l'est pas c'est le plaisir qu'éprouve l'être mauvais à le commettre qui le motive... Mais il n'y a pas que la souffrance. Il y a les bonnes actions, la pitié généreuse dont doivent faire preuve les belles âmes confrontées à la douleur de leur prochain. Dieu apprécie bien plus les bonnes actions que la souffrance. D'ailleurs, la souffrance est là pour mettre à l'épreuve l'autre dans sa compassion et dans sa capacité d'abnégation. Il est évident, bien sûr, que les bonnes actions suscitées par la compassion doivent être sincères et désintéressées, sinon il y a péché.

— C'est compliqué!

— Non, car Dieu sait reconnaître les siens, les âmes authentiques et sincères.

— Mais celui qui fait souffrir les autres, fait une

bonne action puisqu'il les envoie au paradis.

— Euh! Non, pas vraiment, car aucun de ces méchants n'est méchant pour cette raison. Il l'est, comme je te l'ai déjà dit, par intérêt ou motivé par le plaisir qui, au final, correspond à l'intérêt le plus vil, le plus primitif, le plus bestial.

En prononçant ces mots, il sent la bête qui s'éveille et qui commence son obscène remue-ménage dans ses tripes.

— Mais, par exemple, si un homme ou une femme choisit le grand sacrifice d'être le méchant pour envoyer les autres au paradis. On peut dire qu'il prend le mal sur lui...

— Tu veux parler d'une sorte de bouc émissaire...

— De bouc quoi?

— Émissaire. Aux temps anciens d'Israël, les tribus envoyaient dans le désert un bouc chargé de toutes leurs fautes, de toutes leurs impuretés. Mais je te le répète, des méchants de cette sorte n'existent pas...

Le vieux bouc monte sur la petite chèvre du diable, il la retourne dans tous les sens, lui dilate tous les orifices, la remplit avec des hectolitres de liqueur millésimée, encavée depuis des années.

— Alors c'est pour ça que Dieu a inventé le plaisir de faire le mal. Comme ça, il est sûr qu'il y aura toujours des méchants et toujours de la souffrance. Mais je suis sûre que ça se peut, que quelqu'un prenne vraiment le mal sur lui...

Le père d'Édith, commençant à s'inquiéter, essaye d'enrayer le processus avant que la situation ne devienne trop critique.

— Édith! ça suffit! Arrête de discuter et de dire des bêtises, tu es prétentieuse, tu n'as pas à répondre à

Maurice comme ça, il n'est pas venu pour écouter ce genre de choses!

— Ce n'est pas grave Vincent, laisse la parler.

Édith, chauffée, n'a plus l'intention de s'arrêter, d'autant plus qu'elle constate avec satisfaction les effets du pouvoir qu'elle commence à exercer sur les hommes. Toujours les yeux au bon endroit, elle distingue parfaitement et cela malgré la relative ampleur de la défroque, les marques imperceptibles de la raideur cléricale. Curé Maurice est une belle prise.

— En plus, celui qui fait du bien aux autres, on n'est jamais sûr qu'il ne le fait pas par intérêt, mais celui qui fait souffrir on est sûr que c'est pas pour se faire bien voir. Et, celui qui fait du mal seulement pour que les autres gagnent le paradis, il est le plus pur de tous les hommes. Il prend la haine des autres sur lui...

— Tu vas un peu trop loin Édith... loin dans Édith ... Si cet être existait, tu aurais peut-être raison, mais il est impossible que ce soit le cas. La nature humaine est telle qu'une configuration de ce genre ne peut absolument pas être — il sent qu'il ne va pas pouvoir tenir bien longtemps avant que son trouble ne soit visible par tous. Il doit conclure et clouer définitivement le bec à cette putanette — et même, si par le plus grand des miracles un méchant pareil faisait son apparition sur terre, tu ne serais jamais sûre qu'il ne soit pas, en fait, qu'un esprit exceptionnellement pervers qui trouverait son plaisir à jouer le rôle de bouc émissaire...

— Oui, mais son plaisir serait beau, on pourrait faire un livre avec lui. Parce que, ce qui est beau, c'est ce qui se voit pas souvent. Par exemple, une belle maison, bien meublée, avec des tapis aux couleurs bien choisies, des murs peints de la même façon et une belle lumière qui éclaire tout. Ou alors, un cheval comme Émir, comme une montagne qui brille, il est méchant, mais c'est le plus beau cheval qui existe. Et c'est bien Dieu qui fabrique la beauté, qui aime les choses belles et qui dit que les choses belles sont bonnes. Pourquoi il serait assez tordu pour nous embrouiller en créant des êtres beaux et mauvais en même temps, alors qu'il dit qu'il faut aimer ce qui est bon et que ce qui est bon est beau ? Pourquoi qu'il serait toujours en train d'essayer de nous niquer ? Il faut lui faire confiance, si tu fais quelque chose de beau, et bien, c'est bon aussi. Alors s'il y en a une qui fait souffrir rien que pour prendre le mal sur elle, et même si elle prend du plaisir, et bien, elle est belle et pure. Elle est l'outil de Dieu.

Maurice se gratte nerveusement le front. Il pourrait lui démontrer l'inexactitude de son raisonnement, mais il est à bout. Il a l'impression qu'il va bientôt pleurer des larmes de foutre.

— Tu peux sortir un moment. Je voudrais parler à ton papa.

Elle sort à reculons, les yeux toujours braqués sur le centre de gravité du prêtre.

— Vincent, ta fille est très intelligente, une intelligence qui malheureusement la conduit à penser des choses dangereuses. Elle réfléchit trop, et ses réflexions ne sont pas de son âge. Je crains qu'elle ne s'égare. Il faudrait la brider, la discipliner afin de contraindre son esprit à suivre le droit chemin...

— Mais Maurice, tu penses bien que c'est ce que j'essaye de faire, mais elle ne craint rien, ni les menaces, ni les coups, rien, rien...

— Tu dois prier plus, et il faudrait peut-être penser à la placer dans une institution apte à lui redresser l'esprit et le corps...

— Ça coûte beaucoup trop cher.

— On s'arrangera. Je vais en parler au maire... euh... excuse moi Vincent... euh... mais il faut que j'y aille, j'ai... j'ai un autre rendez-vous...

N'y tenant plus, curé Maurice, handicapé par une érection historique, sort en traînant la jambe. Il disparaît si brusquement que Vincent reste idiot, la bouche entrouverte figée sur le « au » d'au revoir. Édith voit le prêtre s'éloigner précipitamment en boitillant de façon étrange, mais cela ne la fait pas rire. Elle a tout entendu. Tout ce qu'a dit curé Maurice après qu'elle soit sortie et elle est ivre de rage. Elle pénètre dans la pièce en hurlant.

— Fils de chiens, bande d'enculés, salauds, pourris! Toi et le curé, vous voulez me foutre en prison, j'irai pas! j'irai pas!

Pour toute réponse son père lui envoie une chaise paillée qu'elle évite de justesse. Une fois de plus, elle se sauve en courant. Elle prend la direction des orangeraies en coupant par la petite sente qui passe entre la maison des patrons et celle du régisseur. Elle invective le ciel, donne des coups de pied dans la poussière, dans tous les animaux qu'elle croise, poules, chiens, bourricots. Ça ne passe pas, ça ne passe pas, ça ne fait qu'augmenter. Elle se dédouble. L'une regardant l'autre, l'autre écumante, aveugle à tout ce qui n'est pas sa haine. Il y a une machine en elle, qui s'emballe, qui surchauffe, qui projette des éclairs et de la fumée. Comme à chaque fois elle se sent transportée dans le corps d'une furie qu'elle est incapable d'arrêter. Elle sait ce que l'autre veut: écraser, pulvériser, toutes ces larves, tous ces esclaves.

— Connards! Connards! Connards! Connards!

Elle insulte l'univers jusqu'à ce que sa voix s'enraye. Ceux qui la croisent passent leur chemin en évitant son regard. Ils savent que lorsque Édith est dans cet état, il n'y a rien d'autre à faire. Une possédée est une possédée et le spectacle de la possession atteint des strates si profondément enfouies dans chaque ventre, qu'aucun courage ne saurait s'y opposer.

À la tombée du jour, ses esprits lui reviennent au milieu d'un champ d'oliviers. Hébétée, assise les jambes écartées, elle creuse le sol. Elle ne sait pas pourquoi. Pourtant, le trou est bien là, sous son nez, on pourrait y enterrer un petit chien. Ses ongles sont pleins de terre ocre, ses mains sont ocre, son visage est ocre. Elle se relève brutalement en constatant que sa hatchoune aussi est terreuse. L'intérieur de ses cuisses a retenu le déblai hystérique.

Elle s'époussette et se secoue énergiquement, produisant une multitude de petits nuages qui finissent par former une brume épaisse. Elle tousse, recule de quelques pas pour échapper au brouillard ocre et contemple un moment la lente retombée des particules. Une brise infime les fait doucement dériver vers le Sud. Les grains de poussière les plus lourds retombent au sol alors que leur reliquat subtil, formant un spectre vaporeux, s'enfuit vers le ciel. Elle le suit des yeux jusqu'à ce qu'il disparaisse puis se décide à rentrer. En chemin, après avoir enlevé sa robe, elle se plonge dans le premier canal d'irrigation qu'elle rencontre, juste pour se décrasser. Elle a peur de s'être comblée de terre. Alors, accroupie dans l'eau, elle s'inspecte, se sonde, s'attendant à trouver une glèbe oblongue, mais il n'y a rien. Tout est resté coincé dans les replis extérieurs. Toutes les commissures sont nettoyées, puis le corps en entier. Après s'être assurée de la tranquillité des alentours, sans faire le moindre clapot, elle se hisse sur la levée herbeuse.

Elle y reste, attendant que l'obscurité soit plus profonde et que ses pieds soient secs. Une brise tiède lui apporte les rumeurs de la Ferme, ils ont fini le repas et se préparent pour la nuit. Ici on se couche de bonne heure, ce n'est pas agité comme une ville, ici c'est une espèce de temple du travail, de sanctuaire de la sueur, et la nuit, ici, on dort. Ça l'amuse d'ouvrir en esprit tous les toits, et de les observer, vaquant à leurs routines. Elle les pousse du dos de l'index, leur parle comme à des poupées, les habille, les déshabille ou les écrase selon son humeur. Petit peuple honnête et transpirant, légumes dans une cagette, vous finirez en ratatouille. Cette dernière pensée lui rappelle qu'elle a faim, il est temps de rentrer.

Elle aborde les bâtiments par les jardins. Elle sélectionne quelques tomates et les dévore derrière une citerne. Elle trouve ensuite une courgette, la tient contre la lune, s'amuse de sa silhouette, en fait son membre viril et parade un moment le ventre en avant. C'est moi l'patron! C'est moi l'patron! Elle finit par la croquer tout entière sans même enlever la peau. Ils dorment tous maintenant. Elle perçoit quelques ronflements, les pleurs d'un bébé, le tout enrobé par le silence.

Le sommeil est un phénomène bizarre qui lui fait peur. Le vague souvenir de sa mère allongée sur le lit, un bouquet de fleurs posé sur le ventre. Elle semblait avoir dix ans de moins, une jeune fille endormie, presque une autre, complètement une autre, à jamais inaccessible. Depuis, elle ne supporte plus de voir une personne endormie sans ressentir immédiatement le besoin de la réveiller pour la faire bouger, cligner des yeux, soupirer, manifester un signe quelconque de vie.

Elle ne sait toujours pas ce qu'elle va faire, elle n'a pas envie de rentrer chez son père ni d'aller à la grotte. Elle tourne autour des maisons sans but apparent. Arrivée au niveau du logement des Cano, elle perçoit des bruits inhabituels, des souffles, des grincements. Elle s'approche prudemment, car, la nuit étant chaude, les fenêtres sont grandes ouvertes. Elle comprend vite ce qui s'y passe. À quatre pattes, elle atteint le mur juste au-dessous de la fenêtre, elle s'y adosse, les jambes repliées sur la poitrine. Elle respire le plus doucement possible et tout en tortillant un long brin d'herbe, elle écoute. La respiration saccadée de Madame Cano, les grincements du lit, les grognements plus rares de monsieur Cano... la petite musique du sexe, plus que bruit, excroissance du silence.

Elle ferme les yeux, se concentrer, entendre. Mme Cano qui avale sa salive tous les trois ou quatre soupirs, le clapotage des sexes en action, les râles comiques de M. Cano, les ralentissements, les accélérations. Madame souffle, vite, encore plus vite, commence à émettre de petits cris douloureux. Les grincements sont de plus en plus rapides, le rythme maintenant s'emballe, les sons s'entrechoquent et Mme Cano se met à hurler bizarrement, comme en se retenant. Elle pousse une sorte de hurlement silencieux, interminable, avec des modulations et d'étranges vibrations qui résonnent dans son ventre. Le calme revient brutalement hormis le discret murmure de leur essoufflement... C'est comme ça qu'ils ont fabriqué Pierrot. Édith reste figée un bon quart d'heure avant de les entendre se lever discrètement, verser de l'eau dans une cuvette, faire leur toilette, le tout accompagné de gloussements et de petits rires contenus. Elle replie un peu plus ses jambes, l'un d'eux s'approche de la fenêtre et s'y accoude. Elle sait que c'est M. Cano tout imbibé d'odeurs, juste au-dessus d'elle, sur elle, elle ne respire plus. Heureusement, il ne reste que quelques minutes à regarder la nuit puis retourne se coucher. Un silence profond s'installe.

Elle s'éloigne de son poste, troublée par la jouissance de Mme Cano et par les résonances que celle-ci a engendrées dans son propre corps. La nature véritable de la mère de Pierrot se révèle soudainement à elle. Une machine à organes combinés, composés, organes de chair, poches innervées qui se vident et se remplissent. Un système complexe, dédié à l'expression du plaisir et de la douleur. Édith est certaine, elle le sent, que Mme Cano possède une aptitude exceptionnelle à jouir et à souffrir, mais surtout à souffrir. Le plaisir n'est qu'une variété de la douleur. Mme Cano, allongée dans l'herbe, dans un grand champ bien vert. Elle y repose, non comme une femme, mais comme un appareil, une énorme poche de chair, une sorte d'encornet géant, de la couleur blanche d'une peau qui n'a jamais vu le soleil. Une peau qui frissonne au moindre souffle, qui bruisse, qui tremble. Une peau qui réagit immédiatement à la plus infime stimulation, par l'émission de certains liquides suintants ou jaillissants de l'un de ses sept orifices. Elle visualise parfaitement l'intérieur de la machine. Un réseau serré de réservoirs, de tuyaux imbriqués les uns dans les autres, animés, au repos, de légères pulsations et baignant dans un liquide transparent et visqueux.

Souvent, elle avait observé son père, qui éventrait des moutons pour les vider de leurs tripes. La beauté de leurs ventres ouverts l'avait toujours fascinée. Jouets colorés au mécanisme délicat. Elle pleurait à chaque fois qu'il y plongeait les mains pour y mettre le chaos. Mme Cano, c'est un peu la même chose, mais en plus grand. L'agencement est plus subtil, la mesure plus exacte. Elle l'a compris, quand tout à l'heure, elle l'entendait haleter et soupirer. Machine à tout transformer en miel de souffrance. Dieu a créé Mme Cano dans le seul but d'en faire une ruche à douleur, et elle, Édith, se sent capable de faire tourner ses mécanismes au maximum de leur puissance.

Elle imagine l'imposante machine se dégageant lentement du sol, dans un déluge de liquides bariolés, de vapeurs et de cris. Édith la suit des yeux et lorsque après avoir traversé les nuages, elle atteint le royaume céleste, elle voit Dieu qui la saisit et qui la comprime pour en exprimer le jus. Ensuite, Il la suce goulûment et dépose son enveloppe vide sur le gradin le plus élevé du paradis.

En pensant à tout cela, elle se sent petite, nue, malingre, une figue sèche vidée de tous ses sucs, sa peau foncée insensible et inapte au plaisir. Il n'y a rien à tirer d'elle. Elle voudrait être un peu plus grasse, un peu plus remplie de toutes sortes de liquides. Elle essaye d'imiter les cris de Mme Cano mais elle n'émet qu'un grincement éraillé de chat maladif. À demi conscient, l'esprit vidé par ce qu'elle vient d'éprouver, elle se lève et se laisse dériver vers le logement de Joseph.

Arrivée devant la porte trouée de l'italien, elle s'arrête. La porte est entrouverte, l'air est précieux lorsqu'il n'y a pas de fenêtre. Elle s'approche. Odeur d'eau de Cologne. Elle voudrait l'entendre dormir, écouter sa respiration, renifler ses odeurs. Son nez pénètre à peine dans l'obscurité de l'entrebâillement, lorsque la porte s'ouvre brutalement. La peur viscérale qui la saisit lui commande de fuir, mais elle ne peut pas. Son bras est empoigné avec la puissance de l'arrachement.

— Che cazzo fai cua?!

Elle gargouille deux ou trois mots incompréhensibles. Il la tient par les épaules, il s'approche de son visage, elle sent son souffle sur ses cils.

— Ah! C'est toi, maudit petit animal qu'est-ce qui t'intéresse par ici, il y a rien à voler!

— Je ne veux pas voler...

— Alors quoi!

— Je sais pas

— Non lo so! Non lo so! Tu te promènes la nuit, comme ça, sans savoir pourquoi! Pazza, t'es un peu folle ma petite, c'est ça...

Elle reste assise dans la poussière sans pouvoir parler ni bouger.

— Et puis tu m'ennuies...

Il s'éloigne d'un ou deux mètres, fouraille dans son caleçon et se met à pisser. Elle l'observe par en dessous sans pouvoir décrocher son regard du torse dénudé. Il urine longuement et bruyamment. Au fur et à mesure que le jet s'amenuise, il donne de petits coups de cul pour expulser les dernières gouttes. Une fois qu'il a terminé, il se secoue sans ménagement. Éclairés par la lumière grise de la lune, les muscles de son dos s'animent au rythme des mouvements de son bras. Tout en se rebraillant, il se retourne, elle a le temps de voir le rat disparaître dans son trou. Il rigole, passe devant elle sans la regarder et se recouche en laissant la porte ouverte. À genoux, elle revient sur le seuil, se cale contre le chambranle et reste à demi dans le noir, à demi sous la lune. Au bout de cinq minutes, il ronfle déjà et chaque ronflement est pour elle une insulte.

— Fils de pute!

Elle se lève et rentre chez son père. Elle s'allonge le plus doucement possible pour ne réveiller personne, mais elle ne dort pas. Les cris de Mme Cano, le dos de Joseph, son rire... il l'a surprise, comme de rien, prise en défaut. Son bras est douloureux. Il l'a attrapée, attrapée... jamais personne n'a réussi à le faire, jamais. On l'a souvent accusée, de vol ou d'autres choses, on l'a punie et battue, même pour des délits qu'elle n'avait pas commis. Mais on ne l'a jamais prise sur le fait. Il m'a prise. Il m'a prise. Cette phrase tourne dans sa tête le reste de la nuit, se mêle aux bribes de sommeil qu'elle arrive à trouver et se transforme immédiatement en cauchemar. Émir s'échappe et la piétine. Elle sent sa peau se fendre de toute part, comme celle d'une figue. Une chair rouge apparaît sans qu'aucune goutte de sang ne jaillisse. Les sabots frappent son visage, sa peau craque en faisant le bruit d'un cuir qu'on découd. Il la saisit par les flancs, la soulève, la cisaille de ses dents. Elle se réveille, se rendort, se retrouve au même endroit du cauchemar, se réveille encore. Un peu avant l'aube, le chant d'un merle la ramène au réel.

Son père et son frère, dans la pièce d'à côté, ne sont pas encore levés. Avant qu'ils se réveillent, elle doit décider. Elle doit réfléchir. Pourquoi a-t-elle été prise? Que faut-il faire? Que devra-t-elle combiner? Il s'est passé quelque chose. En elle. Pourquoi avoir discuté avec curé Maurice, elle n'aurait pas dû. Qu'il aille se dérouiller le braquemart ailleurs, elle se fiche de son foutu Dieu. Elle ne doit pas se laisser dépasser, être dominée par quoi que ce soit. Émir est un démon, elle ne croit pas aux démons, Émir doit disparaître. Le patron le bichonne, il veut le présenter au prochain concours agricole. On dit qu'il mêle un peu de sang au picotin qu'il lui donne, foutaises! Il ne le présentera nulle part, cette saloperie ne passera pas la journée.

Mais le vrai problème, c'est le Rital. Joseph l'a attrapée, l'a touchée, c'est parce qu'elle aime le regarder, c'est pour ça. Pendant qu'elle le regarde, il peut faire ce qu'il veut. Comment éviter de le regarder? Le plaisir est trop grand. Joseph doit disparaître aussi. Mais ce sera beaucoup plus dur. Le plus simple serait qu'il parte, elle pourrait aussi essayer de le tuer, mais comment ? Il est fort et malin, et puis il est beau. Elle se connaît ; les choses belles ont de l'empire sur elle ; elle s'en veut, mais c'est comme ça. Elle a la chance de vivre dans un univers hideux, si ce n'était pas le cas, elle serait une vraie chiffe molle, béate, la bouche entrouverte, avec un peu de salive à la commissure des lèvres. À moins que Joseph ne devienne laid...

Elle se lève, se débarbouille dans l'évier, allume le brasero et prépare du café. Jean sort de la pièce à dormir, elle lui donne un biscuit. Les yeux encroûtés, il lui demande:

— Tu étais où encore? Papa est fatigué, tu sais.

— Ne t'occupe pas de ça! Est-ce que tu veux venir avec moi pour voir Émir?

Jean ne répond rien, déjà inquiet d'une telle proposition. Le père entre dans la pièce, regarde Édith et crache.

— Tu n'es rien, plus rien... surtout pas ma fille...à partir de maintenant je ne t'adresserai plus la parole... je ne veux plus savoir ce que tu fais, où tu vas, je souhaite te voir disparaître... tu n'es rien.

Édith, les mains sur les hanches, le dévisage en souriant. Elle lui verse une tasse de café qu'elle pose à côté de lui.

— Tu as dit une vingtaine de mots de trop...

Elle sort en entraînant Jean par le bras.

— Qu'est-ce que tu veux faire encore?

— Tu verras bien.

— Dis-le-moi ou je ne viens pas!

— Tu viendras. Si tu ne me suis pas, je te crève les yeux!

Elle s'approche, en le menaçant d'une brindille. Jean baisse la tête et la suit.

— Nous allons voir Émir, je vais le tuer.

— Tu es folle, Émir est méchant... on va se faire punir!

Il tente de s'échapper, elle l'attrape par les cheveux et lui donne un coup de tête.

— T'es qu'un trouillard, ça sera facile, tu vas voir. Émir n'est pas un homme, c'est qu'un cheval de merde, t'entends!

Il se frotte le nez en pleurant.

— Pauvre maricon!

Elle avance rapidement, Jean peine à la suivre. Ils atteignent l'enclos, il est tôt, personne n'est encore là.

L'étalon commence son cirque habituel. Elle donne les consignes à son frère.

— Tout en lui balançant quelques pierres, tu l'entraînes à l'autre bout de l'enclos, moi je reste planquée ici, dès qu'il y sera, j'ouvrirai la barrière.

— C'est comme ça que tu crois le tuer!

— T'occupe, fais ce que je te dis.

Il s'exécute, rassuré que ce ne soit que ça. Les pierres et la poussière volent. Jean vise juste. L'étalon écume. Jean fait de grands cercles avec ses bras pour maintenir l'attention du cheval pendant qu'Édith ouvre la barrière. Elle est pesante et il faut soulever un lourd madrier pour la débloquer. Édith fournit un effort inconcevable pour un corps si frêle, mais elle y parvient rapidement.

— Hé! Connard, par ici!

Elle court se mettre à l'abri en grimpant sur un figuier et Jean se dissimule dans un buisson. Émir reste un moment interdit, il fait deux trois tours du corral en soufflant, marque l'arrêt devant la barrière grande ouverte. Il hésite un moment puis s'élance. Il prend la direction des champs où sont parqués les autres chevaux. Jean rejoint Édith sur le figuier pour suivre la fuite du cheval.

— Il va voir les juments, j'en étais sûre!

— C'est pour les niquer?

— Non, imbécile, il va leur lire le journal.

Émir suffisamment loin, ils redescendent de leur perchoir. Édith demande à son frère de l'aider à refermer la barrière.

— Comme ça, ils croiront qu'il a sauté par-dessus. Bon, maintenant on se scape...

— Tu l'as pas tué... t'as dit que tu voulais le tuer... il s'est juste sauvé.

— T'inquiète, ce bourrin est complètement maboul, il est incapable d'être libre... la liberté pour lui c'est comme un poison, tu verras.

— Oui, mais comment qu'il va être mort?

— J'en sais rien, mais il va crever... En attendant ferme ta gueule, si tu l'ouvres, je t'arrache les claouis et je les donne à bouffer aux clebs... Allez, va jouer ailleurs, j'ai des choses à faire.

Sans demander son reste, Jean s'éclipse. Elle retourne à la Ferme avec l'intention d'espionner Joseph. Une fois sur place, elle se poste à une distance respectable. C'est le moment où il a fini de se préparer, il va bientôt aller au travail. Tonio est venu l'attendre. Joseph apparaît, ils se congratulent, se donnent de grandes tapes dans le dos et glapissent comme deux chacals devant une charogne.

Cette ordure de Tonio, il a tous les défauts, tous les vices, un menteur, un voleur. Une fois, le zob à la main, il lui a demandé si elle voulait le branler. Il l'agitait sous son nez comme s'il voulait la frapper avec. Elle lui a craché dessus et s'est sauvée. Elle n'apprécie pas que Joseph se soit acoquiné si vite avec lui, c'est un mauvais présage. Les deux larrons s'éloignent, bras dessus bras dessous et disparaissent au bout de la rue après avoir été rejoints par d'autres ouvriers.

Édith s'approche discrètement du gourbi de l'italien. Elle regarde de tous les côtés et se dépêche tant qu'elle peut, car elle a peur de voir débouler Émir. Va savoir où il est. Elle se faufile à l'intérieur, le lit n'est pas fait et une quantité invraisemblable de vêtements recouvrent les meubles. Chemises de flanelle, chemises de soie, caleçons, cravates, pantalons de drap, pantalons de velours, vestes en gros coutil pour le travail, en jersey, en lin... La dernière fois qu'elle est venue il ne lui semble pas qu'il y en avait tant. Comment a-t-il pu acheter tout ça?

Elle se met à ranger. Les pantalons avec les pantalons, les vestes avec les vestes, les caleçons avec les caleçons. Elle les dispose bien lissés sur le dos des deux chaises, sur le couvercle d'un petit coffre et sur les quelques cintres fixés à même le mur. Avec un vieux chiffon, elle fait la poussière, elle remise la vaisselle dans un coin et fait le lit. L'espace est restreint, mais elle est habituée et lorsqu'elle a terminé, la pièce donne l'impression d'être propre et ordonnée. Les bras croisés, elle contemple un moment son travail et, satisfaite, s'allonge sur la couverture bien tirée du lit.

Elle se caresse un moment le ventre, remonte sa robe jusqu'à la poitrine et s'endort. Deux heures plus tard elle ouvre les yeux et se met à paniquer. Combien de temps a-t-elle dormi? Quelqu'un l'a peut-être vue? Joseph qui serait revenu chercher quelque chose? Elle ne comprend pas pourquoi elle a eu le besoin de relever sa robe. À poil sur le lit de l'italien, la choune à l'air... Pourtant, elle l'a bien fait, elle, et pas l'autre

Édith, la sauvage. Elle s'en rappelle parfaitement, elle a remonté sa robe... Elle court s'enfermer chez son père, chez lui, au moins, la porte se verrouille. Lui et son frère ne sont pas près de rentrer, elle a devant elle quelques heures de tranquillité. Tant qu'elle ne saura pas ce qu'est devenu Émir, il vaut mieux rester cachée. Elle ne tient absolument pas à le croiser. Son cauchemar est encore bien vivant dans son esprit. Émir doit avoir la tête pleine de vengeance. C'est sûr, elle, en tout cas, elle l'aurait. Si seulement elle possédait sa puissance. Les derniers événements l'ont fatiguée, elle s'endort de nouveau. Vers le milieu de l'après-midi une rumeur s'amplifie, venant du cœur de la Ferme. Une petite foule d'hommes et de femmes s'agitent dans tous les sens. Au centre, le patron vocifère, les larmes aux yeux, il donne des ordres, engueule tout le monde et tout le monde file doux.

— Allez! Magnez-vous le cul nom de Dieu! Il est là-bas vers le Champ Bas!

Des hommes, une dizaine, montés sur de grands mulets s'éloignent rapidement, entourés de cris et de poussière. Édith se fait toute petite, elle pressent qu'elle n'est pas étrangère à ce tohu-bohu, que son plan a fonctionné au-delà de toute espérance. Une demi-heure plus tard elle sursaute. Deux coups de feu ont claqué, ils résonnent longuement dans les montagnes. Il faut qu'elle sache. Elle se rend chez Mme Cano et la trouve, revenant du jardin, un panier de légumes à la main. — Ils ont tiré, c'est quoi?

— Hassan m'a dit qu'Émir s'est échappé ce matin. Ils lui ont couru après toute la journée... Il a semé la panique dans toute la région...un vrai bordel.

Bordel, un vrai bordel... ce genre de mots dans la bouche de Mme Cano ... l'événement doit être grand. Elle continue.

— Il a massacré un autre étalon, il a forcé des juments, il a bousculé des ouvrières qui se rendaient à la distillerie... il en a blessé deux. Il a arraché trois rangs de vigne...

Édith boit ces paroles et se délecte de la plénitude de son efficience. À elle seule, provoquer un tel émoi. Cette sensation nouvelle est sans conteste le signe de l'accroissement qualitatif de son existence. Peu de temps après, les hommes reviennent et dans leurs cris, le fin mot de l'histoire.

Émir a terminé sa course dans un canal d'irrigation, il ne l'a pas vu, et s'est cassé une patte. Épuisé qu'il était, il n'a pu se relever. Agonisant, ils l'ont trouvé, écumant d'écume rosie par le sang. Des plaies, des entailles, partout sur la robe noire. Ils l'ont abattu, c'était ça les coups de feu. Ils vont chercher un tombereau, y chargent des instruments de découpe, des scies, des haches, des couteaux. Le patron a hésité à ordonner l'abattage et le dépeçage. Il pleurait. Il ne voulait pas admettre que son champion était condamné, mais il a été obligé de se rendre à l'évidence. Qu'on le découpe et qu'on distribue la viande, c'est tout ce qu'il a dit avant d'aller chialer dans les collines.

Maintenant que la mort d'Émir est réalisée, Édith est impressionnée et effrayée par l'ampleur des conséquences d'un geste aussi simple. Lever une barrière. Le sentiment de puissance qu'elle vient d'éprouver se transforme peu à peu en crainte de la sanction. Si Jean bave, elle est foutue. Elle veut vérifier si le visage de Mme Cano présente la moindre trace de soupçon, mais celle-ci est déjà ailleurs, attelée à une autre tâche. Elle se demande si elle ne devrait pas aller renforcer la détermination de Jean à rester muet. Il a souvent besoin d'être aidé dans ce genre de situation, car il n'est pas d'une trempe exceptionnelle. Elle hésite un moment, mais la tentation est trop forte d'aller assister au dépeçage. Au pire, si Jean la moucharde, elle niera tout en bloc. Elle avancera qu'il ne manque pas de raisons de vouloir se venger d'elle. De toute façon il n'y a aucune preuve, et puis qu'il aille se faire foutre. En suivant la piste du tombereau, elle se conforte dans l'idée que les choses ne font que suivre leur cours. C'est exactement ce qu'elle voulait après tout. Pourquoi aurait-elle peur? Cette saloperie est crevée et c'est parfait.

Elle entend des cris, elle s'arrête et cherche un poste d'observation correct, un gros olivier fait l'affaire. D'ici, la vue sur le spectacle est idéale, aucun détail ne peut lui échapper. Ils ont attelé deux mulets aux pattes postérieures d'Émir pour le sortir du canal. L'énorme masse de chair est tirée hors de l'eau, molle et amorphe. Elle épouse le profil de la berge. La tête tressautant sur chaque pierre, la carcasse est traînée sur une vingtaine de mètres. Le son filé des couteaux qu'on aiguise, chatouille son ventre et accélère les battements de son cœur. Ils se mettent au travail. Éventration d'abord. D'un geste ample, avec un large couteau, un homme, qu'elle ne reconnaît pas, fend la panse de la poitrine au cul. Il cisaille en avançant et à chaque enfoncement un liquide sans couleur se met à ruisseler. Une fois la plaie agrandie, c'est un torrent qui s'échappe. Deux assistants s'approchent, écartent les lèvres de la fente immense afin de permettre à l'éventreur, armé d'un trident, d'extirper la tripaille. Il est rapide et habile. En un instant, le tas de boyaux forme une montagne. À son sommet, le membre et les deux couilles sont arrangés en manière de drapeau. Tous rigolent, comme soulagés de constater qu'il n'était que ça. Ils finissent de le vider, les côtes se montrent de l'intérieur, Édith y voit une prison. Ils le déshabillent entièrement, la peau, tirée à plusieurs, dévoile en se décollant bruyamment la machinerie de l'étalon, la musculature rouge et noueuse qui ce matin même frémissait encore. La défroque est soigneusement mise de côté, comme si quelqu'un l'avait réservée. La découpe commence et, avec elle, s'installe la bonne humeur. Chacun veut participer. L'animal est démembré. On déboîte les articulations, on tranche les tendons. Avec pour billot une vieille souche, on débite les membres. Les morceaux sont disposés sur une grande toile de jute qui s'imbibe rapidement d'un sang noirâtre. Ils les trient et les classent en vue de la distribution.

De son arbre, elle est seule à pouvoir contempler le tableau de viande. La composition est à son goût. Elle est fière de sa création. Ça ferait une belle gravure dans le « Magasin pittoresque ». Pièces, quartiers, bas et bons morceaux sont ensuite chargés en ordre dans le tombereau. La tête, ornée de petites fleurs, est posée devant, la queue est accrochée à la ridelle. La tripe comestible est extraite de la montagne fumante, le reste est laissé aux chacals. La pièce est jouée, le petit théâtre de sang retourne au bercail, l'acteur principal, quelque peu éprouvé par sa performance, ouvre la marche. Sa tête, écorchée, semble montrer les dents. Quant aux yeux, exorbités, ils rendent à jamais l'ancien monstre ridicule.

Édith se rend sur la scène désertée. Une longueur de colonne vertébrale garnie de filaments de viande, des bouts d'intestins, les poumons couverts de mousse rose, des lambeaux de peau, des éclats d'os, d'autres tissus non identifiables. La terre a épongé le sang et les autres fluides. Il ne subsiste que quelques caillots éparpillés sur de grandes taches aux contours irréguliers. La forme particulière de l'une d'elles attire son attention, elle aimerait y voir le visage de Joseph, mais ce n'est qu'un oiseau grotesque qui apparaît. Une autre lui montre une souris, ou un rat, tenant dans ses pattes une petite maison avec son jardin. Les mouches sont arrivées, de plus en plus nombreuses. Le zob, isolé près d'un buisson en est recouvert, elle y jette une pierre, les insectes s'en écartent une demi-seconde et reviennent aussitôt. S'il n'y en avait pas tant elle aurait bien pissé dessus, elle se contente de se soulager à côté, en le regardant.

À la Ferme la distribution bat son plein. Les pièces sont recoupées. Des centaines de steaks et de rôtis emplissent les cuvettes, casseroles et fait-tout que les mégères ont amenés. Elles piaillent, rigolent, se disputent âprement les morceaux. Telle a des enfants en bas âge, telle autre un vieux père grabataire, chacune a de bonnes raisons d'en demander plus. Ce n'est pas n'importe quelle viande, c'est celle d'Émir. Beaucoup se sont mis à croire qu'elle possède des vertus exceptionnelles. Ils sont persuadés que son ingestion leur apportera force et santé, que son jus gavera les nourrissons, qu'elle fouettera le sang des vieillards et des jeunes enfants, qu'elle renforcera la virilité des maris et augmentera la fécondité des femmes. L'odeur de cette viande magique échauffe les esprits. Deux femmes en viennent aux mains pour une tranche de flanchet. Le régisseur est obligé d'intervenir, pour mettre de l'ordre, il constitue des files: femmes grosses avec enfants, sans enfant, familles nombreuses, vieillards, malades. À tous sont assignés une place et un rang. Le calme revient, mais l'ambiance reste tendue. Malgré cela la joie s'est répandue dans la Ferme. Celles et ceux qui sont pourvus, rentrent chez eux la tête haute, cramponnés à leurs récipients. Certains agrippent à pleines mains les bouts sanguinolents, d'autres, en avalent directement de larges portions pour bénéficier sans attendre de ses puissantes vertus. Garçonnets et fillettes, la bouche barbouillée de sang, rient ou pleurent, selon leur goût, après que leurs mères les ont forcés à en ingurgiter.

Pierrot et sa mère sont bien sûr de la fête, mais Mme Cano n'est pas une sauvage, elle a emballé proprement le morceau et se garde bien d'y toucher devant les autres. Édith, qui vient juste d'arriver, l'a bien remarqué. Digne Mme Cano à la jouissance si belle, elle l'envierait presque si elle n'avait pas autre chose en tête. Joseph est devant sa porte, il attise son brasero. Sur un tabouret, le morceau d'Émir disposé dans une assiette, attend d'être rôti. C'est un morceau assez conséquent et elle se demande comment il a pu l'obtenir. Il est célibataire et il n'a pas participé à l'équarrissage. Quoi qu'il en soit, il sifflote tranquillement, accroupi devant son feu. Avec une petite branche, il répartit les braises et souffle de temps en temps dessus. Quand la température lui semble correcte, il prend la viande, l'étale sur la grille sommaire et commence à la piquer avec une fourchette. Il est tellement absorbé par sa tâche, qu'il ne remarque pas Édith. Elle s'est plantée à quelques mètres de la cuisine de fortune. Les bras croisés, elle ne manque pas une miette du manège de l'italien. Alors qu'il cherche où il a mis le petit sac contenant des têtes de fenouil, il la voit.

— Eh! Vilaine petite bestiole, che vuoi? Tes yeux veulent me tuer, tu me fais peur!

Il mime la terreur. Elle esquisse un sourire qui se transforme tout de suite en rictus.

— Approche! T'en veux un peu?

Sans attendre sa réponse, il en coupe une tranche qu'il glisse toute dégoulinante entre deux bouts de pain. Il la lui tend.

— Mangia!

Elle s'approche doucement et prend le sandwich. Elle n'a pas faim. La viande est dure. Le goût est fort. Chair d'animal angoissé, épuisé ; même rancie, elle gardera une saveur de métal et de sang séché. Elle la mange entièrement. Joseph dévore le reste du morceau en grognant de satisfaction. Lorsqu'il est au bord de l'étouffement, il s'envoie de larges rasades de piquette à même le pichet. Il s'essuie la bouche à grands coups d'avant-bras. Il rote. Son visage est luisant de graisse et il ne l'a quitte pas des yeux. Tout en mâchant, il la détaille de haut en bas. Elle n'est pas gênée par son regard, au contraire. Elle l'a espionné pendant des jours, il peut bien en profiter aujourd'hui. En dessert, il lui donne quelques figues sèches. Elle va remplir la bassine à la citerne qui est juste derrière le logement. En revenant, elle ramasse les deux ou trois couverts qui traînent et commence la vaisselle. Il lui demande d'entrer, ce n'est pas la peine que tout le monde la voie. Une fois à l'intérieur, il s'assoit sur le lit. Elle s'affaire dans la pièce. Elle range la vaisselle, époussette ce qu'elle peut avec un vieux chiffon, plie un pantalon, le tout en baissant la tête sans oser lever les yeux. Il fait de plus en plus sombre. Joseph se lève, allume la lampe à pétrole posée sur la table, puis va se rasseoir. Elle s'est plantée dans un coin sombre de la pièce. Seules ses mains apparaissent, qui tortillent le chiffon.

— Tu es gentille dis donc, tu fais mon ménage, une vraie petite femme... pourtant on n'est pas mariés... Hein! che ne dici? On est mariés?

— Non.

Elle hésite. Prendre la lampe et lui enfoncer le verre dans le visage ou l'embrasser ? Mais elle est complètement paralysée. Sa volonté s'est évaporée, elle ne peut faire aucun geste. Un peu comme le matin lorsqu'il faut se lever mais que le corps refuse. L'esprit est éveillé, mais lui est encore endormi. On bouge à peine. En fait, ce n'est pas un manque de volonté, c'est une volonté contraire, qui annule l'autre. Elle ne pense à rien... à part cela... prendre la lampe et la lui planter dans le visage.

— Mais tu sais que les femmes ne font pas que le ménage... elles doivent faire certaines choses avec leur mari. Si tu veux, on peut se marier... ici... si tu veux... te passer la bague au doigt... quel âge tu as?

— Treize.

— Et moi vingt... c'est une bonne différence entre deux époux, c'est déjà un bon signe. Tu as des choses, de la richesse?

— La robe que j'ai sur moi.

— Bene.

Elle réfléchit.

— Des livres.

— Des livres! Une misérable comme toi! tu as des livres! tu veux faire quoi avec ça ? Tu veux être dottoressa?

— Une table avec un tiroir, deux chaises, des bassines, quatre couteaux, deux fourchettes, un tapis tressé avec des motifs géométriques...

— Ma! Tu es riche pour une fille de treize ans.

— Une maison dans la montagne et beaucoup d'autres choses.

— Une maison! Tu crois pas que tu en racontes un peu trop... Une maison dans la montagne et un palais de verre dans la plaine, c'est ça? Avec un canal pour que les navires puissent te livrer directement d'Alger...

Elle le regarde, elle voudrait aller chercher la lampe, mais elle reste immobile, clouée au sol.

— Pourquoi tu parles d'un palais de verre?

— Comme ça. Mais je veux bien te croire. Moi aussi je rêve d'une maison avec des terres autour. Un jour j'en aurai une. On pourra l'habiter ensemble, mari et femme.

— En fait, c'est plutôt une grotte qu'une maison.

— Tu sembles vive. En te dressant un peu, tu travailleras bien. Une femme qui travaille bien, c'est la richesse assurée... j'aime pas les bonnes à rien... vieni! Que je voie ma future femme de plus près...

Elle ne bouge pas.

— Approche, je te dis...

Il se lève, la saisit par le poignet et l'attire à lui. Il est assis, elle est debout entre ses jambes. Il la tient par la taille. Elle ne sait que faire de ses mains, deux objets compromettants qu'on ne sait pas où jeter. Elle essaye de les cacher. Elle ne sait pas pourquoi.

— Voyons voir...

Il lui dégage le visage en tirant ses cheveux en arrière.

— Che bella! Tu caches beaucoup de choses ma petite. Bien maquillée tu ferais ton effet, même sur les boulevards de Rome.

Il caresse ses joues, sa main est calleuse. Elle a l'impression qu'on la frotte avec une écorce, mais elle est chaude, étrangement chaude. Elle la repousse.

— Fais voir si tu possèdes d'autres trésors cachés?

L'écorce remonte le long de sa jambe, de sa cuisse, la main rugueuse lui saisit une fesse.

— Juste à ma taille...

Il la triture délicatement.

Édith n'aime pas le contact de cette main, mais sa chaleur... Comme ces insectes qui endorment avant de piquer. Avec difficulté, elle arrive à poser ses mains sur les épaules de Joseph, elle commence à le repousser légèrement.

— Voyons voir si tu as tout ce qu'il faut.

Elle sent la main qui se déplace, qui s'insinue entre ses fesses, qui glisse plus avant entre ses cuisses, un doigt rêche entame une petite danse circulaire, à chaque cercle il s'enfonce un peu plus, un peu plus profondément dans son sexe. Elle le repousse violemment, lui échappe, il la rattrape sur le pas de la porte.

— Viens ici, on est presque mariés maintenant, tu

m'as bagué le doigt.

Il la maintient d'un seul bras, elle se débat sans force.

En connaisseur, il sent son doigt et le suce.

— Tu es une vraie femme, tu as tout ce qu'il faut.

Il tire la porte, la bloque avec un anneau de corde et projette Édith sur le lit. Elle atterrit sur le dos, la robe remontée au-dessus du nombril. Joseph se met en face d'elle et se déshabille rapidement. Elle ne bouge plus, elle contemple son corps, son katz, bien au milieu, bien évident, dressé et animé de petits battements, ses couilles un peu plus foncées. Elle n'aime pas trop cette différence de couleur. Elle ne peut bouger. Dans la lumière de la lampe, Joseph est entièrement orange. Elle ne peut bouger. On dirait qu'il sort du feu, tout rougeoyant. Son odeur aussi. Ses odeurs, toutes celles qu'elle connaît, plus l'odeur de sa bite, entêtante. Elle ne peut bouger. Il lui écarte les jambes, la ramène vers lui. Elle glisse sur la couverture qui lui brûle le dos, elle a mal, sa robe remonte encore plus haut, jusque sous ses bras. Il découvre ses seins. Il lui écarte les jambes encore plus et en lui appuyant au creux des genoux, il lui plaque les cuisses le long du buste. Elle peine à respirer, elle a l'impression que ses articulations vont craquer. Il se frotte sur le seuil. Elle se regarde, comme si elle était une autre, fragmentée, comme du verre brisé. Il s'excite, force, se tortille, ça la brûle. Le cylindre chaud monte, descend, lui frappe le ventre, repart entre ses jambes. Il souffle, insiste, persiste, se le prend à pleines mains pour le guider. Il se plie sous l'effort, son bout est enflammé. Elle a de plus en plus mal. Elle est tellement endolorie, que, lorsqu'il entre, elle ne s'en rend pas compte. Il s'est calmé et navigue tranquillement dans le jeune sexe.

— Tu es ma femme maintenant!

Tout son bas-ventre est en feu, ça la lance, des pointes qui s'enfoncent jusque dans la poitrine, son visage est baigné de sueur, elle halète. Elle se surprend à essayer de pousser de petits cris à la Mme Cano, mais rien ne sort de sa bouche, tout est décalé, rien ne fonctionne en rythme, tout est dissonant. La douleur est telle, qu'elle la voit hors d'elle, un être à part entière avec de multiples ramifications. Comme Émir en morceaux sur la toile de jute. Joseph accélère, et donne une poussée si brutale qu'elle bascule. Un voile noir, et plus rien. Lorsqu'elle revient à elle, elle est toujours sur le lit, les jambes ouvertes, le bas du corps plein d'une douleur lancinante. Elle tâte son entrejambe, ses pores sont détrempés, elle dégouline de partout, tout est sens dessus dessous, de la viande hachée.

Joseph est allongé à même le sol. Il dort, le zob sur le côté, poisseux et encore à demi bandé. Elle vide l'eau de vaisselle de la cuvette et sort en boitant la remplir à la citerne. Elle se lave sur place, la nuit personne ne peut la voir. Elle vide et remplit plusieurs fois le récipient. L'eau fraîche la soulage, elle se rince entièrement. De retour dans la pièce, elle prend un couteau et s'approche de Joseph endormi. Elle s'accroupit près de lui et fait le geste de le poignarder, arrêtant la pointe à quelques millimètres de l'épiderme. Elle commence par la grosse limace et les testicules, remonte sur le ventre, la poitrine, le cœur, elle fait semblant de l'égorger, de lui crever les yeux, de lui cisailler le front. Elle repose le couteau, s'allonge à côté de lui et l'enlace en remontant sa cuisse sur le sexe froid et humide. Au petit matin elle se lève avant lui et sort. Elle s'arrête devant le logement des Cano. Ils sont tous levés. Elle attend que M. Cano parte au travail. Elle entre. Pierrot assis à la table s'empiffre de pain et de fèves, sa mère le coiffe.

— Bonjour, je...je suis venue pour te demander quelque chose... mais je ne sais pas si...

— Demande ma chérie.

— Je veux une culotte.

— Une culotte?

Édith lève sa robe. Mme Cano la regarde fixement, s'approche et la prend dans ses bras.

— Je comprends, ton corps n'est plus celui d'une petite fille maintenant...

Édith se blottit dans l'odeur de Mme Cano, elle embrasse son cou, à cet instant elle aimerait faire partie d'elle. Elle voudrait lui dire ce qui s'est passé, mais elle a peur qu'on s'en prenne à Joseph. C'est son mari et elle doit le protéger... même s'il n'a pas été très correct avec elle... même si elle ne sait pas vraiment si elle veut être sa femme. Elle se rend compte que c'est la première fois qu'elle ne comprend pas entièrement ce qu'elle a fait, était-elle d'accord ou l'a-t-il forcée? Seules les personnes auxquelles on a jeté un sort peuvent se poser ce genre de questions. Elle ne fait pas partie des crédules, elle doit déterminer exactement si c'est elle qui a décidé de se donner à Joseph. Pour l'instant, elle est dans les bras de Mme Cano et elle voudrait ne plus en partir. Elle est encore grande ouverte, elle a l'impression que si elle la lâche elle va se vider d'un coup, que tous ses organes vont se retrouver sur le sol.

— N'aie pas peur, reste là, je vais en chercher une.

Elle revient avec une culotte en coton, de belle facture.

— Je ne suis pas si mince que toi, mais celle-là devrait t'aller...

Elle s'accroupit et lui enfile la culotte, un pied, puis l'autre. Édith pose ses mains sur les épaules de Mme Cano, dernière posture de l'enfance.

— Elle est un peu grande, mais en ficelant bien ça peut aller...

Elle serre les cordons à la taille et aux cuisses.

— Je peux aller me promener avec Pierrot?

— Oui, mais ramène le pour midi.

Dès qu'il l'a entendue, il a sauté de sa chaise. Il s'approche d'elle, lui saisit le poignet, se baisse et lui embrasse la main. Dehors, le soleil est déjà chaud.

— Pour marcher, une culotte, c'est un peu gênant, on dirait qu'on a un drap entre les jambes.

Pierrot acquiesce. Ils vont manger quelques tomates et après quelques prunes.

— Tu sais Pierrot, Joseph l'italien, cette nuit, il m'a niquée. Il m'a mis son zob tout entier.

Pierrot l'écoute attentivement. Elle mime. Son poing et son avant-bras vont et viennent dans son autre main. Pierrot l'imite et se met à rigoler.

— C'est pas rigolo, imbécile! J'étais comme la rivière putain qui coule près de ma maison, elle se fait prendre par le soleil en écartant ses jambes d'eau et il lui rentre de partout. Je suis peut-être une putain maintenant, tu comprends?

Pierrot soulève sa robe et tire le tissu de la culotte.

— Elle est gentille de me l'avoir donnée. Une culotte c'est personnel. Je suis heureuse de savoir que la choune de ta maman a touché le fond de cette culotte, comme la mienne en ce moment.

Elle en défait les liens et la baisse pour en montrer le fond à Pierrot. Il y a un petit peu de sang.

— Tu vois, le Rital m'a bien arrangée, mais avec cette culotte, je suis un peu comme ta maman, en plus, elle empêche de me vider. Il a fait un grand trou entre mes jambes, j'ai peur que mes boyaux se slèquent.

Pierrot prend un air effrayé.

— Non, ne t'inquiète pas, en fait ce n'est pas grave, c'est normal, enfin pour une femme. Tu crois que je suis une femme?

Elle tourne sur elle-même en gonflant la poitrine. Il fait non de la tête.

— Ah oui! Et pourquoi?

Il tend son bras, la main à plat, paume tournée vers le bas et fait le geste d'aplatir quelque chose.

— Tu trouves que je suis trop petite, c'est ça? Je ne suis pas bien grande, mais ça n'a rien à voir. Petites, grosses, grandes, on se fait toutes niquer et quand on se fait niquer, on est une femme. Mais tu peux pas comprendre.

Elle le serre dans ses bras.

— Enfin, tu as peut-être raison dans un sens, moi je l'ai fait juste une fois et je sais pas crier comme ta maman. Elle, quand elle fait ça, on dirait une chanteuse d'opéra... tu sais... torrrreadorrr ton cul n'est pas en orrrrr... elle est vraiment la plus belle, j'arrive pas à crier comme elle... je sais pas comment on peut faire pour que ça fasse du bien... ou alors, peut-être qu'elle a mal elle aussi et qu'elle aime avoir mal. Je sais pas encore si j'aimerais avoir mal, pour l'instant je n'aime pas beaucoup.

Il la regarde en suçant ses doigts.

— Ouais, toi t'en a rien à foutre, mais c'est quand même comme ça que t'as été fabriqué. D'avant en arrière elle fait aller ses poings, mimant l'accouplement. Il fait pareil. Ils avancent en chaloupant, riant aux larmes.

— Ton père et ta mère, tsoin tsoin! Mon père et le cadavre de ma mère, tsoin tsoin! Le patron et la patronne, tsoin tsoin! Curé Maurice et ses enfants de cœurs, tsoin tsoin! Ha ha ha ha ha!

L'équipage se dirige vers un ancien hangar où sont remisées de vieilles machines dont personne n'a jamais su à quoi elles ont pu servir. Des cadavres rouillés, entassés sur la paille, qui servent de cachettes aux enfants et aux rats. Sous une espèce de cuve éventrée à gros rivets, Édith et Pierrot s'allongent. Ils s'abîment dans le foin, elle l'enlace, le caresse, le couvre de baisers.

— En taille, je suis pour l'italien, ce que tu es pour moi. Mais nous on peut rien faire, ta touta est trop petite même quand elle est toute dure comme maintenant. C'est pour ça que tu es le seul que j'aime ici. Je t'aime plus que tout au monde. J'ai un ange pour moi toute seule. Bon, tu es un peu à ta mère aussi, mais c'est pas pareil, elle te voit pas vraiment comme tu es, ta mère c'est une grande machine pleine de liquides blancs et rouges – en vrai – elle te voit seulement comme un petit bout d'elle-même, une pièce détachée, c'est pour ça que tu ne parles pas. Elle t'aime parce qu'elle pense que tu es un morceau de machine, d'ailleurs elle peut même pas te voir – c'est une machine – elle te sent quand tu vibres ou quand tu respires, elle te ramène vers elle avec ses cils vibratiles, tu sais ce que c'est les cils vibratiles?

Non... je te montrerai... sur un livre. Elle te ramène vers elle juste à l'endroit où elle a un manque, un trou, et elle te met dedans et comme ça, elle est complète. C'est normal... je sais pas pourquoi je voudrais être comme elle... c'est normal... elle ressent tout... c'est pour ça... le moindre souffle, un tout petit insecte, à vingt pas elle le sent... alors imagine, quand ton père la...

Elle se passe la langue sur les lèvres.

— Moi, je suis comme une amande, une grosse peau, du bois et le tendre à l'intérieur... pour l'atteindre, il faut me casser.

Pierrot lui caresse le front et il se blottit contre elle. Elle le regarde.

— C'est dommage que tu ne sois pas de notre monde.

Ils s'endorment, une demi-heure, ensuite, un bras autour du cou, elle l'entraîne dehors, sur le chemin de la grande oliveraie.

— Tu sais, tout à l'heure quand on était dans le hangar, j'ai pensé à un truc...

Il l'interroge des yeux.

— T'es mudo, personne ne sait pourquoi, sauf moi bien sûr, mais je sais pas comment te faire parler. C'est ta mère qui peut te soigner, elle seule. Mais elle le fera jamais.

Il fait non.

— À la Ferme on dit que t'es un retrasado, mais moi je sais que t'en es pas un... hein que t'es pas un retrasado.

Il fait oui.

— Tu vois, si tu peux comprendre quand on te demande ça, c'est bien que t'en es pas un.

Il bombe le torse, mains sur les hanches, tête jetée en arrière, prenant un air dominateur, il toise alentour, la bouche crispée, croissant de lune aux pointes tournées vers le bas.

— Ha! Ha! Un vrai petit chef! À vos orrrrdres commandant!

Elle fait le salut militaire. L'ombre de l'olivier sous lequel ils se sont arrêtés, émaille leurs corps de petites taches grises. Pierrot, marquant le pas sur place, tourne sur lui-même. Édith, au garde-à-vous, essaye de saisir son regard, à chaque fois que son visage passe devant le sien, elle le suit le plus longtemps possible, faisant faire à son corps le mouvement d'un serpent que l'on charme. Le petit accentue l'effet mécanique de son tournoiement, il marque le pas d'une manière de plus en plus rapide, de plus en plus désordonnée. Elle l'excite de ses cris.

— Allez! Allez! Commandant, homp deux... homp deux!

Elle esquisse une danse du ventre, mais Pierrot s'effondre, entraînant Édith avec lui. Elle se relève, le relève, il titube, marche de travers, retombe, se relève, elle le guide puis le fait de nouveau tourner sur lui-même, ils s'écroulent enfin et restent sur le sol, les bras en croix.

Leur souffle retrouvé, elle se retourne sur lui, l'enveloppe de sa jambe et lui caresse le ventre.

— Je sais comment remplacer tes paroles... mais c'est bientôt l'heure de midi... viens, on va chez ta mère... pour les paroles, je te montrerai après.

Chez Pierrot, sa mère leur donne à manger.

Du pain, des fèves, des olives, un morceau de lard et un demi oignon, le déjeuner.

— Tu es vraiment gentille Mme Cano... cet après-midi, je ferai des paroles de remplacement pour Pierrot.

— C'est vrai que tu parles pour deux, tu es une vraie pipelette et souvent ton langage n'est pas très chrétien...

— C'est normal, toutes les femmes c'est des pipelettes, surtout ici, à la Ferme. C'est pour purger leur mal de ventre qu'elles parlent tout le temps...

— Leur mal de ventre?

— Oui, tu sais bien...

— Et moi, je suis aussi une pipelette?

— Non, toi t'es pas comme les autres, t'es gentille avec moi et tu es la maman de Pierrot. Je l'aime plus que tout au monde.

— Pas plus que ton frère quand même!

— Bien plus que lui, Pierrot est mon vrai frère... les frères c'est pas forcément avec le sang... mais... pour les paroles... je voulais pas dire que je parlerai pour lui... je vais le faire parler... lui.

— Vraiment! Je suis curieuse de voir ça.

Pierrot s'empiffre tout en suivant avec attention le dialogue entre Édith et sa mère.

— Tu as de la chance, Pierrot, d'avoir une amie comme ça.

— Ce n'est pas lui Mme Cano, c'est moi qui a de la chance.

C'est l'heure de la sieste, Édith demande à la mère de Pierrot si elle peut l'emmener chez elle pour dormir, il n'y aura personne et il sera plus tranquille. Elle veut aussi savoir si elle a de la colle.

— De la colle? pour quoi faire?

— C'est pour un jeu.

— Un jeu! j'espère que tu n'as pas quelques bêtises en tête.

— Oh non! j'en ai besoin de juste un peu... faire des collages.

— Bon, va dans le tiroir du buffet, il y en a un petit pot, mais fais attention, ne gaspille pas, ça ne se trouve pas comme ça.

— D'accord.

Une fois chez son père, Édith se dirige vers sa paillasse, la soulève et en sort un cahier d'écolier.

— je l'ai gardé de quand j'allais à l'école.

Pierrot le prend, tourne les pages, les palpe, les sent puis le redonne à Édith. D'un coup de dent, elle sectionne le fil qui coud les pages ensemble, elle sépare toutes les feuilles doubles et les pose en tas sur le sol. Elle s'assoit en tailleur, se prend la tête dans les mains, comme pour se concentrer. Pierrot, replié sur lui-même, s'est couché à côté d'elle, il est agité par les petits mouvements compulsifs des enfants qui entrent dans le sommeil. Édith respire profondément, marmonne quelques phrases incompréhensibles, saisit subitement la feuille du sommet de la pile, d'un geste vif et précis, elle la déchire dans le sens de la longueur et en extrait une bande, large de deux doigts. De chaque feuille, elle tire cinq bandes. En un quart d'heure, le paquet de feuilles est traité et les bandes soigneusement rangées par liasses de dix. À l'aide du bâtonnet enduit de colle, elle les aboute jusqu'à ce qu'elle obtienne un ruban de la longueur de son bras. Elle en confectionne une vingtaine qu'elle étale dans la pièce. Lorsque tous sont disposés, elle retourne s'asseoir près de Pierrot et contemple son travail. Elle s'adresse à Pierrot endormi.

— Je les regarde sécher, tu sens l'odeur de la colle? Tu entends comme elle sèche? Elle craquelle, elle soude les feuilles entre elles avec des milliers de petits clous invisibles. La colle, c'est une belle invention. Elle transforme plusieurs en un.

Elle pose la main sur sa tête. Durant une heure, elle reste à rêver, à penser à d'autres choses, à d'autres pays, aux fuites possibles, y compris comme celle d'Émir. Après tout, avant de mourir, il a bien baisé, il a bien massacré, après tout. Elle vérifie si les bandes sont solidement collées, puis, une à une, elle les roule et les entoure d'un brin de raphia qu'elle noue méticuleusement. Pierrot se réveille et comme si de rien n'était, se met à l'imiter. Ils se partagent la tâche. Rapidement tout est terminé. À genoux devant lui, elle bourre les poches du tablier de Pierrot avec les rouleaux.

— Maintenant, t'as un gros ventre plein de paroles.

Elle se lève et récupère un petit crayon de papier posé sur une étagère près de la porte d'entrée. Le seul crayon de la maison. Celui avec lequel sa mère notait, sur un petit carnet, les recettes de cuisine et les dépenses du ménage. Le carnet a disparu, mais le crayon est resté. Personne n'ose le toucher ou personne n'en a jamais eu besoin. il est tout petit tellement il a été taillé. Elle se le pique dans les cheveux.

— Allez, viens Pierrot, on va se balader.

À la sortie de la Ferme, ils aperçoivent Jean qui revient des orangeraies. Il commence à travailler avec les hommes. C'est pour cette raison qu'il ne veut plus traîner avec sa sœur.

Ce n'est pas la peine de se montrer avec elle. Pourquoi ne travaille-t-elle pas elle aussi? Les autres filles sont actives, elles se rendent utiles autant qu'elles le peuvent. À la maison elles soulagent leurs mères et aux champs, elles ramassent, bottellent, mettent en caisse, elles assurent les infimes besognes qu'on réserve aux enfants. Parfois, même, elles reçoivent un petit salaire.

À la Ferme on travaille, c'est comme ça. C'est comme ça qu'on est un être humain. Édith est une feignasse, Édith est une voleuse, comme l'était Farida. Farida est maintenant putain à Blida. Édith finira comme Farida, pourrie, daubée. C'est ce que tout le monde pense à la Ferme. Pourquoi Mme Cano accorde-t-elle de l'importance à cette fille perdue? On se le demande. Peut-être que Mme Cano n'est pas très claire. On dit qu'elle aurait eu des histoires. Un passé trouble, avant qu'elle ne se marie avec M. Cano. La bonne Mme Cano, elle joue les vertueuses, certainement pour racheter ses saletés. Voilà tout ce qui instantanément, s'affiche en bloc dans l'esprit de Jean, quand, de loin, il repère sa sœur traînant derrière elle ce débile de Pierrot.

Il essaye de prendre la tangente, mais Édith lui fait déjà un signe impératif pour qu'il les rejoigne. Qu'est-ce qu'elle me veut encore. Cette simple pensée a mis quatre fois plus de temps à traverser son esprit que tous les ragots de la Ferme sur Édith et Mme Cano. Il en prend conscience juste au moment où il change de direction pour aller vers sa sœur. Troublé, il rate son premier pas. Il a peur. Chaque fois qu'il est en sa présence, il éprouve de la crainte. On ne sait jamais ce qu'elle va faire, ce qu'elle va inventer. Il est impossible de prévoir ses réactions. En un instant elle se transforme. Elle n'est pas fixe. Édith est un mélange hautement instable. D'ailleurs, il n'arrive jamais à se représenter son visage. À la maison, il dort mal quand elle est là. Il imagine qu'elle vient pour le tuer dans son sommeil, lui enfoncer un couteau, une fourchette, un bout de bois, lui planter n'importe quoi dans la gorge. Pourtant, une nuit, il a rêvé qu'il se mariait avec elle et il s'est toujours laissé entraîner sans grande résistance dans les jeux très particuliers qu'elle aime élaborer. Peut-être n'est-elle pas sa sœur, peut-être ses parents l'ont-ils trouvée. Elle est tellement étrange.

— Alors mon Jeannot! T'as été bosser, comme un gros esclave que tu es...

— Sorcière!

— Holà! T'énerve pas, je blague, c'est bien ce que tu fais, Papa doit être content de toi... et puis, tu ramènes du flousse à la maison.

— C'est pas ton cas.

— Je sais... et j'en souffre... mais mon destin est ailleurs, je suis une dame, moi, et c'est comme ça.

— Qu'est-ce que tu veux?

— je veux que tu racontes à Pierrot, comment on a fait s'échapper Émir.

— Hein! Je n'ai rien à voir avec ça!

— Allez, déconne pas, Pierrot y parle pas, y peut rien raconter. Je veux qu'il entende cette histoire de ta bouche.

— Raconte-lui toi-même!

— Non! toi! Il faut que ce soit toi, pour que ce soit vrai... Pierrot m'aime trop, il croit tout ce que je lui dis, ou plutôt, je pense qu'il fait semblant de me croire pour me faire plaisir. Je veux être sûre qu'il soit sûr que c'est la vérité.

— T'es maboule, complètement maboule!

— C'est bien pour ça! Elle hurle. Si c'est toi, Monsieur le Normal, qui raconte, il te croira vraiment. C'est toujours les putains de saloperies de merdes normales qu'on croit toujours!

Elle se jette sur lui et commence à lui mordre la gorge.

— Ça va, arrête merde! ça va! arrête!

Pris de panique, il se dégage, essaye de fuir, elle le rattrape, un croche-patte, il s'étale dans la poussière. Genoux en avant elle lui saute sur le dos, le plaque au sol. Elle s'allonge sur lui et tout en l'étranglant, à grand coups de cul, elle mime l'homme copulant.

— Tu vois, si j'avais un zob, je serais en train de te niquer... raconte!

— Mais pourquoi!

— Pour Pierrot bordel! pour Pierrot! pour Pierrot! Il s'ennuie, je veux qu'il entende une histoire, je veux qu'il partage notre secret! Arrête de discuter!

Elle l'étrangle un peu plus.

Jean, terrorisé, commence à raconter l'histoire. Édith se détend et adopte la posture d'une dormeuse. Les bras croisés sur la tête de son frère et sa tête à elle, sur ses bras croisés.

— Mmmmh! Comme je suis bien sur mon matelas... tu te rends compte Pierrot, un matelas qui raconte des histoires.

La tête comprimée, la joue sertie de graviers, il rapporte. Soucieux, afin d'en finir au plus vite, de ne pas contrarier sa sœur, il la met en avant. Elle le corrige.

— Ne t'abaisse pas! t'as été parfait! raconte comment tu l'as attiré dans le fond de l'enclos. Du beau boulot.

Suffoqué par le corps d'Édith, il poursuit.

Pierrot, en tailleur devant l'étrange monticule, déguste l'instant de ce pur spectacle, tout le fascine. Les mouvements lascifs d'Édith, l'interstice entre leurs corps, le visage rouge et congestionné de Jean, ses lèvres blanchies par la poussière, les petits nuages, à chaque parole, à chaque soupir, chacun sa forme. Il sent l'odeur de la peur du conteur, légèrement acidulée avec un très léger accent de charogne fraîche, il hume celle de l'excitation d'Édith. L'odeur de l'histoire. L'histoire, d'Émir la Montagne, l'histoire d'Édith et Jean, de leurs corps vifs et brillants, l'histoire du soleil et de la poussière. En clignant des yeux, il voit renaître l'étalon dans la masse des corps englués de la sœur et de son frère. Jean qui souffle et qui gémit la fin de l'histoire.

— Et... mmmf!... et Ém... Émir disparaît au loin.

Calme.

Édith et son visage se figent, encore deux petits spasmes des hanches, la séance est terminée. Elle pense à autre chose. Elle se relève, tend la main à Pierrot. Ils s'en vont.

Jean ne bouge pas, face à la terre, il faudrait pleurer, mais il n'y arrive pas, par contre, il mangerait bien un gâteau.

— Tu as bien entendu l'histoire de comment on a fait scaper Émir?

Il acquiesce.

— On a fait un truc « estrocdinaire », grâce à nous, tout le monde a mangé de la viande!

Pierrot fait une moue de dégoût.

Ouais, elle était pas très bonne, mais c'était quand même de la viande, et puis elle était pas faite pour être bonne, elle était faite pour donner de la force.

Il gonfle ses biceps.

— Oui, de la force. Maintenant viens, je vais te faire parler.

Ils vont s'installer sous un gros figuier. Elle l'apprécie. On dirait celui de la montagne, son frère peut-être. Il abrite deux grosses pierres, deux bons sièges. Ils s'y assoient. Son ombre est fraîche. Une petite brise agite les feuilles. Elles clignotent. C'est Édith qui dit ça. Quand les feuilles vibrent bizarrement, comme ça, elles clignotent. Si tu en fixes une, bien en haut, juste vers le soleil, à toute vitesse, elle cache et elle cache pas le soleil. Dans les yeux, ça clignote et ça te les pique, et en même temps ça te fait frissonner.

— Moi, ça me fait comme si j'avais froid.

Pierrot essaye de fixer une feuille, mais ça lui fait mal. Il se frotte les orbites de ses deux paumes. Édith rigole.

— Tes yeux sont encore trop tendres, mais bientôt tu pourras le faire, comme moi. C'est juste un entraînement... mais viens ici.

Elle fouraille dans les poches du petit et en sort un rouleau. Elle dénoue le raphia et en déroule une longueur sur le méplat d'une pierre. Elle tire le petit crayon de ses cheveux et commence à tracer des lettres. Des mots: bonjour Édith commen tu va, je m'appel Pierrot. J'ai bien aimer ton histoire d'Emir qui s'et scapé...

Elle roule la bande. L'introduit dans la bouche de Pierrot.

— Maintenant, souffle!

Pierrot souffle et crache le rouleau. Heureusement, il tombe sur une feuille et ne se salit pas.

— Non! Pas comme ça, regarde.

Elle l'essuie sur sa manche et le met dans sa propre bouche. Elle souffle. Le papier se déroule comme une langue de belle-mère. Le texte apparaît. Pierrot le suit du doigt et bouge les lèvres, comme s'il lisait.

— Essaye maintenant!

Après deux ou trois tentatives, il y arrive.

— Tu vois, si tu veux dire quelque chose, tu déroules le ruban, elle réfléchit... ça ne va pas, j'y ai même pas pensé, il faudrait que t'écrives, je ne pourrai pas toujours être avec toi pour...

Pierrot agite les bras, il lui prend le crayon et se met à écrire: PIRO.

— Ah oui! c'est pas mal, mais c'est pas suffisant, tu pourras juste te présenter... à moins que j'écrive à l'avance des trucs qu'on dit tous les jours, bonjour, au revoir, j'ai faim, j'ai sommeil, je veux pisser, tripote moi la touta, ha! ha! ha!

Elle lui tripote la touta. Mais subitement son visage s'assombrit.

— Oh, pis laisse tomber, c'est une connerie, ça sert à rien, il faut au moins que t'écrives, je vais t'apprendre mais ça sera long. Je vais plutôt te décorer avec les rubans à paroles!

Elle les déroule tous et elle commence.

Rubans autour de la tête: Pierrot la momie. Tu as déjà vu une momie?

Une dizaine de rubans qui sortent la bouche: Pierrot la pieuvre. Tu as déjà vu une pieuvre?

Rubans qui pendent autour de la taille: Pierrot le nègre sauvage. Tu as déjà vu un nègre sauvage?

Tous les rubans entortillés et attachés autour du cou, l'autre extrémité accrochée à une branche du

figuier: Pierrot le pendu. Tu as déjà vu un pen...
Soudain elle voit quelque chose. Elle regarde Pierrot. Le scrute. Elle croit comprendre. Il ne parlera jamais. Il n'apprendra pas à lire. Elle en est sûre maintenant, en le voyant pendu. Il tire la langue. Il joue au mort. Pierrot n'est pas de ce monde. Pour la première fois depuis longtemps, elle a envie de pleurer. Elle le prend dans ses bras.

— Pierrot, tu sais, tu me fais peur, tu me rends triste, mais c'est pas de ta faute, c'est pas de ta faute.

Elle veut lui dire ce qu'elle sait. Elle n'ose pas. Ça ne servirait à rien. Elle a deviné qu'il était double. Depuis longtemps elle s'en doutait. Elle le savait. Mais aujourd'hui elle en est sûre. Pierrot est double, séparé. Une partie pendue ici. L'autre courant dans le monde du ventre de Mme Cano. Il n'est pas entier. Sa parole est restée là-bas et beaucoup d'autres choses. Un accident. Ou peut-être Mme Cano — la machine — Mme Cano n'a pas bien fonctionné. Elle ne voulait pas le laisser partir, mais son pouvoir n'était pas suffisant. Un morceau lui a échappé qui est venu ici. L'autre est resté. Il s'est déchiré en deux.

Édith caresse Pierrot, l'embrasse. Elle ramasse toutes les bandes, les déchire, en fait une boule et la jette. Elle prend la main de Pierrot. Ils font quelques pas. Elle le lâche. Retourne vers la boule de papier, la reprend, s'agenouille au pied du figuier et creuse. Elle pleure vraiment. Avec ses ongles, elle creuse. La terre est sèche, dure. Mais elle, elle est plus dure que la terre et la terre cède. Le trou suffisamment grand, elle y met la boule de papier. Elle la recouvre. Pour tasser la terre sèche, elle la frappe avec ses pieds. Elle dit:

— Tes paroles sont ici, sous ce figuier, tu dois t'en souvenir. Peut-être qu'un jour, en mangeant une de ses figues, tu diras quelque chose, elle hésite un moment, mais j'ai mieux pour toi.

Alors qu'ils traversent la Ferme, elle est interpelée par Joseph. Il est avec Tonio. Vautrés devant sa porte, ils fument.

— Oh! Édith! encore avec ton petit chien!

Elle pousse Pierrot pour qu'il rentre seul. Elle s'approche des deux hommes. Joseph continue.

— Tu sais, si tu veux, je peux t'en faire un... normal.

Ils rigolent.

— D'ailleurs, peut-être que t'en a déjà un dans le ventre, si tu vois ce que je veux dire...

Les yeux en biais, il cherche le regard de son complice.

En guise d'acquiescement, Tonio suce son majeur en l'humectant bruyamment de salive.

Elle leur crache dessus et s'en va tranquillement. Ça ne lui a rien fait. Elle trouve ça bizarre. Rien du tout. Les paroles stupides de ces trous du cul. Elles valent pas bezef, rien, nada, rien comparées à celles de Pierrot, enterrées sous le figuier. Elle n'a que ça en tête, ça tourne depuis qu'elle a craché sur les deux abrutis. Des paroles qui n'existent pas, comptent infiniment plus que des paroles réelles. Elle ressent un léger vertige. Qui s'accentue. Presque une envie de vomir. Elle marche de plus en plus vite. Pierrot, il peut pas rester ici, dans le monde des mots pourris de Joseph. Elle prend la direction des montagnes. Elle se sent mieux, curieusement pleine d'espoir. Ailleurs, pas ici, ils partiront elle et lui. Elle a faim. Elle pille trois jardins.

Arrivée à la grotte, elle dîne de sa maraude puis lit un peu, mais sans plaisir.

Le Magasin Pittoresque, année 1898. Page 14: *Alphonse Daudet. Alphonse Daudet est mort: c'est un deuil nouveau pour les lettres françaises. Le siècle qui finit semble vouloir emporter avec lui les gloires qu'il vit naître et qui l'ont illustré. [...] Il n'eut pas l'immortalité académique, il aura celle que ses livres lui assureront.*

Page 266: *La vision à distance. Le Télectroscope. Il n'est bruit en ce moment, à Vienne, que de la dernière invention électrique de Jan Szezepanik. Le jeune Edison galicien, comme on l'appelle là-bas.[...]* Une machine pour que les gens puissent se voir à distance. Le contact entre deux mondes. Il en faudrait une pour regarder de l'autre côté. Celui où habite la parole de Pierrot. Elle en imagine le décor. Des maisons blanches aux murs sculptés. Des rues claires et propres. Des meubles, des tapis et Pierrot à cheval, bel homme et moustachu. Des conneries, elle le sait mais...

Page 289: *une image, MADONNE ATTRIBUÉE À PIERO DELLA FRANCESCA, avec écrit en dessous. — Musée du Louvre. — Gravé par Jarraud.* Piero, Pierrot, madone, ah! Oui. Elle tourne le livre dans tous les sens. Le petit Jésus est entouré d'un ruban qu'il montre à sa mère. Fais-moi parler maman, les lettres sur les rubans, ça marche pas. Mets des paroles dans ma bouche. Voilà ce qu'a voulu dire Piero. Elle repousse le recueil. Ce soir, malgré cette trouvaille, la lecture la fatigue. Elle revoit les paroles de Joseph. À retardement, leur poison fait effet. Doucement, il s'est infiltré dans son esprit. Un dans ton ventre... un dans ton ventre. Elle enlève sa robe, se caresse le ventre. Mais elle se trouve trop nue. Elle va chercher la culotte de Mme Cano. Propre, soigneusement pliée et rangée dans une fente du rocher. Elle l'enfile. C'est mieux. Un dans le ventre. Si c'était vrai. C'est dégueulasse. Le volume, sur la table, est resté ouvert à la page de la gravure au Jésus Emberlificoté. Le Jésus au ruban. Si c'était vrai, en y pensant bien fort, elle pourrait faire renaître Pierrot. Piero. C'est peut-être des couillonnades. Mais si les gens peuvent croire qu'une vierge peut accoucher d'un dieu. Il semble raisonnable de penser qu'une fille normale, qui a été niquée normalement, puisse mettre au monde le même être à nouveau, si cette fille est forte, comme elle, si sa pensée est agissante, elle a fait mourir Émir. Ce bâtard de Joseph n'est là que pour servir à ça. Elle sait, maintenant, pourquoi elle le désire. Comme dit souvent Curé Maurice, c'était écrit. D'ailleurs, elle aurait pu aussi se faire niquer par lui. Mais il n'est pas comme elle aime. Joseph a une meilleure viande. Une tête remplie de merde, mais une bonne viande. Ce pauvre Curé Maurice est bon et sa tête est bonne, même si elle est remplie d'orage. Par contre, sa viande pue. L'arrangement doit être le suivant, elle, la tête, Joseph, la viande. C'est elle qui donnera la forme. Elle a bien pensé, alors elle se met à tourner sur elle-même, les bras en croix. Elle s'arrête, s'agenouille jambes écartées. Elle fouille dans sa culotte et fait mine d'en sortir quelque chose.

— J'espère que tu n'es pas un cheval, j'espère que tu n'es pas un curé, j'espère que tu n'es pas un Joseph, tu t'appelleras Pierrot.

La flamme de sa petite lampe semble faire écho avec la lueur de la lune. La situation évolue. Édith sait ce qu'elle doit faire. Elle dort comme elle n'a jamais dormi.

Au petit matin elle redescend à la Ferme. En chemin, elle passe devant l'orangeraie. Joseph s'y active. Il rafraîchit à la serfouette les petites rigoles d'irrigation qui cernent les orangers. Tonio est un peu plus loin qui fait la même chose, en moins bien. Dès qu'il l'aperçoit, l'italien la hèle.

— Holà! Édith! ce soir, passe me voir, il faut que je te dise quelque chose!

Il veut lui parler. Il est suffisamment loin pour qu'elle puisse faire comme si elle ne l'entendait pas. Qu'a-t-il en tête? Peu importe. Il n'y a rien dans sa tête. Elle doit se concentrer uniquement sur le désir qu'elle a de son corps. Le corps-Joseph veut lui parler. Très bien. Elle marche de plus en plus vite, les yeux rivés sur le sol. Le zboub veut lui parler. La bite aux claouis sombres sollicite un entretien.

Il faudra bien qu'elle arrive à en jouir, comme Mme Cano. C'est important dans le processus de fabrication des Pierrot. Les cris de jouissance produisent des vibrations qui influent sur les organes génésiques. Elle en est certaine. Former, conformer, ils sont comme les ciseaux du sculpteur. Par contre, il faut connaître, il ne faut pas faire n'importe quoi. Un cri mal poussé, une note discordante et la descendance est contrefaite. Pour ce qui est de Pierrot, ce n'est pas ce qui s'est passé. Mme Cano est une couineuse de premier ordre. Elle ne voulait pas qu'il naisse. Elle voulait le garder pour elle. Elle a couiné en conséquence, mais il s'est passé quelque chose, un accident. Pierrot est venu quand même, mais sans ses bagages. Elle soupçonne M. Cano d'avoir introduit de mauvaises vibrations, volontairement ou pas. Peut-être sa transpiration. Joseph veut lui parler, à elle, il veut. Il faut espérer que Tonio ne sera pas avec lui. Cette saloperie. Celui-là aussi, un jour, il faudra s'en débarrasser. Ce type n'aime pas la liberté. Un esclave. Du genre qui pisse sur ceux qui le respectent et qui lèche le cul merdeux de ceux qui l'écrasent. Du genre à demander plus d'ordre et moins de tolérance, sans se rendre compte qu'il sera le premier à trinquer, étant donné qu'il est un voyou et un voleur. Il croit qu'être libre, c'est chier où on veut. Esclave. Il mourra facilement. Elle arrive à la Ferme, presque en courant.

Elle passe toute la journée aux alentours. Sous le figuier aux paroles, vers les hangars, du côté de chez les Cano. Elle rôde autour de la distillerie. Une grosse machine fumante. Chaude et humide. Les entrailles pleines d'odeurs. Une grosse machine sans conscience, mais qui produit et qui pousse elle aussi des cris de jouissance. Édith tourne autour du bâtiment rouge et vivant. Cet organisme lui sera utile.

Le temps passe vite. Mille fois, elle calcule ses mots, son attitude, quand ce soir elle sera devant Joseph. Le temps passe vite.

Elle est devant Joseph. Il est seul. Il sourit. Ses yeux sont doux, dénués de leur dureté habituelle. Comme à son habitude, il fume, assis devant sa porte. D'un geste, bref, il l'invite à s'asseoir à côté de lui.

— Vuoi una sigaretta?

— Oui.

Elle regarde ses gros doigts plonger dans la blague,

aérer le tabac, le triturer, en sortir une botte, la répartir dans le papier qu'il tient de l'autre main. Elle essaye de suivre l'enchaînement rapide des opérations de finition. Après la répartition, tassement avec deux doigts, obtention du boudin idéal, roulage de la feuille, léchage, collage. Elle n'y arrive pas. Elle n'a pas bien vu comment le boudin s'est retrouvé parfaitement empaqueté. Il peaufine en cisaillant les touffes en excédent à chaque extrémité de la cigarette. Il la tapote sur une pierre pour la tasser, l'allume et la lui met dans la bouche. Elle aspire profondément et rejette la fumée par les narines.

— Tu sais fumer?

— Oui, tu croyais que j'allais tousser.

— Mais tu sais pas les rouler, j'ai vu à ta façon de me regarder quand je la faisais.

— J'ai pas besoin de savoir ça, on me les donne toutes faites. Qu'est-ce que tu voulais me dire?

— Non, rien de spécial, sauf peut-être... tu sais l'autre jour... quand...

— Quand on a niqué.

— Heu... oui. J'ai peut-être été un peu brutal avec toi.

— Je sais pas.

— Tu as pas parlé à personne?

— Non.

— C'est un secret pour nous deux, hein, les autres ont pas besoin de savoir, hein, che ne dici?

— Ouais, ça va, j'ai compris.

— J'ai pensé beaucoup à toi, je pense toujours à toi, tu es très importante pour moi.

— C'est pour ça que tu t'es foutu de ma gueule avec Tonio l'autre jour.

— Ah ... oui, Je fais des excuses pour ça aussi, tu sais, on avait un peu bu.

— Ouais...

— Je veux te connaître mieux, te défendre.

— Je n'ai pas besoin qu'on me défende.

— Moi je crois que si, les gens disent beaucoup de choses.

— Quel genre de choses?

— Que tu es une voleuse, una viziosa, una miscredenta, une mauvaise fille.

— Et encore.

— Que tu es coléreuse et que tu finiras mal.

— C'est tout?

— È già molto, moi, dès que je peux, je dis que c'est faux, que je veux pas entendre des paroles comme ça, je vais les calmer moi! Te lo giuro! Il mord ses doigts. Porca miseria, te lo giuro!

— En fait, tu m'aimes.

— Euh! On peut dire ça.

— C'est la première fois qu'on m'aime. Elle prend un air songeur. Et la prochaine fois, on niquera comme des gens qui s'aiment. Tu me respecteras?

— Te lo giuro!

Édith a la tête vide, elle ne sait plus comment réagir. La bouche entr'ouverte, elle le regarde stupidement. La cigarette lui brûle les doigts, mégot trop court. Elle pousse un petit cri. Il lui saisit la main et embrasse sa brûlure.

— Tu connais bien la Ferme?

— Mieux que tout le monde!

— Je suis nouveau ici, je suis content que tu es ma fiancée. Tu me feras connaître tout de comment les choses sont ici.

— Pose-moi des questions et je te réponds.

— Les patrons, je trouve qu'ils sont gentils.

— C'est des patrons, gentils ou pas, le jour où ils devront te niquer, ils te niqueront.

— Eppure, ils ont l'air très correct, rispettosi avec les ouvriers...

— Tu n'as pas compris ce que je viens de te dire – ce sont des patrons et baste – tu-ne-dois-avoir-aucune-confiance-en-eux!

— Ma, tu sais, c'est déjà bien, moi en Italie, j'ai souvent des patrons méchants, cattivi e ingiusti, je suis parti à cause de ça.

— Tu as traversé la mer en bateau?

— Oui.

— Lequel?

— Je sais pas, il avait un nom arabe.

— L'Abd el Kader?

— Oui, peut-être, je crois que c'est celui-là.

— 1579 tonneaux, moteur deux cylindres à pilon, 2000 chevaux.

— Incredibile! Tu es aussi mécanicienne! Comment tu fais pour savoir des choses sur les bateaux?

— Je lis.

— Tu lis?

— Des livres, des revues, tu sais pas ce que c'est?

— Si, mais moi je travaille avec mes mains, j'ai pas aller à l'école, je sais pas lire.

— Si tu veux, je peux t'apprendre.

— Dis-moi, on dit que les patrons sont, tirchi, come si dice,

— Radins.

— Oui! Ils font pas confiance dans les banques.

Les antennes d'Édith se dressent immédiatement.

— Ils sont comme tous les fermiers, enfin je crois.

Elle le voit venir. C'est l'avantage avec les têtes pleines de merde. Rien qu'à l'odeur, on sait toujours à l'avance ce qu'elles vont produire.

— Les gens disent qu'ils cachent de l'argent dans leur maison. C'est pas prudent. Moi, si j'étais eux...

— Je mettrais pas le flousse dans la bonnetière qui est dans le hall, ni dans le petit coffre à la serrure cassée qui est dans le bureau du patron.

— Pourquoi tu dis ça!

— Je te renseigne. De toute façon, presque tout le monde à la Ferme sait ça.

— Tu veux dire que je suis un voleur!

— J'ai rien contre les voleurs.

Elle s'approche de lui et l'embrasse. Le geste lui coûte. Elle a envie de lui. Elle a envie de lui mordre les lèvres. Les arracher. Il essaye de lui passer la main entre les jambes. Elle le repousse.

— Tu me respectes. Tu te rappelles.

Elle lui dit bonsoir. Elle le laisse là avec sa main doigteuse encore tendue. Elle sait qu'elle vient de remonter le couperet qui lui tranchera la tête. Mais d'ici là, elle saura en faire bon usage. Alors qu'elle s'éloigne, il la rappelle.

— Édith! Cos'è una boné...bonétièré?

— Une armoire où avant on rangeait les bonnets et les coiffes. Mais maintenant on y met ce qu'on veut. La patronne y range ses beaux draps.

Il suffit d'attendre. Elle se retourne. Joseph, toujours devant sa porte, est tout petit. Il lui fait un petit signe. Attendre qu'il échafaude son plan foireux. Qu'il le mette à exécution. Elle le voit, lui et Tonio. L'argent. Les yeux brillants. Le flousse. Leurs doigts râpeux.

En rentrant chez son père, elle croise M. Cano. Il vient de chez les patrons. Elle lui fait un signe de la tête. Il la regarde bizarrement. M. Cano a la confiance des patrons. Ils lui délèguent certaines responsabilités. M. Cano a quelque chose en tête, un projet. Elle le devine dans ses yeux, dans sa façon de marcher. Dans sa façon de baiser aussi, elle s'en rappelle, fouteur mécanique, opérateur consciencieux. Il maîtrise la conduite de sa femme-machine, de sa machine à couiner, de son unité de production. Il le croit. Il ne sait pas que sa machine lui résiste. Le joli trou qu'il remplit scrupuleusement en attendant qu'il lui renvoie des petits Cano. Le joli trou a une vie intérieure. Elle, Édith, est la seule à le savoir. M. Cano veut aller loin, monter haut. Il construit, pas comme Joseph qui ne sait que désirer. M. Cano élabore, calcule, respecte l'autorité pour mieux s'en saisir un jour, lui et sa descendance. Il détruira tous ceux qui se mettront entre lui et son projet. Elle le ressent distinctement. Contrairement aux autres hommes de la Ferme, il n'a aucun désir pour elle, aucun. Elle serait plutôt un danger. Aujourd'hui, elle en a conscience, d'un coup. M. Cano est un ennemi. Le monde se complique. Un de plus dont il va falloir se débarrasser. Le plus dangereux. C'est sûr, c'est lui qui a déréglé le moteur de Mme Cano. C'est à cause de lui que Pierrot est comme il est. Il va falloir briser ses désirs de puissance. Désirs rebattus, remplacer les patrons, péter dans leurs fauteuils, commander, hurler des ordres, punir, récompenser, la mairie, la République. L'espingouin loqueteux, le crève la dalle. Un Notable Français. La tête de M. Cano est pleine de rêves.

Édith marche et rumine ses nouvelles découvertes. En la violant, Joseph a ouvert certaines voies. Compréhension. Pénétration. Le voile s'est levé sur ce qu'elle regardait sans le voir. Elle comprend Curé Maurice, le pointeur de la révélation. L'instrument oblong du Seigneur. En vidant ses couilles dans une multitude de jeunes culs, il leur ouvre les voies du mystère divin. C'est le sens profond de la religion. Il écrase cette saloperie d'enfance. Définitivement. Sortir de l'enfance, c'est avoir une vraie culotte, une vraie fouffe bien débouchée et bien sanglante. Une épreuve, qui ouvre le grand œil. Le bon côté, c'est que connaître, c'est aussi savoir qu'on peut se venger, savoir comment agir, ne plus voir les grands comme des montagnes, comme Émir, mais comme des machines de viande, suintantes, dégoulinantes de toutes sortes de jus. Lâcheté, peur, envie, désir, haine. Plus jamais elle ne laissera une seule de ces machines lui dire ce qu'elle doit faire.

À la maison, ni son père ni son frère ne sont là. Elle prend une couverture. La nuit s'annonce douce. Elle prend une couverture et va sous le figuier aux paroles. Elle dormira là.

Deux semaines se passent, dans un calme extraordinaire, violence et colère font silence. Elle parle à son père, à son frère. Sa matrice s'est régénérée, elle ne sent plus rien. Elle va pouvoir s'en servir de nouveau. D'autant plus que trois illuminations la frappe le même jour. La première: une claire conscience du rôle de la voix dans le pouvoir sexuel de Mme Cano. La deuxième: vibration et résonance sont primordiales, mais elle ne connaît pas encore leur fonction précise. La troisième: le plaisir est un liant, une colle, qui fait tout tenir ensemble. Tout n'est pas encore parfaitement clair. Elle va devoir travailler. Elle commence à se branler régulièrement, de plus en plus souvent... pour tout dire, tout le temps. Comme une demeurée dans un asile. Elle doit tendre les cordes, au maximum de la turgescence. Préparer la machine qui produira le nouveau Pierrot. Découvrir le secret de Mme Cano. La méthode. C'est sa conviction, sa mission. Elle a laissé la culotte à la grotte. Elle ne veut plus se déplacer que sous la forme d'une boule rayonnante. La hatchoune en est le moyeu et autour, elle, radieuse. Avoir en continu la conscience de son centre. Une tâche âpre d'une haute difficulté. Une ascèse, car le sexe est pulsatile. Contraindre son excitation à se maintenir sur la ligne continue de l'éréthisme maximum, relève de la discipline monastique. Elle s'y engage avec force et courage, heureuse d'avoir enfin un objectif, de se sentir utile. Elle se branle donc, à chaque paroxysme. Soupape qui permet de maintenir la tension au niveau optimum, au point au-delà duquel plus aucun contrôle n'est possible. Le maximal n'est pas le chaos.

Elle évite, autant qu'elle le peut, de croiser Pierrot ou sa mère. S'éloigner peu à peu du Pierrot incomplet est un déchirement, mais le plan est comme ça. Elle doit réduire Pierrot à son pur concept. Cet effort mobilise la totalité de sa volonté, car dans le même temps son amour pour lui est décuplé par la pratique de l'ascèse masturbatoire.

Chez son père: rangement, ménage, vaisselle, cuisine. Le gourbi n'a jamais été aussi propre. Elle réorganise le logement de façon à ce que lui ou son frère puissent faire face, sans son aide, aux obligations ménagères fondamentales. Vincent Ben Mohammed crie au miracle. Tous les jours, il prie avec ferveur pour remercier Sainte Rita. À cet effet, il a même fabriqué un petit autel portatif secret. Il tient tout entier dans une petite boîte en fer blanc, qu'il dissimule dans une de ses poches. Ainsi, dès qu'il est pris d'une pulsion orante, il le sort et sacrifie. Sa fille est revenue. Curé Maurice, quant à lui, reste méfiant, il ne croit guère aux miracles.

Édith évite Joseph. Ce n'est pas très difficile, car on ne le voit plus que de façon fugace. Elle en est satisfaite. Il manigance. Il suffit d'attendre un signe, un événement.

Le signe se manifeste un mardi, sous la forme de bruits qui courent. Des vols auraient été commis, dans certaines maisons et plus particulièrement dans celle des patrons. Argent, bibelots, vêtements. Curieusement, à aucun moment, les soupçons ne se sont orientés vers elle. Sa nouvelle conduite, doublée de l'évidente crapulerie de Joseph et Tonio, a éloigné d'elle les regards accusateurs. Édith en conçoit une certaine fierté. Elle regrette presque de ne pas avoir adopté ce comportement plus tôt. Se sentir intégrée dans une communauté, peut, à certains moments, se révéler apaisant. Malheureusement, il est hors de question qu'elle se satisfasse d'un tel sédatif pour bovins. En guise de contrepoison, elle consacre plusieurs séances de masturbation, à la réactivation de sa haine pour les serfs de la Ferme. À cette occasion, elle constate que la qualité de ses orgasmes est en net développement. Sa persévérance commence à payer. Elle est persuadée que très bientôt elle pourra, telle Mme Cano, en maîtrisant les arcanes de la jouissance, informer la matière et transpénétrer le monde.

L'événement se produit le jeudi suivant. Un barouf inouï, à l'heure du départ aux champs. Un peu comme celui de la fameuse journée de la virée d'Émir, mais avec un accent plus tragique. Les hommes courent en tous sens, s'interpellent, indiquent une direction, désignent un lieu. Là-bas! Doigts et bras tendus. Les orangers! le croisement! la Pierre Creuse! un mort! un mort! Édith sent que son ventre commence à fourmiller, son cœur battre un peu plus fort. C'est quoi une bonnetière? Un endroit où on cache de l'argent. Elle surveille. Au loin, de la poussière, suivie d'une foule glapissante, une carriole se dirige rapidement vers la Ferme. La rumeur enfle. Un nom. Tonio! Tonio! Tonio! Tonio est allongé sur le plateau, entre les roues. Allongé n'est pas le mot. Il est sur le dos, les avant-bras levés, les mains comme s'il voulait gratter le ciel. Rigidité. Les jambes écartées d'une grenouille morte. Cadavérique. Tonio, le cadavre raide, vibre à chaque cahot. Le plus beau, c'est sa tête qui penche selon un angle étrange. Elle vibre, elle aussi. Elle va se détacher. Elle grimace, dégoûtée. Édith pense à voix haute, il n'est pas mort dignement.

Ce qu'on dit: Hussain le Bandit, de la tribu des Beni Salah, serait un peu énervé en ce moment. Une question de partage territorial ou quelque chose comme ça. Il multiplierait les incursions dans la plaine et deux ouvriers auraient déjà été égorgés de la même manière. Il serait question que l'armée intervienne pour éviter un conflit plus grave avec les tribus des montagnes. Édith écoute, foutaises, Hussain a d'autres chats à fouetter. Après quelques simagrées, exécutées par Curé Maurice, le corps de Tonio est emmené. On dit qu'il a été enseveli dans la fosse commune. Il n'aurait pas de famille connue. Édith se demande pourquoi ils ont été chercher cette histoire d'Hussain, c'est plausible, mais improbable. Celui qui a fait courir ce bruit mise sur la peur irrationnelle qu'éprouvent les gens de la plaine pour les montagnards. Invisibles, rapides, imprévisibles. Dans les temps, ils ont tenu la dragée haute aux soldats français. Ils sont à la fois l'ogre et le loup. On leur accorde beaucoup et beaucoup les utilisent pour couvrir leurs méfaits. En tout cas, elle est sûre d'une chose, c'est elle qui a semé la graine de la mort de Tonio, et personne d'autre.

Le lendemain matin, le jour est encore à venir. On lui gratte la joue. Couchée au frais, derrière la maison de son père, elle se réveille. Joseph, hagard, la dévisage.

— c'est toi.

— Ne fais pas de bruit...

— T'étais où?

— Senti, c'est pas Hussain qui a égorgé... è il padrone... le patron... un de ses hommes.

— Et pourquoi?

— Il sait que c'est Tonio et moi qui ont volé... Ce stronzo de Tonio... il s'est vanté... il a dit aux autres... ils me cherchent aussi... ils vont me tuer.

— Et alors.

— Je sais plus où aller... quatre jours que je me cache dans la campagne... j'ai faim... dis-moi où est ta grotte... per favore... montre moi... non voglio morire! J'ai de l'argent... on pourra se marier.

Édith goûte sa peur. Elle fait semblant d'hésiter.

— C'est dangereux... où est-ce que tu te caches?

— Je peux pas te le dire... nulle part...

— Alors comment je vais pouvoir te trouver?

— Tous les soirs j'attends toi à une certaine heure, à un endroit.

— Tu connais le gros figuier avec les branches qui tombent? Celui qui est derrière la vieille grange. Attends-moi là tous les soirs de 11h à minuit. Je te dis tous les soirs, car je ne sais pas quand je pourrai venir. J'ai l'impression que Cano me surveille. Je ne viendrai que lorsque je serai sûre qu'il ne me suivra pas. C'est un vrai chien de chasse.

Trois jours plus tard M. Cano part pour deux jours. Elle guide Joseph jusqu'à la grotte. Sur place, elle lui explique rapidement comment y vivre. Elle redescend avant l'aube. À un certain endroit, le chemin passe sous une futaie sombre que traverse un courant d'air glacial. Elle est un peu effrayée. Elle pense à la mort.

L'affaire des vols, le meurtre de Tonio, troublent un temps la routine laborieuse de la Ferme. Tout le monde a fait le lien entre Tonio et les vols. Tout le monde a fait le lien entre Joseph et Tonio. La preuve, Joseph a disparu. Édith entend M. Cano:

— Ce salopard a encore l'autre moitié de l'argent volé. C'est nos payes bordel. J'ai donné son signalement aux gendarmes, mais ces ivrognes ne trouveront rien. Je le retrouverai moi-même.

Édith attend que les choses se calment un peu. M. Cano a toujours un œil sur elle. Enfoiré. Elle choisit de rester le plus de temps possible chez lui, dans sa propre maison. Elle s'occupe à nouveau de Pierrot. Elle aide Mme Cano. Comme ça, il n'aura pas à se fatiguer à la guetter et surtout, elle aussi, aura toujours un œil sur lui. Il semble nerveux, mais il ne peut rien faire. Il doit la supporter. Ça amuse Édith. Elle en rajoute. Le remercie souvent de sa bonté. Lui baise les mains. Le sert en devançant tous ses désirs. Elle pisse devant lui. Mme Cano rigole. Il relâche même un peu sa surveillance, tant il aimerait la voir ailleurs. Le soir, elle rentre chez son père et son père raconte à M. Cano comment il n'en revient toujours pas de voir sa fille ainsi convertie. Édith est malgré tout inquiète. Les jours passent et Joseph est là-haut. Il peut lui échapper à tout moment. Le cirque qu'elle est obligée de faire monopolise toute son énergie et elle ne peut pas travailler sa masturbation comme elle le voudrait.

Le soulagement vient avec le second voyage de M. Cano. Cette fois-ci, c'est pour une semaine. Il doit aller à Alger pour surveiller le débarquement du nouveau matériel pour la distillerie. Il en profitera pour rappeler à l'exportateur qu'il doit encore de l'argent à la Ferme. Il ramènera aussi quelques meubles commandés par la patronne. Vers six heures du matin, il finit d'atteler les deux gros chevaux au chariot à quatre roues que lui a confié le patron pour transporter les meubles. Quelques minutes plus tard, il est parti. Édith, grâce à un raccourci, peut le suivre sur cinq kilomètres. Elle veut être sûre de la réalité du voyage de M. Cano.

Une semaine, c'est plus que suffisant pour finaliser son projet. Elle ne prend même pas la peine de s'engueuler avec son père pour justifier sa disparition. Elle part sur-le-champ. En plein jour. Elle marche rapidement, le plus possible à couvert des buissons. Le temps est incroyablement doux. Elle sent comme une peau lisse et soyeuse passer entre ses jambes. Air sec et limpide. Chaleur tendre. Odeurs et bruissements. Une sensation de la famille du bonheur, inédite et si nouvelle pour elle, qu'elle essaye instinctivement de la tuer. Contente, satisfaite peut-être, mais heureuse, jamais. Ici c'est impossible. Cette seule affirmation contribue à atténuer le charme. Elle veut le croire. Mais une telle force ne se tempère pas, elle se résout en autre chose. Son bonheur devient excitation. Une abondance, entre ses cuisses, qui pousse et qui palpite. Elle y a bien travaillé et maintenant elle voudrait se frotter partout, cailloux ronds, troncs ou mottes d'herbes. Elle serre les jambes pour continuer à avancer. Drôle de démarche. Une fille court la campagne en se tortillant. Ça la ralentit. Ce n'est pas plus mal. Car elle a quand même un peu peur, aussi. Joseph? Comment le trouvera-t-elle? Sera-t-il au moins là? Dans quel état? Danger et menace prennent corps dans son esprit. Elle ne fera pas le poids, toute seule, là-haut. Il pourra la massacrer comme il veut. Pour qu'elle se taise par exemple. Seuls, elle et lui connaissent la planque. Elle et lui. Ça l'excite encore plus. Et pis merde! J'en ai rien à foutre. Elle n'a peur de rien. Tout est possible. Maîtresse. Patronne. Pas esclave. Elle usera de ce crétin comme elle l'a décidé, il pliera.

À l'approche du repère, elle prend néanmoins quelques précautions. Patronne, peut-être, mais pas maboule. Elle contourne la grotte afin d'arriver par le haut. En se faufilant à travers un épais hallier, elle atteint un point d'observation acceptable. Elle s'allonge et attend. L'irritation est toujours là. Elle se tortille comme si elle avait envie de faire pipi. Une longue demi-heure, puis des pas dans les hautes herbes. Joseph revient de braconnage. Il est calme, barbu et tanné. Au bout d'une ficelle, un lapin étranglé. Elle s'extirpe de sa cachette. Refait le tour de la grotte dans le sens de la descente et fait mine d'arriver par le chemin habituel. Elle fait un peu de bruit pour qu'il l'entende et l'appelle pour qu'il reconnaisse sa voix. Joseph! Joseph! C'est moi Édith. Il sort immédiatement, un couteau à la main. Elle s'approche et l'embrasse. Il lâche le couteau et la serre dans ses bras en pleurant. Elle l'entraîne dans le fond de la grotte en lui massant le zboub. Il se laisse faire. Il faut, que le plus vite possible, elle sache si son ascèse a été efficace. Elle se fait prendre sur la paillasse. Elle n'a presque pas mal. Elle jouit un peu. Elle n'est pas satisfaite, mais pour l'instant ce n'est pas grave, ce n'est que le début. Et puis, pour la première fois, elle a pu mettre à l'épreuve la méthode issue de ses intuitions. Elle l'a élaborée lors de ses longues séances de masturbation préparatoire. Voix, plaisir, représentation. Elle le sait maintenant, elle doit se concentrer sur cette trilogie. La voix (paroles, soupirs) n'est que la stricte expression du plaisir qui fournit l'énergie pure. Mais en retour, elle produit une résonance qui, bien maîtrisée, influe sur l'information. Une image, visualisée le plus nettement possible, sert de matrice à la résonance. Cette combinaison, portée à son paroxysme, a le pouvoir, lors de l'orgasme, de substituer son canevas, à celui voulu par l'ordre naturel. Édith, bien sûr, le sent, plus qu'elle ne l'énonce. Mais, rendons-lui justice, elle l'aperçoit si clairement, qu'il s'en faudrait de peu que sa trouvaille ne fournisse les bases d'une théorie régulièrement constituée.

Étendue sur la paillasse, la tête sur la poitrine de Joseph, elle analyse mentalement la séance. Visualiser l'image du Pierrot désiré, crier, émettre des vibrations, les moduler, lier ses vibrations à l'image. Le tout, sans lâcher la conscience du plaisir qui œuvre en fond, comme un bourdon. Une fois cet état obtenu, le maintenir le plus longtemps possible. C'est dur. Si elle avait l'image, elle oubliait le cri, quand elle pensait au cri, elle perdait le bourdon. Le défi paraît insurmontable et elle aurait ressenti un certain abattement, si elle n'avait fait une petite découverte. Elle vient juste de s'en souvenir. En pleine copulation, elle a eu la conscience subite que la résonance devait être positionnée à l'arrière du crâne et dans l'axe de la colonne vertébrale. Dans cette configuration l'efficacité est maximale, la résonance se propage par la colonne. En utilisant ce canal, elle peut se diffuser dans tout le corps, dans tous les organes, par le biais des connexions nerveuses, l'arbre des nerfs comme elle l'a vu dans les livres. En réfléchissant à tout ça, elle tortille machinalement la nouille poisseuse et amollie de Joseph. Combien de temps lui faut-il pour se remettre au garde-à-vous? Il est jeune. La durée de recharge ne doit pas être trop longue. Elle l'astique tranquillement, sans trop exagérer. Il ne faut pas trop solliciter le matériel, il doit aller jusqu'au bout. En une demi-heure, il est opérationnel. Sur la natte, elle le couche sur le dos, l'enjambe et, bien dans l'axe, commence sa chevauchée. Dominante. La voix. Le plaisir. La représentation. Contenir trois cavales farouches. Le petit aurige femelle y arrive quelques secondes. C'est mieux, encore difficile, mais c'est mieux. Il y a aussi tout ce foutre. Ses cuisses qui dégoulinent. Elle tortille du cul sur le ventre visqueux. La colle. Annuler tout ce qui vient de lui, neutraliser sa semence, le rendre transparent par quelques vibrations spécifiques. Son sang pourri ne doit pas contaminer sa création. Joseph n'est qu'un bocal vide. Toujours sur lui, elle regarde son visage. Il lui paraît lointain, là-bas sur la natte. Il affiche un sourire imbécile. Elle pense à la manière dont elle va le nourrir. Vigoureux. Vide et vigoureux.

Le soir, elle lui fait la lecture.

VERS L'AMOUR — Deux êtres jeunes et beaux rêvent, pressés l'un contre l'autre, en une attitude de pudeur et de tendresse. Elle, avec de la candeur plein les yeux, semble écouter, recueillie, une voix qui lui murmure de douces choses. Lui, comme en une extase ravie, appuie sa tête sur l'épaule de l'aimée. Et le contraste est charmant, dans ce groupe chaste et poétique, de la jeune fille grave qui songe et du jeune homme qui sourit, tous deux en route vers l'amour. X.

Le magasin pittoresque, janvier 1899.

— Che bello, on dirait que c'est nous! En route vers l'amour!

— Tu crois que le jeune homme a massacré le cul de la jeune fille comme t'as massacré le mien?

— Si, mais dans les poésies, ils le disent pas, de toute façon c'est des conneries, et les poètes c'est tous des pédés, des coulos!

— Ouais ... Allez! allonge-toi!

Sur la natte, de nouveau. Monter Émir. Elle tient les rênes un peu plus longtemps. Cette fois-ci, le problème, c'est la neutralisation de la semence. Une préoccupation qui vient se rajouter au reste. Ça perturbe la concentration. Trouver la résonance juste au milieu des résonances justes. C'est beaucoup. Encore de la pratique.

De bonne heure, ils se lèvent. Elle mène Joseph au ruisseau, le frotte, le bouchonne. Soigneusement, elle lui brique le zboub. L'animal est aux anges. Il n'en peut plus de bien-être. Son visage, un masque de béatitude crétine. Elle l'entraîne ensuite sur M. Pinel et se met à quatre pattes sur la pierre chaude. Il n'a plus qu'à s'installer tranquillement entre ses jambes. La posture n'est pas licite, mais elle veut voir quelque chose. Voir. La vue panoramique depuis M. Pinel. Le paysage, le sien. Collines, plaine, vergers, ciel, rochers, poussière, matin. L'autre, derrière, qui la tire et qui la pousse. Plaisir machine. Elle, la tête qui va d'avant en arrière mais aussi de droite à gauche, sur l'horizon. Plaisir philosophique. Machine philosophique. Juste combinaison qui facilite la progression vers la conjonction désirée. Elle s'en doutait. La voilà rassurée. Malgré l'inadéquation de la position, elle a tenu presque une minute. Joseph se crispe et se vide, elle l'avait oublié. Ils retournent à la rivière. Tout en le caressant, elle lui fait promettre de la niquer autant qu'elle le lui demandera. C'est le prix de l'hébergement. L'idiot jure avec ferveur. C'est un baiseur né. Elle ne pouvait lui demander chose plus à sa mesure. Un fouteur de première. Un homme, Joseph le tringleur. Plusieurs femmes en même temps? Aucun problème. Il l'a déjà fait. Une baronne, ses filles et ses servantes. De douze à soixante-dix ans. Tout en soupesant distraitement ses couilles, elle pense à le châtrer. Banderait-il de la même façon? Ce bestiau, avec son foutu foutre.

Il continue. Et même sans femme, poules, brebis, arbres, terre. La terre aussi, il la baise.

Non, si elle le coupe ça ne pourra plus marcher. Il faut la semence. Comme pour les plantes. Mais il faut la vider de sa substance et y mettre à la place la résonance. La forme du Pierrot. Elle s'imagine mieux, des fioles en verre, comme des carafes, mais rondes en dessous, des matras, par milliers, pleins de la descendance du Joseph, c'est son foutre blanc. Elle les vide toutes et en chacune d'elles glisse l'image du Pierrot. Des milliers de fioles et dedans des milliers de Pierrot, qui la regardent. Son paysage l'aidera. Elle en tiendra compte pour la prochaine fois. Il fait partie d'elle comme elle fait partie de lui. Le paysage et elle, remplissent la totalité de ce qui est visible. Là-dedans, ce pauvre Joseph n'est qu'un grain de poussière. Tout ce qu'il est et tout ce qu'il contient n'a aucun poids, aucune saveur, aucune couleur. Rien ne lui succédera. C'est juste un récipient.

Le récipient doit aller relever les collets. Pendant ce temps, elle range. Joseph est un porc. Il a mis dans la grotte un bordel incroyable. En deux heures, la pièce est à nouveau impeccable. Tout en nettoyant, elle a réussi à maintenir son excitation, à travailler sa voix. Sa grotte, aux excellentes parois, résonne si bien, qu'elle a pu, littéralement, relire ses sons, les réviser. Former plusieurs Pierrot à la suite, entre elle et les murs. Elle pouvait même pénétrer à l'intérieur des Pierrot. Les sentir du dedans. Les voir en creux.

Joseph revient avec un autre lapin. Ils ont faim. Elle les étripe, les écorche, les débite, fait revenir les morceaux dans sa poêle, sur son trépied, sur son petit feu devant sa porte. Quelques herbes, un peu de sel. Ils les dévorent.

— Buonissimo! Et maintenant, une petite sieste...

— Non, viens! Tu la feras après.

— Ma! Tu es incredibile, tu veux toujours plus!

— Je croyais que tu étais le roi du zboub!

Elle l'entraîne vers l'une de ses vues préférées. Un petit méplat entre deux chênes, un rocher, un à-pic, des vallées, des collines, la plaine et au fond une ligne vaporeuse grise ou bleue qu'elle imagine être la mer. En cavalière, encore, elle monte l'italien, qui lui, ne voit que le ciel. Le résultat est intéressant, les vibrations sont bonnes. Presque deux minutes. Joseph s'est endormi. Elle est encore sur lui, entre ses jambes, le zob fondu et refroidi. Jamais elle n'a été si près de réussir. Un Pierrot grand et beau, flottait sur l'horizon, au-dessus de la ligne qui ressemble à la mer. Il esquissait une petite danse tout en récitant une fable de La Fontaine. Une belle voix, profonde, virile. Une langue française, comme dans les livres, mais ses pieds, une oreille et la main droite n'étaient pas finis. C'était que des moignons. Pendant que Joseph ronfle, elle inspecte les environs. Il lui semble que s'il y avait eu du mouvement, elle y serait arrivée. Une translation. Un petit voyage à bord de l'étalon. Sur son corps. Elle l'a bien senti, c'est ce qui manquait. Elle retrouve un sentier qui longe le ravin en formant corniche. Il serpente de crête en crête, plongeant par endroits au fond d'une gorge. Il est simple et secret. Parfait. Elle le baptise Amin. Elle parcourra Amin en chevauchant Émir. Bien enfilée et bien dans l'axe, tout en jouissant du paysage. Elle ne pense plus qu'Émir quand elle devrait penser Homme, La prochaine sera l'ultime. En revenant vers Joseph, elle cueille de la lavande sauvage. Il dort toujours. Elle lui passe la plante sous le nez, il grimace et se retourne. Elle le laisse récupérer et va se masturber au fond d'un vallon. Demain, oui, demain.

Le soir, ils s'empiffrent des restes de lapin, puis vont fumer devant la porte. Il reste un peu de kif, Joseph le complète avec des feuilles de lavande séchées au feu. Il chante:

Helhâl et kif sont deux amis
Si kif parti helhâl est là
Kif et helhâl sont deux copains
Helhâl au loin kif le rejoint

Tabac, kif, helhâl. Le temps de la chanson, trois cigarettes sont roulées. Pas de lecture. Ils se blottissent l'un contre l'autre et fixent en louchant le bout incandescent de leurs cibiches. Une fois consumées, sous un ciel pourri d'étoiles, ils se recouvrent de poussière. C'est elle qui a commencé. Elle voulait seulement que le visage de Joseph soit blanc, comme celui d'une japonaise. Il a cru qu'elle voulait jouer. Il s'y est mis lui aussi. Ils rient beaucoup de leurs mouvements mous. Vraiment beaucoup. Ils se calment. Édith pense à demain. Elle a mis de côté la dernière cigarette. Demain, agrippée au cou de Joseph, elle parcourra Amin. Ils s'endorment sur place.

Matin. Dans la rivière, elle bouchonne Joseph avec un galet plat. Elle caresse ses muscles. Il n'a jamais été si puissant. Massage. Baisers. Elle en couvre son dos, puis tripote son zob rétréci par la fraîcheur de l'eau.

— Tu me porteras comme une princesse. Je visiterai mon domaine. On niquera en marchant. Tu peux me porter?

— Bien sûr, tu es plus légère que... un nuage. Ils vont se sécher sur M. Pinel. Ils se confondent presque avec le rocher. Deux lézards. Nus. Édith se lève.

— Remontons à la maison.

Elle aide Joseph à se remettre debout et, en le tenant par les épaules, le place bien en face d'elle. Elle saute, s'accroche à son cou et enroule ses jambes autour de sa taille. Il la retient, une main râpeuse sous chaque fesse. Mécaniquement, il se met à bander. Elle n'a plus qu'à se tortiller un peu pour s'ajuster au zob dressé. Une fois bien enquillée, elle donne de petits coups de talon pour le faire avancer. Le menton posé sur l'épaule de sa monture, elle peut contempler le paysage. Elle pourrait lui demander de marcher à reculons, mais inutile de compliquer les choses, il faut en finir au plus vite. Sans effort son cul monte et descend au rythme de la marche. Il coulisse admirablement le long du zboub de l'italien. Un souvenir fugace de la petite enfance, dans les bras de son père, son odeur. Peut-être sa mère, qui lui caresse les cheveux. Elle s'endormirait presque. Pourtant, il manque encore une chose, la dernière. Elle est certaine qu'une bonne cigarette au kif aurait un effet bénéfique pour son rituel. Il reste celle d'hier soir.

— Joseph, arrête-toi à la maison.

L'équipage pénètre dans la grotte. La cigarette et le briquet à amadou sont sur la table. Sans dételer, elle demande à Joseph de s'en approcher. D'une main, il prend la cigarette, la lui passe, il fait de même avec le briquet. Elle l'allume, rejette le briquet sur la table.

— Maintenant sors et prends le chemin de la montagne, ensuite je te dirai où aller.

Joseph marche lentement, en posant bien ses pas, en suivant bien son rythme. Chi va piano va sano, chi va sano va lontano...

Fumante et empalée, Édith commence à ressentir, comme jamais, les effets du kif et du zboub. Le paysage et ses couleurs vives et acides, l'air et son parfum, la translation et son mouvement courbe et ondulé. Elle a l'impression de laisser une trace dans l'espace, comme un brandon la nuit de la Saint-Jean. La nuit de la Saint-Jean en plein soleil. Une montée puissante et progressive. Joseph l'automate, elle le brûle, mais il ne sent rien. La cigarette finie, elle le mord. Une cathédrale d'excitation, elle s'assoit au milieu, dans la plus grande travée, et concentre tout son esprit. La voix, le bourdon, l'image, le plaisir, la résonance. De l'arrière de son crâne à la base de son ventre, et l'axe gluant qui donne l'orient, et le corps de Joseph comme caisse de résonance. Elle émet, des cris, des trilles et stridulations qui entrent en résonance avec les cigales. Le corps vibrant de Pierrot soudain se manifeste, face à elle et derrière eux. Il les suit lentement en souriant. Elle le modèle sans le besoin de réfléchir. Juste en laissant aller. Pleine de sons, elle module, le manipule. Il pousse devant elle. Bébé, enfant, adulte, bel homme moustachu, puis, de nouveau enfant. Il chante, il est complet. Il la regarde fixement, enfant-homme. Pendant que l'enfant chante, l'homme dit:

— Tu n'as plus besoin de lui.

La monture s'arrête et produit son spasme. L'image

de Pierrot vacille, se concentre. Édith, bouche ouverte. Une note continue. Elle aspire ce qui reste du spectre, boule blanche et duveteuse. Elle ferme les yeux – plus rien.

Quand elle se réveille, elle est allongée sur le chemin. L'intérieur de ses cuisses, le dos, lui font mal. Les pierres aussi, qui lui entrent dans la peau, aiguës et brûlantes. Joseph est assis à côté d'elle, nu et tremblant.

— Tu as crié, j'ai peur, une diablesse... le son, il venait de partout...

— C'est rien, t'occupe pas de ça, elle rigole, tes burettes sont toutes vides, j'y ai mis autre chose.

— Non capisco.

— T'occupe, allez, on redescend, porte-moi, je ne peux pas me lever.

Comme un sac, cette fois-ci, il la charge sur l'épaule. Ce n'est que la fin de l'après-midi, mais ils se couchent, sans manger. Le lendemain, Joseph se réveille pâle et épuisé, Édith le regarde, de dessus, en se mordillant les lèvres.

— Strega!

— Cheval!

— Je suis pas un cheval!

— Je ne suis pas une sorcière!

Elle se lève brusquement, lui donne un coup de pied.

— Allez! Lève-toi cheval!

Joseph se dresse brusquement et la saisit par le cou.

— Je suis pas un cheval!

Elle pousse un cri strident. Terrorisé, il la lâche et court à l'extérieur.

— Joseph! Joseph!

Il s'est assis devant la porte.

— Allez viens.

Il ne répond pas.

— Allez viens, je vais te montrer un coin à lapins, avec plein de passages.

— On est même pas habillés.

— Ici, c'est pas la peine, viens.

Elle prend sa main et l'entraîne vers la montagne. Le chemin est encore plus escarpé que celui de la veille. Joseph la suit sans broncher. Ils crapahutent une dizaine de minutes. Soudain, Édith s'arrête et le laisse passer.

— Tu vois là?

Elle désigne un endroit, un peu plus en avant. La sente, en s'enfonçant dans la broussaille, tourne brusquement et disparaît derrière un gros rocher.

— Derrière, là-bas, y'en a plein.

Sans rien dire, il s'engouffre dans le passage. Un cri. Bref. Un petit éboulement. Elle fait comme si elle venait de se rappeler que, pendant un orage, le sentier s'était effondré sur plus de dix pas. Elle s'approche prudemment et tout en s'agrippant au rocher, regarde à travers les feuillages. Dix mètres plus bas, Joseph est étendu, mort. Son corps est bizarrement tordu, vrillé au centre comme un torchon. Son visage, sa poitrine, font face au ciel, son bassin et ses jambes presque entièrement tournés vers le sol. Elle retourne à la grotte. Durant plus d'une heure, elle reste assise, la tête dans les mains. En fait, elle appuie sur ses paupières pour faire apparaître des phosphènes. Des spirales lumineuses sur fond orange. Cet orange-là, elle donnerait cher pour le posséder, l'avoir dans un pot et tout barbouiller avec. Quand elle n'arrive plus à le faire apparaître et que ses yeux lui font mal, elle se lève, se dirige vers la fente du rocher et récupère sa culotte. Elle l'enfile calmement, puis va chercher dans le tiroir de la table le grand couteau. Long comme son avant-bras, sa lame a un goût acide. Dans un coin de la pièce, elle avise une fine cordelette enroulée sur un bâton. Elle fait partie du trésor de Joseph. Elle retourne au ravin par un chemin qui la fait accéder directement à l'écrabouillé. Il est toujours là, entortillé sur lui-même. Elle s'agenouille, le caresse et pleure un peu. Sans trop d'efforts, elle le remet droit. Il est bien allongé maintenant sauf que tout le centre de son corps est violet noir. C'est là qu'elle enfonce le couteau. La peau est plus dure à percer qu'elle ne le pensait. Ensuite, elle cisaille pour lui ouvrir le ventre. Elle peine, mais y arrive. Vidé, il sera plus léger. Elle plonge ses mains dans la tripe encore tiède. Elle tire, arrache et balance tout dans les buissons. C'est difficile. Elle se rend compte qu'elle n'arrivera pas à ce qu'elle veut faire. Le démembrer, lier ses membres en fagot pour pouvoir le porter et l'emmener par petits bouts dans un lieu plus propice à une sépulture correcte. Elle essaye quand même de lui trancher la jambe au niveau du genou. C'est éprouvant. Elle bute sur les os, n'arrive pas à trouver les jointures. Elle décide de faire autre chose. Elle prélèvera juste l'essentiel, la tête et les couilles. Elle cherche la meilleure position, à genoux derrière le cadavre, elle cale la tête entre ses cuisses. Elle introduit sa main dans la bouche et tire sur le palais. Le cou bien dégagé, elle commence à trancher. Elle arrive rapidement aux vertèbres. Elle tire un peu plus, la lame trouve l'interstice, la tête se détache. Elle crie.

— Cabeza!

Elle veut la saisir pour la poser dans un endroit propre, mais elle lui échappe et roule un peu plus bas. Une tête, c'est pas facile à tenir. Ça échappe, ça glisse, il y a peu de prise. Elle réfléchit. Le ravin est jonché de branches de toutes tailles, amenées là par l'orage. Elle en choisit une de la grosseur d'un poignet et grande comme elle. Au couteau, elle l'apprête, l'écorce proprement et en épointe l'extrémité, puis se dirige vers la tête. Du bout de la branche, elle la tourne du bon côté, la partie coupée vers le haut, et l'embroche. Elle pèse de tout son poids pour bien la ficher, la soulève, comme un paysan une botte de foin, et la dresse vers le ciel. La Mère-Folle. Le trophée est posé contre un buisson. Elle doit s'occuper des couilles maintenant. Avec un bout de cordelette, elle lie tout le paquet à sa base, zob et claouis d'un même tenant. Elle serre bien et coupe sous le lien. Comme elle avait vu son père le faire avec les vessies de mouton, de la pointe du couteau, elle perce des œillets grossiers dans la peau du scrotum et coud le tout afin d'éviter que les couilles ne s'échappent. Elle fixe solidement le précieux paquet au milieu du bâton trophée. De cette manière, la fin de Joseph n'est pas indigne, comme celle de Tonio. Il part la tête haute. Honoré. Il aurait été intéressant que ses attributs soient dressés, en gloire, mais le temps manque. À moins que. Elle se met en quête d'une branchille fourchue, la trouve facilement. Elle la taille, l'épointe, l'écorce rapidement, puis détache le paquet du bâton. Posées bien à plat dans le creux de sa main, elle élève les couilles à hauteur de ses yeux. Elle vise et par l'arrière enfile la branchille à travers la couture. Elle fouille un peu et appuie sans trop forcer. La pointe trouve l'urètre sectionné, s'y glisse et progresse jusqu'au gland. L'effet est assez convaincant. Elle fait jouer le bâtonnet, essaie des angles différents et arrime de nouveau l'engin au trophée. Elle prend soin de bien caler la petite fourche sur un nœud du bois. Physique, physique, le zob est bien raide, mais il penche vers le bas. Un peu de triche. Avec un long cheveu, elle tend un hauban du gland à la branche. Elle est fière du résultat. Elle dépose son œuvre un peu plus haut, à l'abri, puis elle redescend pour planquer les restes de Joseph. Elle s'assoit au-dessus du corps sans tête, le pousse avec les pieds. Il roule dans une fissure du terrain à l'ombre d'un gros buisson. Toujours avec les pieds, elle provoque un éboulement qui le recouvre presque entièrement de caillasses. Elle renonce à cacher les entrailles qu'elle a éparpillées un peu partout, les chacals s'en occuperont. Elle décroche néanmoins un long boyau, qui dans les branches faisait guirlande, il ne faut pas exagérer. De toute façon personne, ici, ne viendra jamais.

Maintenant, il faut trouver le lieu où le trophée sera exposé. Un endroit en hauteur avec une vue dégagée. Dresser le petit monument. Organiser l'apothéose. À deux mains, loin devant elle, le trophée est brandi. Elle prend le chemin des hauteurs. Processionnaire en culotte, elle balade le Général Joseph vers sa dernière demeure. Son triomphe. Et le butin, c'est elle.

— Tu es content, Général Joseph! Ta conquête te

rend les honneurs. Même diminué, tu as encore belle allure. Mon bon mari, je te fais encore bander. Alors qu'elle longe une falaise, elle remarque une saillie en contrebas. Du genre de celles où les rapaces font leurs nids. Il semble même, qu'un peu de terre s'y soit accumulée. Elle y accède facilement par un sentier de pierre, un décrochement du rocher qui rejoint la plate-forme. Le panorama est infini. Elle gratte un peu la terre et trouve une fente dans la roche, une cassure franche. Elle y plante le trophée et cale le tout avec des pierres. Pendant la manœuvre le cheveu a cassé et le membre est retombé. Elle s'en arrache trois autres et retend le hauban. L'à-pic est derrière elle, mais elle s'active comme si elle ne le voyait pas. Elle fixe les yeux morts, enfoncés glauques et voilés, ils regardent vers le haut. La mâchoire commence à tomber. Elle embrasse la tête, lui crache dessus et pense à se branler. Mais elle a subitement envie d'en finir, de s'en aller.

Revenue à la grotte, elle doit faire disparaître toutes les traces de Joseph. Les quelques habits qu'il a pu apporter ici, son tabac, son briquet, trois fois rien. Elle amène le tout à la rivière, tabac et briquet sont jetés directement, les vêtements sont mis en lambeaux, les plus petits possible, et confiés au courant. Ils iront jusqu'à la mer et si on les trouve, bien malin sera celui qui pourra dire d'où ils viennent et à qui ils appartiennent. Soulagée, elle en profite pour se débarrasser du sang croûteux qui recouvre son corps. Elle n'avait pas remarqué qu'il y en avait tant. Elle frotte, gratte. Un nuage rouge et trouble l'entoure que la rivière emporte. Sa culotte est battue, tordue, essorée. Elle l'inspecte au jour, des traces resteront, peu importe. Elle remonte à la grotte enfile sa robe et, le temps que la culotte sèche, inspecte la pièce. Tout est redevenu comme avant, Joseph n'existe plus. Il est temps de rentrer.

Le flousse!

Un éclair, au moment où elle passe la porte. Le flousse, le pognon. Il ne lui en avait plus parlé, le salaud. Il l'a planqué ici, c'est certain. Elle se retourne et inspecte la pièce. Elle se dirige directement vers la corbeille aux livres. Elle soulève les volumes. Un gros portefeuille, elle le reconnaît, avec sa ficelle autour. En fait, il l'avait juste foutu là, sans réfléchir, comme à son habitude. Tant mieux. Elle l'ouvre, des papiers au nom de Giuseppe Alessandro Zucchino, la photo d'une vieille femme assise devant une maison, elle tient un petit chien dans les bras, mais il a bougé et sa tête est floue. Il y a aussi des articles de journaux italiens découpés, elle ne comprend pas bien, d'ailleurs elle s'en fout. L'important c'est la liasse qui est en dessous. Bien grasse. Elle brûle tout le reste y compris le portefeuille lui-même. Elle hésite un moment avec la photo de la vieille, mais ne l'épargne pas, quel intérêt. Elle disperse les cendres et emballe les billets dans un morceau de jute. Elle ne peut pas descendre avec, c'est trop risqué pour l'instant. Ce ne sont pas les fentes qui manquent dans les rochers alentour. Elle en trouve une correcte, très étroite, qui se prolonge par une petite cavité. Seul son bras peut y passer, c'est l'avantage. Elle y introduit l'argent et prend le chemin de la Ferme.

L'air est limpide, son esprit clair et la chaleur est sèche. Le chemin semble plus amical que d'habitude. Elle avance rapidement et tombe nez à nez avec M. Cano.

Juste à l'angle d'un rocher, un virage qui tourne en descendant. Sa surprise est telle qu'elle reste stupéfiée. À peine deux secondes, mais suffisamment pour que Cano lui saisisse les deux poignets.

— J'en étais sûr, je savais bien que tu trafiquais dans ce coin-là! Où est ta cachette! Où!

— Lâche-moi Monsieur Cano, lâche-moi! J'ai pas de cachette!

Elle donne des coups de pied, essaye d'atteindre ses couilles, mais il est fort et brutal. D'une main, énorme, grosse comme la tête de la gamine, il agrippe presque toute sa tignasse. De l'autre, il appuie sur sa gorge le tranchant d'un énorme coutelas. Elle ne touche plus le sol, ses mains battent dans le vide, ses jambes se tendent comme celles d'un pendu. La tête tirée en arrière, cou de poulet, elle bave et suffoque.

— Tu sens ce couteau? C'est avec lui que j'ai égorgé Tonio. Tu le sens! Je l'appuie juste un peu plus et tu te videras en un clin d'œil, comme la petite truie que tu es. Dis-moi où est cette salope de Joseph, dis-le-moi, tout de suite!

Ses poils de barbe, l'ail dans son haleine, ses postillons, il est si près. Un haut-le-cœur, elle pourrait vomir mais tout est bloqué, y compris la parole. Elle bleuit. À l'intérieur de ses cuisses, le long de ses mollets, la chaleur de l'urine qui goutte à ses talons. Il relâche son étreinte, elle s'effondre. Enroulée dans sa pisse, elle essaye de retrouver son souffle. Elle murmure.

— Tue-moi.

— Dis-moi d'abord où est Joseph!

— Je... je ne l'ai plus vu depuis trois semaines, je sais pas où il est... Tu peux me tuer, ça changera rien.

— Je suis sûr qu'il est venu se planquer dans ta cachette, conduis-moi!

À sa ceinture une corde est enroulée. Il en tire un bout, relève Édith, entoure son cou et fait un nœud coulant.

— Une belle longe pour toi, petite bête! si tu tires, si tu veux te sauver, si tu veux te détacher, je t'étrangle. Allez Avance!

Arrivés à la grotte, il lui lie les mains dans le dos et ils entrent. Il attache la longe au montant de la porte. Comme un fou, il retourne tout, regarde de partout, arpente la pièce de long en large en écumant. Puis essoufflé, il s'arrête subitement. Couteau à la main, il s'approche d'elle et la regarde dans les yeux. Un long moment.

— Qu'est-ce que je vais faire de toi...

Tout en continuant à fixer son regard, elle se met à genoux et approche son visage de l'entrejambe de Cano.

— Tonio m'a imploré, demandé pitié, il m'a proposé son magot pour que je le laisse vivre... toi, tu es prête à me sucer... relève-toi! Puta!

Il lui délie les mains.

— Je pue la pisse, je veux me laver, amène-moi à la rivière.

Il lui retire la corde du cou.

— Enlève ta robe.

— Tu voulais pas que je te suce et maintenant tu veux me...

— C'est pas ça idiote, c'est pour pas que tu te scapes, à poil t'iras pas bien loin.

— Alors, prends aussi ma culotte qui est là, c'est ta femme qui me l'a donnée. Elle est plus gentille que toi.

— Un peu trop gentille à mon goût. Allez montre-moi ta rivière.

La nuit commence à tomber. Cano est sur la berge, Édith dans l'eau, assise, immobile.

— Tu m'as fait peur.

— Toi, peur...

— Tu m'as fait peur.

— Avoue que j'ai de bonnes raisons de te faire peur.

— Quelles bonnes raisons, les bonnes raisons du patron, pas les tiennes, t'es son clebs ou quoi.

— Jusqu'à nouvel ordre, les intérêts du patron sont les miens. mais ce genre de choses, tu peux pas les comprendre. Je me fous de lui, tu entends, je me fous de lui, et si tu dis une fois de plus que je suis son clebs, je te règle ton compte.

— C'est vrai que tu as tué Tonio?

— Je te conseille d'oublier ça, d'ailleurs personne ne te croira. par contre j'ai remarqué que dans ton gourbi y'a pas mal de choses qui sont pas à toi.

— Ça te regarde pas, je t'ai rien pris.

— Écoute, je suis certain que d'une manière ou d'une autre tu as aidé Joseph. Mais pour l'instant tu as gagné, je n'ai aucune preuve, je pourrais bien me débarrasser de toi, personne ne viendra te réclamer, mais ça servirait à rien... et puis... il y a Mme Cano et Pierrot

— Arrête de dire des conneries, j'ai pas aidé Joseph, c'est une merde, une ordure, tu veux savoir, il m'a violée, il m'a tellement défoncé la choune que j'ai pas pu m'asseoir pendant deux semaine. C'est pour ça que j'ai demandé une culotte à ta femme, tellement j'avais peur de me vider! Si je le vois, je le tue, sur ma mère!

— Pourquoi t'as rien dit!

— Parce que j'avais honte et que personne ne me croit jamais... avant ça, j'étais jamais allée avec aucun homme.

— Bon, écoute-moi bien encore une fois. Maintenant que tu m'as raconté ça, je veux bien penser que tu dis peut-être la vérité. Mais je t'aurai toujours à l'œil, tu as compris. De plus, aujourd'hui, il ne s'est rien passé, d'accord... je la ferme sur ta grotte et tu la fermes sur ton petit secouage et le reste.

— Mais...

— D'accord!

— Ça va, j'ai compris, je fermerai ma gueule, mais moi aussi je t'aurai à l'œil.

— Comment! Tu lâches jamais toi! Il rigole. C'est bon, nous nous aurons à l'œil l'un l'autre. Au fait, ton cou est tout bleu à l'endroit de la lame. Tu diras que c'est une branche qui t'a fait ça.

— Je suis capable d'inventer un pipo toute seule.

Elle sort de l'eau, il la sèche avec sa chemise, elle met sa culotte. La robe rincée est encore un peu humide, il lui tend sa veste.

— tu me la rendras une fois à la Ferme.

La descente terminée, M. Cano s'arrête un peu avant la Ferme.

— Il faut pas qu'on nous voie ensemble.

Il la fait descendre de ses épaules. Il l'a portée sur la moitié du chemin. Elle lui rend sa veste et enfile sa robe.

Ils se séparent. M. Cano se retourne ;

— Je réglerai son compte à Joseph, aussi pour ce qu'il t'a fait.

— Je suis capable de me venger toute seule.

Édith se réinstalle chez son père. Recommence à faire croire au miracle. Dans la journée, elle s'incruste chez les Cano, tournicote autour du père. Elle tient à maintenir la pression autour de leur petit secret. Cet homme est une bête qui doit être contenue. En attendant, elle l'aguiche. De la petite fille à la femme la palette est vaste. Elle le caresse, lui fait des bises, l'appelle mon bon papa. Parfois, elle le suit quand il va diriger les équipes d'ouvriers. Porte sa musette, lui donne à manger comme à un chien. C'est étrange comme elle n'avait jamais remarqué l'énormité de ses mains. Deux êtres à part entière, indépendants du corps de Cano, insectes géants, oiseaux de proie. Les dix doigts de l'humiliation. Dix doigts-zobs qui lui ont arraché la tête et l'ont fait pisser de terreur. Elle n'avait jamais eu peur, jamais. Pour qu'ils fassent moins peur, elle se masturbe en pensant aux battoirs. Dans le même temps, elle peut construire la haine qui lui fera connaître comment le détruire. Elle en rajoute. S'il est torse nu, elle demande à monter sur son dos. À cheval sur son cou trapu, le contact est direct et la trace est humide. Elle s'applique à lui par le bas et le recouvre de son jus. Il sent et ne dit rien. Dans le grand tub en zinc, quand elle baigne Pierrot, elle se met avec lui et implore Cano de les frotter. Elle pousse des cris et rigole aux éclats. Il se laisse souvent aller mais reste méfiant. Il sait le danger, il voit le jeu de la gamine. Il crève, maintenant, de vouloir la baiser. Son cul si frais. Après tout Mme Cano était à peine plus vieille quand il l'a sortie de la rue. Mais Édith ne fait pas partie de son projet. L'attisement profite à Mme Cano qui doit absorber l'excédent libidinal de son mari. Elle en prend son parti et s'amuse de voir comment son Hercule s'empêtre dans les filets de la poupée. Un jouet, chaud et vivant, au fond de ses grosses pattes. Elle ne l'a jamais vu comme ça, rire ou sourire au moins dix fois dans la journée, raconter des blagues, l'embrasser dans les coins, elle, sa femme, non, jamais

Édith, tourne en rond, Cano résiste, il ne veut pas la niquer. Cela affaiblit la qualité du contrôle qu'elle a sur lui. Elle l'aura autrement. La tête piquée sur un bâton. En plus, à lui spécialement, elle lui coupera les mains. Ses gros zboub de doigts, elle se les enfilera, un par un. Elle se paluchera avec. Il l'a fait pisser de trouille, bordel. Se pisser dessus. C'est pas rien. Elle a imploré de le sucer pour pas qu'il la tue. Sale et pleine de pisse, elle s'est mise à genoux. Prête à avaler sa queue, son foutre et tout le reste. Elle aurait même été capable de bouffer sa merde. C'est plus que la mort qu'il faut pour lui, bien plus. Comment, au début, digne, elle a dit: tue-moi, et comment, dix minutes après, elle donnait du nez sur sa braguette comme la dernière des putes, terrorisée à l'idée de crever. En dix minutes, il a défoncé toutes ses fortifications. Le vider comme Émir et Joseph et chier dans son ventre ouvert. Le bourrer de toute l'ordure, de tout le pus de la Ferme, le réel et celui qui remplit les caboches pourries de tous les esclaves qu'elle contient. Le sang puant et les fausses couches des femmes. Bien plus que la mort.

Pierrot, c'est lui qui compte. C'était trop dur pour elle. Cette partie-là du plan. Le Pierrot incomplet, le tuer, le rendre à la matière. Le tuer, deux mots, qu'elle n'arrivait même pas, ne serait-ce qu'à penser.

T-u-e-r P-i-e-r-r-o-t.

Le petit mudo doit disparaître pour mieux repousser dans son ventre. Elle croyait ne pas y arriver, mais le père Cano lui facilite la besogne. L'élimination du petit inachevé fera bien mieux que simplement tuer Mr Cano, et voilà.

Mme Cano sera rachetée par sa belle souffrance. Paradis. M. Cano souffrira d'une souffrance nue et inutile, qui ne lui rapportera rien. Les deux seront écartés de la renaissance de Pierrot. Il sera enfin à elle.

L'abreuvoir, le long de l'écurie. L'eau, pour le faire passer de l'autre côté. L'eau, pour le faire revenir. Celle qui coule entre les jambes, qui coule du ventre. Pendant plusieurs jours, elle tourne autour de l'abreuvoir. Elle joue avec Pierrot. C'est dur, car souvent, prise par le jeu, elle oublie de le tuer. Jean est souvent avec eux, il a moins peur de sa sœur. Elle, elle a besoin d'un témoin, comme pour Émir. Pourquoi? Pour être sûre qu'elle ne rêve pas, qu'elle se confronte vraiment à la mort. Que son beau cauchemar est réel. Déjà, la tête de Joseph lui semble lointaine. La procession dans la montagne, comme si elle l'avait lue dans un livre. Peut-être même l'a-t-elle lue. Elle mélange. Cano aussi, ses gros doigts qui l'égorgent, ses gros doigts qui la violent. Elle a besoin d'un témoin, son frère est le meilleur. Il la hait. Il ne rêve pas. Il est réel. Il est sa mémoire. Elle l'entraîne avec elle et Pierrot. Ils jouent vers l'abreuvoir. Elle guette pour pouvoir le noyer. Mais les ouvriers passent et repassent en permanence. Les mulets, les chevaux. Elle botte les crottins d'impatience, ça ne marchera pas. Pourtant, il faut faire vite. Elle a beau entretenir sa haine contre Cano, son amour pour Pierrot est toujours plus grand, toujours plus épais. Bientôt elle s'effondrera à ses pieds en lui demandant pardon. Pardon Pierrot, je voulais te tuer, pardon, pardon. Il faut faire vite, elle ne va pas tenir longtemps et jamais elle pourra le sauver de la fragmentation.

Un matin, elle est avec Jean. Ils passent devant la porte des Cano. Pierrot est assis sur le perron. Viens Pierrot. Ils l'emmènent avec eux. Elle les entraîne directement vers la distillerie. Le vaisseau mère. La nef rouge échouée au milieu de la Ferme. Elle crache ses vapeurs brûlantes et vomit son parfum. Géranium. Plante des morts. Essence des vivants. Elle possède même ses lieux d'aisance. Un bassin accolé, clos par une voûte en béton. Un berceau retourné. Dans l'angle, une trappe au couvercle de bois. Les alambics y épanchent leurs eaux bouillantes. Ce jour, la forme du destin est celle d'une charrette, accostée au réservoir. Pleine de tiges et de feuilles. Édith y grimpe, y fait grimper Pierrot. Jean qui reste en bas n'a pas encore compris. Elle accède au sommet, à la trappe, fait glisser le bois. Elle regarde Pierrot, l'embrasse, lui dit : « mon chéri » et le pousse. Vertige elliptique, comme quand son père la lançait en l'air. Les yeux dilatés, le souffle coupé, un nœud dans le ventre. Le temps qui se fige. Le sourire du petit s'efface alors qu'il s'enfonce dans le noir humide. Plouf! L'écho. Un petit cri. C'est fini. C'est le début.

Elle referme le couvercle, redescend. Jean a compris.

— T'es folle, t'es folle, qu'est-ce-que t'as fait!

— Si tu parles, je te fais pareil ou je te coupe le cou. Allez, viens, on retourne à la maison.

En chemin, ils passent devant chez les Cano. Mme Cano les interpelle.

— Où est Pierrot?

— Hein! J'en sais rien. Il doit être par là. Il était avec nous tout à l'heure.

— Comment ça t'en sais rien, jamais tu ne l'as laissé comme ça.

— Oui, j'en sais rien, j'en sais rien, il me semble qu'il est parti jouer sous les grenadiers, il y avait des ouvriers, Si tu veux, on va voir.

— On y va.

Arrivées sur place, elles ne trouvent rien bien sûr. Pourtant, Édith a cru voir son ombre derrière un grenadier. Elle ne dit rien, c'est impossible. Pourtant, c'était bien lui. Comment est-il sorti du bassin? C'est impossible, elle l'a bien jeté, elle a eu un vertige, comme si elle tombait avec lui. C'est une illusion. Et Jean qui est parti. Il aurait pu confirmer. Mme Cano commence à trembler, à transpirer. Ne t'inquiète pas Mme Cano, on va le retrouver, il ne doit pas être bien loin, ne t'inquiète pas. L'inquiétude, prélude à la souffrance. Édith sent la machine à organes qui s'échauffe. Sa fascination pour elle est réactivée. Elle la suit, l'observe. La machine frémit, ses fluides accélèrent. Le juteux paradis est pour bientôt. Bonne Mme Cano. Édith commence à ressentir les bienfaisantes vibrations, mieux que jamais. Elle est entraînée maintenant. Elle fait partie du clan. Mme Cano, court, questionne tous ceux qu'elle rencontre. Édith la suit, mieux que son ombre, en syntonie. Les battements de son cœur, les pulsations de sa matrice, le chuintement de son sang. Elle les éprouve, les sent, elle est Mme Cano. Dans la cour principale, elles tombent sur M. Cano qui revient de Blida. Il a acheté des gâteaux. Ils étaient pour Pierrot, Édith et Jean. On lui annonce la disparition, il blêmit, s'assoit par terre, un bœuf assommé. Édith, lui caresse la tête pour savourer sa puissance.

— Pauvre Pierrot qui ne mangera pas les gâteaux, qui sait où il est?

Le père Cano se lève subitement et, comme un possédé, part dans la Ferme ameuter les hommes. La battue s'organise. Jusqu'au crépuscule, on entend les appels et les aboiements des chiens. Dans le logement des Cano, la pièce principale, la table, le banc. Tout est sombre. Dans le noir, Édith serre Mme Cano contre elle. La mère est prostrée. L'inversion des rôles plaît à Édith.

— Pauvre Mme Cano qui a perdu son petit, on va le retrouver. Demain, on ira avec Ariba sur la tombe du marabout. C'est une puissante sorcière, elle le retrouvera.

Elle l'embrasse, respire ses cheveux, la caresse.

— Les hommes sont rentrés, mais pas monsieur Cano, tel que je le connais, il cherchera jusqu'au matin, il ne lâchera pas. Viens Mme Cano, on va se coucher, ça ne sert à rien de rester ici. Je vais rester avec toi.

Elle l'entraîne dans la chambre, l'aide à se déshabiller, se déshabille elle-même. Elles s'allongent serrées l'une contre l'autre. Mme Cano, étrangement, s'endort immédiatement, mais son sommeil est agité. Édith veille, tout contre le corps vibrant. Son odeur, sa chaleur, les douces vibrations de son sommeil. Elle voudrait s'incruster dans sa peau, s'enfoncer en elle. Doucement elle commence à se frotter et peu à peu à se branler sur sa cuisse. Elle jouit violemment et en silence, sans la réveiller. Au milieu de l'orgasme, elle a parlé à Pierrot et il lui a répondu. Ils tombaient tous les deux enlacés. La cuve était sans fond, chaude, noire et sans fond.

— Tu m'en veux pas de t'avoir tué?

— Non, parce que je ne suis pas mort, j'habite dans ta choune maintenant. C'est très grand, je chasse, je me baigne, il y a de belles forêts et je dors à l'ombre des chênes.

Au petit matin Mme Cano se lève. Elle réveille Édith.

— Viens, allons chez Ariba.

La sorcière est devant sa porte, un seau à la main.

— Ariba, tu sais pourquoi nous sommes là. Emmène-nous sur la tombe du marabout et fait ce qu'il faut pour ramener Pierrot.

Ariba est maline, elle trouve que cette histoire ne sent pas bon. Elle réfléchit rapidement à comment se dégager de toute responsabilité en cas d'échec.

— Mme Cano, écoute-moi et toi aussi Édith. Mektoub. Il y a des choses contre lesquelles on ne peut rien. Ne me demandez pas pourquoi, c'est comme ça. Je veux bien essayer, mais je ne vous garantis rien.

— Tu garantis rien, tu garantis rien! Tu t'avances pas trop on dirait.

— Si j'étais toi Édith, je la fermerais. Maintenant, suivez-moi.

La tombe du marabout est un petit édicule blanchâtre. Une coupole, quatre arcades, un socle cubique recouvert d'offrandes. Il se trouve au bout d'un chemin rocailleux dans un bosquet de chênes. La lumière y est limpide, bien que fortement teintée de vert. Après vingt minutes d'une marche silencieuse, les trois femmes sont accroupies au pied du monument. Ariba dépose une feuille sur le sol, y sont inscrits les « sept signes » et tout autour la sourate: « J'en jure par le ciel et l'étoile nocturne », elle l'avait préparée avant de partir. C'est le rituel pour faire venir l'absent. C'est tout ce qu'elle avait en magasin.

— Je vais réciter vingt et une fois la djeldjeloûtiya, c'est une bonne invocation qui peut fonctionner dans notre cas. Je ne vais pas vous demander de la réciter avec moi, trop complexe, par contre quand je dirai les mots (elle se touche le front): « Bâdj, Ahouadj, Djeldjeloût, Helhet », vous les répèterez après moi, c'est compris?

Les deux autres font signe que oui. Ensuite, elle sort de sa petite sacoche, trois chapelets à quatre-vingt-dix-neuf grains, leur en donne deux et garde le dernier.

— Tenez-le comme ça et touchez ce grain-là, uniquement celui-là, c'est compris? Maintenant faites comme moi.

Toujours accroupie, elle baisse la tête, de la main gauche touche le monument, de la droite tripote le grain. Les deux autres s'exécutent.

— Allez, c'est parti! (en arabe) « Je commence par le nom de Dieu, mon âme se guide par lui. Vers la connaissance des secrets renfermés dans le mystère de son nom. Et je prie ensuite pour la meilleure des créatures, Moh'ammed, qui a dissipé l'égarement et l'erreur. Je t'implore par le nom qui a la suprême puissance. (Elle fait un signe de la main) Bâdj, Ahouadj, Djeldjeloût, Helhet (Édith et Mme Cano répètent en bafouillant). Par Çemçâm, T'emt'âm, par la lumière et la clarté. Par Mahrâch, Mahrâch qui a éteint le feu. Sur moi est venue une clarté des éclairs de sa lumière. Une lueur a brillé sur ma face en flamboyant. Il a versé sur mon cœur des flots de miséricorde. Par la sagesse de Notre sublime Seigneur, et ils ont parlé par ma bouche... » et ainsi de suite.

Vingt et une fois, Édith n'en peut plus, elle maudit cette sorcière. Elle se console en pensant que l'invocation pourra peut-être fonctionner pour la graine qu'elle a dans son ventre. Elle écraserait bien la tête de la vieille contre le socle blanc. Elle s'ennuie. Les vibrations de Mme Cano sont lointaines. Elle n'est plus en phase. C'est normal, elle s'ennuie. Elle n'est pas concentrée. Et puis elle s'en fout, elle voudrait que toute cette comédie se termine. La vieille a enfin terminé. Elle reprend son souffle et recommence. Édith est estomaquée. Mais ça ne dure pas longtemps, c'est juste une prière de remerciement pour le saint. Pour finir, elle dépose sur le tombeau quelques fèves, trois mandarines et allume trois petites bougies. Mme Cano semble sereine, mais elle reste muette. Le retour se fait, lui aussi, dans le silence.

La Ferme s'est réveillée sur le pied de guerre. Reprise des recherches dès le lever du soleil. Aucun résultat. M. Cano fulmine. Chez lui, la rage succède vite à la peine. Les autorités sont là. Le maire est arrivé en milieu de matinée, accompagné de curé Maurice. La gendarmerie ne saurait tarder. Chacun a son plan de bataille, mais pour l'instant il semble que ce soit le plus grand désordre qui règne. Le patron veut imposer son meilleur limier, Éclair, mais le chien est paniqué. Il tourne en rond en poussant des jappements plaintifs. Trop de cris, trop de bazar. Il hurle après lui, lui reprochant son prix. Le clebs, au comble du désarroi, finit par le mordre. Tout le monde rigole. Le père Cano calme tout le monde en pointant son fusil sur la foule.

— Le premier qui continue à se marrer, je le bute. Il s'agit de mon fils, bordel, de mon fils.

Mme Cano assiste à la scène depuis sa fenêtre. Épuisée d'anxiété, elle s'est assise là au retour du rituel. Édith est allée chez elle se reposer. Cano s'agite dans la cour, il réorganise les équipes, leur indique d'autres directions. Un peu en retrait, le maire et curé Maurice commente les événements, à moins qu'ils ne parlent des affaires de la ville. Curé Maurice agite les bras, pilonne de son index droit le creux de sa main gauche. Le maire lui répond en faisant aller et venir son majeur droit dans le cercle formé par son index et son pouce gauches. Il y a du niquage dans l'air. Mme Cano sourit, puis, revenant subitement au tragique de la situation, maudit les deux cafards.

— Mme Cano... Mme Cano...

Elle sursaute. Jean est dans la pièce. Il est entré par la porte de derrière. Elle le regarde, ses yeux se dilatent, son cœur accélère. Elle pressent ce qu'il va lui dire.

— Mme Cano... c'est... c'est ma sœur ... elle a jeté Pierrot dans le bassin.

Il se sauve en courant. Elle hurle. Rouge, bavante. Veines bleues. Turgescente. Bleuissante. À la fin du cri, elle gargouille et se jette dans la cour.

— Le bassin! Le bassin! Il est dans le bassin!

La foule la suit, Cano en tête. Ceux qui n'étaient pas dehors sortent. Femmes, enfants, vieillards, tous convergent vers le bassin.

Édith somnole. Un coup au ventre la réveille. Les vibrations reprennent dans ses intérieurs. Puissantes comme jamais. Elle sait. Mme Cano sait. Enfin.

Des hommes se précipitent, dressent une échelle, grimpent jusqu'à la trappe, l'ouvrent. Une autre échelle est hissée et introduite dans la cuve. Pascal, le plus petit d'entre eux se glisse dans l'ouverture. Au bout d'un moment sa tête réapparaît. Avec difficulté, il remonte le corps de l'enfant. Il le tient par une jambe.

— Il flottait, la tête en bas. Je me suis brûlé la main.

Rachid et Momo le récupèrent. Pendant ce temps, une table a été amenée. Ils y déposent le petit corps. Édith sort, elle marche lentement. Elle marche vers le bassin. Le bassin et la foule. Elle ne pense à presque rien. Presque vide, elle avance. Presque. Elle se dit juste que l'air est agréable, qu'il sent la fin de matinée, que l'apéritif se prépare, que le repas mijote, que c'est dimanche.

Pierrot est plus ou moins cuit, gonflé, pelé sur tout le corps, couvert d'ampoules crevées. Sa couleur est blanc rosé et ses lèvres sont violettes. Les yeux sont ouverts et voilés, laiteux comme ceux d'un poisson bouilli. Aux premières loges, le patron, la patronne, le maire, curé Maurice, leurs yeux sont écarquillés, intrigués, curieux et intéressés par le résultat d'une telle concoction. Un enfant bouilli, c'est pas tous

les jours. Le patron est particulièrement fasciné. Il a pour projet de démarrer une petite production de jambon blanc et autres articles charcutiers. Souvent il s'est posé la question de savoir le goût qu'aurait un saucisson cru plongé dans l'eau des alambics. Son parfum, son fumet. Il avait même commencé à réfléchir à sa dénomination commerciale. Le Savoureux d'El Affroun, ou le Sav'del. Ils entourent Mme Cano, qui, vautrée sur le petit cadavre suintant, continue de brailler. La patronne est un peu écœurée, se frotter comme ça, chose répugnante, ce n'est plus son fils, ce n'est plus rien. Ils pleurent tous quand même. Édith s'approche doucement. Elle s'arrête en lisière de foule. Tous tendent le cou dans le même sens, sauf un, Dédé, l'idiot de la Ferme. Dans la cohue, il a reçu un coup de coude dans l'œil et il s'est retourné pour mieux se le frotter. De l'œil restant, il voit Édith. Terrorisé, il crie en tremblant:
— C'EST ELLE! C'EST ELLE!
Un grand silence. Une rumeur. Un groupe de femmes hurlantes jaillit de la foule, se dirige vers elle. Édith ferme les yeux. Elle sent à peine le premier coup. Doucement elle sombre. Elle est couchée dans sa grotte et elle vient de faire un rêve, mais elle n'arrive pas à se rappeler ce que c'était. Au loin elle entend des cris. Certainement des chasseurs. Une battue aux sangliers. Peut-être. Certainement. Elle ressent la terreur de la bête. Son cœur s'emballe, son souffle devient de plus en plus court. Les femmes la frappent, la mordent. Certaines arrachent leur corsage. Leurs mamelles brimbalent au rythme des coups. Elles lacèrent sa robe. Son corps est traîné, tiraillé, disloqué sur le sable, un quartier de

viande qu'une horde se dispute. Mme Cano, prostrée jusque-là, s'avance. Les furies, avides de coup de grâce, s'écartent, lui font une haie, la guide vers la dépouille. La mère s'approche en dodelinant de la tête, se penche sur la masse inerte et lui arrache sa culotte. Elle la brandit devant la foule et la déchire avec les dents.

— Je la lui avais donnée!

Elle s'évanouit. Des mégères la soutiennent. D'autres veulent finir d'immoler. L'une d'elles, plus créative, commence à dépoiler le pubis d'Édith. Elle en arrache une poignée, l'exhibe, ouvre la main, souffle dessus, les yeux pétillants, je sème à tous vents. Elle n'a pas le temps de voir les jeunes poils s'envoler. Une main énorme s'abat sur elle et la sonne. Une masse noire a fondu sur la basse cour. La volaille se disperse, terrorisée.

— Maudites démones, laissez-là! laissez-la!

Curé Maurice mouline l'espace de ses grands bras. La foule s'écarte. Le visage raviné par les larmes, il s'agenouille, embrasse le corps martyrisé et le prend dans ses bras.

— Laissez-la! Reculez-vous malheureux! Vous voulez vous substituer à Dieu! C'est ça! Qui êtes-vous pour la juger! Vermine! Regardez-vous! Lie de la terre! Gueux puants! Misérables! Je vous hais!

En reculant il marche sur Mme Cano, toujours évanouie par terre, et manque de tomber.

— Pardon, pauvre femme, mais je ne peux laisser faire ça. Cette fille est une créature de Dieu comme vous autres et c'est seulement à Dieu qu'elle doit rendre des comptes, et secondairement à la justice de la république, bien sûr. Mais certainement pas à vous, vous n'êtes même pas français. Vous n'êtes rien!

Les chasseurs sont partis. Ont-ils tué la bête? Elle n'en sait rien. Elle regarde par la fenêtre, tout est calme. La plaine s'étend, tout en bas, loin sous le soleil. Tout en bas. Au fond, il y a peut-être la mer. Un oiseau de mer avec un poisson dans son ventre. Le poisson bouge et l'oiseau voudrait bien aller dormir pour le digérer. Elle se pose doucement sur une mer gélatineuse. Elle fait la planche. Elle flotte, comme sur un matelas. Elle est bien. À part ce poisson dans son ventre, et ce goût de sang dans sa bouche. Tout redevient sombre. Une odeur familière, pipe, animal, une odeur de Curé Maurice. Elle essaye d'ouvrir un œil. À travers un voile rouge, elle reconnaît la barbe, les poils de nez. Elle murmure.

— C'est toi Curé Maurice?

— Oui ma chérie, ça va aller.

— Tu vois comme Mme Cano souffre, tu vois comme je suis le bouc émissaire... Pierrot n'est pas mort... il est dans mon ventre...

— Je vois, je vois ma chérie, j'ai compris.

— Curé Maurice...

— Oui...

— Enlève ton doigt de ma choune... tu l'as trop enfoncé... il me fait mal... elle sombre à nouveau.

Une nouvelle rumeur.

— Les gendarmes! Les gendarmes!

Une dizaine d'hommes à cheval. Ils mettent pied à terre. Un gros adjudant s'avance.

— Laissez-nous procéder. Laissez-nous procéder. Où est le jeune cadavre, où est la petite fille assassin.

Les deux sont sous son gros nez rouge, mais il

tourne en rond l'air hébété, comme tracté par son tarin. Heureusement, un brigadier, plus fringant, le guide vers le petit corps. Un gendarme installe sur la table, juste aux pieds de Pierrot, le carnet, l'encrier et la plume. Le brigadier fringant commence à dresser le procès-verbal en faisant mine de prendre en dictée les incohérences de l'adjudant. Après avoir écrit quelques lignes, ils se dirigent vers le Curé Maurice qui serre toujours Édith dans ses bras.

— Remettez-nous la suspecte!

— Vous ne lui ferez pas mal?

— Allez curé, lâchez-la, tout ira bien. Elle n'a pas de vêtements?

— Ils ont été arrachés.

— Au fait, elle est morte?

— Non, elle vit, mais elle ne va pas tenir longtemps si on ne la soigne pas rapidement.

— Elle est pleine de sang, apportez un seau d'eau.

On la pose sur le sol, on l'asperge. L'adjudant lève soudain les yeux au ciel, recule de quelques pas et, tout en sortant un immense tire-jus de sa vareuse, il bascule en arrière et se retrouve le cul sur le sable. Il s'éponge le front en marmonnant.

Le brigadier, comme si de rien n'était, dirige la suite des opérations. Il fait mettre un gendarme en selle et lui passe le corps inerte d'Édith. Il l'installe devant lui. Deux autres gendarmes passent une corde autour de leurs bustes. Attachée au ventre du militaire, elle fait face à la route. Une main sur le front, il lui maintient la tête droite. Ses yeux sont à demi fermés, sa bouche entrouverte. Elle est entièrement nue. Personne n'a voulu donner le moindre bout d'étoffe. Le brigadier interpelle:

— Cano! Dès que ta femme sera remise, vous viendrez déposer. Nous sommes dans la maison de Monsieur (il indique le patron). Ben Mohammed devra venir aussi, où est-il d'ailleurs?

On lui répond:

— Il est dans sa famille, en montagne, il revient ce soir, le pauvre homme .

Il s'adresse ensuite à la foule:

— Tous ceux qui ont quelque chose à dire sur cette affaire, vous inscrirez vos noms sur cette feuille, si vous ne savez pas écrire, nous l'inscrirons pour vous. Restez dans les environs, nous vous interrogerons dans la journée, puis, il se tourne vers le gendarme auquel Édith est liée:

— Vous pouvez y aller, vous, vous l'accompagnez .

Curé Maurice s'interpose:

— Enfin, quand même, vous n'allez pas la laisser partir comme ça... la dignité...

— La dignité, la dignité! Quelle dignité curé, cette fille est un animal.

— Mais...

— Monsieur le curé, si j'étais vous je me ferais discret et je n'insisterais pas, est-ce que vous voyez ce que je veux dire...

Curé Maurice pique du nez, se retourne et s'éloigne. Le brigadier le regarde s'en aller avec un sourire goguenard.

— Bon, vous avez couvert la victime d'un drap, c'est bien. Maintenant portez là dans un endroit frais, le docteur va bientôt arriver.

Édith et son escorte sont déjà sur la route de Blida. Les deux gendarmes discutent tranquillement. Ils rigolent de la tête des quelques personnes qu'ils croisent.

— T'as vu la tronche de celui là, ha! ha!

Hé! « Mohamed », t'en voudrais bien une comme ça, hein!

Une femme se signe.

— Sauve-toi malheureuse, c'te fille-là c'est l'diable! Ha!ha!ha!

Un peu plus loin sur la route.

— T'imagines, on pourrait s'amuser avec, personne nous dirait rien. On lui ferait son affaire dans un buisson et...

— Arrête de déconner, j'suis sûr qu'elle est daubée jusqu'à l'os et t'as vu dans quel état elle est. Mon uniforme est bon pour un nettoyage

— Au fait, c'est où qu'y faut l'amener?

— Chez les bonnes sœurs, tu sais, derrière la caserne, il faut qu'elle soit retapée avant d'être jugée.

— Ha! ha! Et oui, en bonne santé pour qu'on lui coupe le cou.

Il soupèse sa tête en la soulevant par le menton.

— Elle est pas bien lourde, et son cou n'est pas bien gros, avec un ciseau ça suffirait. Ha! ha! ha!

Le rire du gendarme dans la tête, des gamelles que l'on frappe, un petit carnaval étrange, elle revient à elle. Le cahot du cheval réveille chacune des plaies. Les blessures communiquent entre elles et crient à l'unisson. La douleur, le corps entier. Un carnaval de la souffrance.

— Qui es-tu?

— Le gendarme Godin, pour vous servir Madame, ha! ha! ha!

— Où est ma robe?

— Envolée.

— Où on va?

— Quelque part.

— Ah...

— Euh! Écoute, ton cas est grave. Tu vas aller en prison et on te jugera. Mais en attendant on va t'emmener chez les bonnes sœurs pour te soigner. Tu t'es pris une sacrée dérouillée... mais dis-moi, pourquoi t'as fait ça?

— C'est une idée qui m'est passée par la tête.

Notes
du
Docteur
Rollet

Toutes les pièces: rapports, arrêts, certificats, autorisa-
tions, etc. auxquelles il est fait référence dans ces notes
sont archivées dans leur intégralité à l'endroit suivant:
DOSSIER N° 739/17/01/1900, FILLE ÉDITH DO-
LORES BEN MOHAMMED née le 27/08/1886 (bureau
des archives, dossiers malades)

Édith Dolores Ben Mohammed
Née le 27 août 1886, 13 ans et cinq mois.
Taille: 1m et 51 cm
Poids: 39 kg et 500 grammes
Père: Mokhtar (dit Vincent) Ben Mohammed
Né le 10 septembre 1856
Arabe, naturalisé et converti
Mère: Maria Purification Delgado
Née le 28 décembre 1861
Espagnole, décédée en 1895
Un frère, Jean, né en 1888

Résumé de l'affaire:

Premier procès Blida: 10 juin 1899 (meurtre le 18 mai)
Le juge d'instruction renvoie Édith B. devant la
chambre de mise en accusation sous la prévention de
meurtre.
« Mais, attendu que les circonstances du crime, l'attitude de l'inculpée, son âge, les précédents exemples
de sa perversité précoce, les déclarations contradictoires des témoins sur son état mental, commandent
de rechercher si elle est indemne de toute influence

morbide, et pour ces motifs la cour ordonne un supplément d'information. »

Conclusion du premier rapport sur l'état mental d'Édith B. Par le Dr. Fontenier: « En résumé Édith B. présente une intelligence très au-dessus de la moyenne pour son âge. Elle est parfaitement lucide, elle a la notion complète de la responsabilité de ses actes. Son discernement est bien supérieur à celui des enfants de son âge. Les mobiles de son crime étant absolument inexplicables, il y a lieu de se demander si elle n'a pas agi sous l'influence de conseils pernicieux ayant eu sur elle l'efficacité d'une véritable suggestion irrésistible. »

Arrêt du 24 novembre 1899: se trouvant insuffisamment éclairée, la Cour d'Alger commet MM. les docteurs. Leandri et Delinière, médecins des hôpitaux et professeurs à l'École de médecine ainsi que moi-même, afin d'examiner l'inculpée, de procéder à l'examen de son état mental et de rechercher quel est le degré de responsabilité pénale de l'acte qui lui est reproché.

Examen gynécologique, 9 janvier 1900: au cours des premiers interrogatoires, l'enfant nous ayant laissé entendre qu'elle aurait été violée, ou qu'elle aurait eu des rapports sexuels plus ou moins consentis, nous avons décidé de procéder à l'examen de ses organes génitaux. Il a été réalisé par le Dr. Delinière en présence de la directrice du Lazaret. Il a été constaté, que la poitrine était petite et presque entièrement formée, que la pilosité pubienne était présente ; que l'inculpée n'avait plus sa virginité; que la défloration remontait à quelques mois; qu'elle était complète bien que les

organes ne soient pas arrivés à leur entier développement; qu'il n'existait aucune trace de maladie véné-
rienne; qu'elle n'était pas encore réglée.

*Ce qui est ressorti des interrogatoires préliminaires menés
par les Dr. Leandri, Delinière et moi-même:* L'accusée
ne présente aucun signe de folie ; son intelligence est
très développée; sa mémoire sans perte ni diminution,
son raisonnement parfait. Elle connaît parfaitement la
signification de ce qu'elle dit; elle ne se coupe jamais.
Son crime aurait pu être parfait si elle n'avait commis
l'erreur de penser que son frère était suffisamment terrorisé pour ne pas parler. Elle a fait preuve de dissimu-
lation, de sang-froid, allant jusqu'à traîner Mme Cano
chez une sorcière avec laquelle elles s'adonnèrent à un
rituel grotesque.

L'hypothèse du Dr. Fontenier, selon laquelle des
conseils pernicieux lui auraient été donnés par un personnage inconnu, ne semble pas être confirmée. Aucun témoignage ne va dans ce sens. De plus l'accusée
affirme qu'elle n'a subi aucune influence, de quelque
nature que ce soit, ayant pour objectif de la pousser à
commettre ce crime.

Chaque fois que la question portant sur les raisons de
son acte lui a été posée, elle a invariablement répondu:
« C'est une idée qui m'est passée par la tête. »

Ce qu'il faut retenir de tous ces rapports, c'est la parfaite lucidité d'Édith Ben Mohammed.

Tous ces constats ayant été faits et nous trouvant toujours devant l'énigme du motif réel de ce crime, j'ai
proposé à mes collègues Leandri et Delinière, qui
m'ont donné leur accord, de mettre l'accusée en ob-

servation deux semaines dans ma clinique. Je leur ai dit qu'une ambiance calme et le fait de n'avoir affaire qu'à un seul médecin permettrait peut-être d'établir une relation de confiance suffisante pour faire éclore la vérité, s'il y en a une.

J'ai obtenu du juge les autorisations de sortie nécessaires, assorties de certaines obligations concernant la surveillance de l'inculpée. À cette fin, j'ai fait préparer une chambre parmi celles qui sont munies de barreaux. Mon ami, le Colonel Grandin du 6e GAPA, a bien voulu mettre à ma disposition un artilleur dont il m'a garanti l'intégrité, le caporal Henri Justine. Le tribunal a, sur ce point, donné son aval.

Le garde sera logé dans une petite pièce qui jouxte la chambre. Pour des raisons évidentes, il ne détiendra pas les clés de cette dernière qui seront gardées par l'infirmière chef ou l'infirmière de service ainsi que par moi-même.

Lundi 29 janvier 1900

8h30. Arrivée du fourgon cellulaire en provenance du Lazaret, le gendarme chef de convoi, après m'avoir dit qu'elle n'a pas posé de problèmes particuliers, m'a fait signer la feuille de dépôt plaçant sous ma responsabilité la détenue Ben Mohammed.
Le caporal Justine l'a conduite dans sa chambre. Mme Troussard, l'infirmière chef l'a installée et lui a expliqué le règlement en vigueur dans l'établissement. Durant ces opérations, Édith est restée silencieuse, semblant être ailleurs.

17h30. Premier entretien.
Le premier examen s'est déroulé en fin d'après-midi, car j'ai voulu qu'elle se repose un peu et qu'elle s'habitue à son nouvel environnement. Pour les deux semaines qui viennent, j'ai organisé mon emploi du temps afin de pouvoir l'interroger tous les matins à 10h00. Édith a été amenée, par Henri le tirailleur, dans la salle de consultation du premier étage. Il m'a dit que tout le long du parcours, elle l'avait insulté à voix basse.
Le traitant de « sale nègre » à plusieurs reprises (c'est un Créole martiniquais). Elle ne voulait pas se laisser toucher par lui. Pour le reste:
Elle a refusé de s'asseoir, elle est restée debout, les bras croisés, visant un point indéterminé au-delà de la fenêtre. Elle a refusé de répondre à mes questions. Elle semblait animée d'une colère intérieure, comme une machine à vapeur, prête à exploser sous la pression.
Entretien impossible.
J'ai demandé à Henri de la ramener dans sa chambre, nous verrons demain.

Mardi 30 Janvier 1900
10h00. Deuxième entretien.

À 10h00, j'ai fait amener la fille Ben Mohammed dans la salle de consultation du premier. Henri m'a rapporté que cette fois-ci, elle ne lui avait rien dit. Elle était restée muette, de sa chambre jusqu'à la salle. Par contre, tout le long du parcours, elle s'était arrangée pour toujours se trouver au moins à deux mètres de lui. Elle avait marché le plus rapidement possible, essayant d'éviter tout contact.

Lorsqu'elle est entrée dans la pièce, elle s'est trouvée parfaitement éclairée par le soleil, assez bas en cette saison. Il était bien dans l'axe de la fenêtre du milieu, juste en face de la porte. J'ai eu ainsi le loisir de la contempler sous un jour, c'est le mot, si détaillé, qu'aucune de ses particularités physiques n'a pu m'échapper. La description, que mes collègues et moi avions faite, lorsque nous la vîmes pour la première fois, m'est subitement revenue à l'esprit. *Édith est plutôt petite pour son âge, mais bien conformée, les yeux, bien placés, sont noirs, vifs et intelligents et ne présentent aucune trace de maladies anciennes. Si on ajoute un air simple et modeste, un maintien gracieux, on voit immédiatement que l'inculpée n'a pas l'aspect ordinaire des êtres dégénérés.*

Que cette description était fade! Par quoi étions-nous aveuglés, à ce moment-là, pour ne pas remarquer ce qui m'a sauté aux yeux ce matin. Une grâce, une beauté fulgurante, pas de celles, artificielles, que l'on voit sur les boulevards. Non. Une grâce première, native, brute, n'ayant besoin d'aucun fard et soutenant, sans complexe, l'examen d'une lumière implacable.

J'ai dit à Henri qu'il pouvait sortir et qu'il ferme la porte derrière lui. J'ai fait asseoir Édith sur la table d'auscultation. Elle était calme, plus aucune tension intérieure ne semblait l'animer. Son expression était neutre, si ce n'est qu'elle me regardait comme si elle s'attendait à ce que je fasse quelque chose d'inhabituel.

Arrivé à ce point, il est nécessaire de formuler quelques précisions. Ces notes sont absolument personnelles. Si elles sont « rédigées », cela ne provient que de mon inclination pour l'écriture bien formée, cela dit en toute modestie. Au final, elles ne sont destinées qu'à fournir la substance à partir de laquelle j'extrairai le rapport que je rendrai au tribunal.

Il est 18h00, je suis en train de mettre au propre, comme je le ferai dorénavant, les renseignements et impressions obtenus le matin.

Il est 18h00 et une pensée vient de se présenter à moi, simple et précise: si je veux connaître ce qui se passe dans la tête d'une autre personne, je dois aussi connaître et reconnaître ce qui se passe dans la mienne.

« *Connais-toi, toi-même* », réminiscence de ma classe de philosophie, si souvent rabâchée, jamais comprise.

Pourquoi cette idée m'est-elle venue? Je pense en connaître la raison, raison qui fait que ces notes vont prendre une tournure singulière.

Pendant l'entrevue de ce matin, il s'est passé quelque chose. Un événement qui me concerne directement, puisque c'est moi qui en suis à l'origine. Si je veux avancer, je dois l'énoncer.

Une fois la porte fermée, je l'ai fait venir vers moi pour qu'elle s'installe sur la table. Le temps qu'elle a mis pour traverser la pièce, m'a paru d'une longueur incroyable. Je la regardais se mouvoir, je voyais son corps sous sa blouse. Lorsqu'elle s'est assise sur la table, bien en face de moi, voilà ce qui m'est venu à l'esprit: *si je lui écartais les jambes, elle est juste à la bonne hauteur, je pourrais me « l'envoyer » (ce terme-là et pas un autre). Personne ne dirait rien, même pas elle ; qui la croirait ? De plus, quel mal y a-t-il à se servir d'un être dégradé? Elle s'est mise elle-même du côté du mal, personne, jamais, ne la plaindra. On peut lui faire subir n'importe quel supplice, on peut l'avilir, l'humilier, la réduire à néant, tout le monde s'en réjouira. Elle a tué un enfant, comme ça, comme si c'était un petit chat. Le viol n'existe pas sur une criminelle de ce type. Plus rien ne lui appartient, et surtout pas son corps. Elle s'est rendue absolument autre, et cet autre, je peux en disposer comme je l'entends.*

En un éclair, cela s'est inscrit dans mon esprit. Effrayé, je me suis reculé brutalement. À ce moment-là, elle m'a souri, comme si elle avait compris. Ensuite, par un réflexe que je ne m'explique pas, j'ai ouvert l'armoire vitrée dans laquelle sont stockés les médicaments, j'ai pris un flacon d'éther diéthylique et j'en ai imbibé un tampon d'ouate que j'ai pressé sur le visage d'Édith. Je l'ai maintenue de force jusqu'à ce qu'elle ne bouge plus. Je me suis senti soulagé de ne plus avoir à croiser son regard. Je l'ai allongée sur la table, j'ai appelé Henri et lui ai dit d'aller chercher Mme Troussard. Je leur ai expliqué, que subitement, elle était entrée dans un état d'agitation incontrôlable et que, dans l'urgence, c'était la seule solution que j'avais trouvée pour la calmer.
J'ai réfléchi tout le reste de la journée à cet incident, et j'ai décidé de prendre plusieurs mesures, afin d'éviter tout problème de ce genre pour les prochains entretiens.

1. *Ne jamais me trouver seul avec elle.*

2. *Engager une sténographe qui notera l'intégralité de nos échanges. (Je pense que Mlle Peretti sera disponible)*

3. *Les entretiens se dérouleront dans mon bureau.*

4. *Avoir toujours à l'esprit que cette fille est dangereuse.*

Mercredi 31 Janvier 1900
10h00. Troisième entretien.

Hier soir, j'ai pu joindre téléphoniquement mon bon ami, M. Peretti, négociant à Alger, pour lui demander si Marthe, sa fille, était disponible. J'avais appris qu'elle était actuellement sans occupation. Son père compte l'impliquer dans son affaire, mais il attend pour cela le départ à la retraite de sa vieille secrétaire. Il me répondit, avec son entrain habituel, que sa fille était maintenant assez grande pour que je puisse traiter directement avec elle. Elle m'assura que cela ne la gênait absolument pas et qu'elle pouvait venir dès le lendemain. Je lui ai dit que je mettrai à sa disposition une voiture pour aller la chercher chez ses parents ainsi que pour l'y ramener.

Ce matin, j'ai fait venir Édith dans mon bureau. Henri s'est posté à la porte qui est restée ouverte. Mlle Peretti était en retard, par ma faute, car je n'avais pas fait préparer la voiture suffisamment tôt. Je suis resté une dizaine de minutes en tête à tête avec la petite.
À peine était-elle assise qu'elle me dit, « tu as voulu me niquer hier ». Je lui demandai ce qui lui faisait dire cela. Elle me répondit qu'elle l'avait senti et, que de toute façon, j'aurais pu le faire car elle n'aurait rien dit. Je lui demandai pourquoi. Elle me répondit: « parce que tu commandes et que tu es riche » que tous les hommes « la voulaient » et donc qu'elle pouvait choisir et qu'elle choisissait ceux qui commandaient et qui étaient riches.
Mlle Peretti est arrivée à ce moment-là, j'ai fait sortir Édith afin d'expliquer à ma nouvelle secrétaire ce que j'attendais d'elle.

1. *Qu'elle sténographie scrupuleusement tout ce qu'elle entendra durant les entretiens.*

2. *Qu'une fois la séance terminée, elle transcrive en français lisible ce qu'elle a noté.*

3. *Ces entretiens étant couverts par le secret professionnel et juridique, qu'elle prenne connaissance de cette déclaration sur l'honneur comme quoi elle gardera le silence sur tout ce qui se passera dans cette pièce. Qu'elle la signe.*

4. *Qu'elle signe aussi le contrat qui stipule tout cela, et qui, en outre, précise le montant de ses appointements : 3,50 Fr par jour.*

Pour sa première séance, elle s'est parfaitement acquittée de sa tâche. L'entretien a été retranscrit cet après-midi. Le voici, augmenté de mes commentaires.

Dr Rollet — Édith! Tu peux venir. Je te présente Mlle Peretti, elle va noter nos discussions, fais comme si elle n'était pas là.
Édith — Tu l'as déjà niquée?
Mlle Peretti — Je dois noter ça aussi?
Dr R. — Notez tout. *(À Édith)*, pourquoi dis-tu cela?
É. — Elle est belle et bien nourrie, elle est bien blanche aussi. Les hommes doivent bien l'aimer et toi tu es un homme avec une belle moustache.

(Il semble qu'Édith ne connaisse pas le vouvoiement, peu importe. Aujourd'hui elle semble bien disposée, comme si le petit incident d'hier avait installé une certaine intimité

entre nous. Elle en profite d'ailleurs, en commençant par une provocation à caractère sexuel.)

Dr R. — Toi, tu étais mal nourrie?

É. — Non, mais peut-être que je mangeais pas la même nourriture qu'elle.

Dr R. — Que mangeais-tu?

É. — De tout. Quand j'étais à la Ferme, c'était facile, y'avait plein de fruits et de légumes, il suffisait de se baisser pour les prendre.

Dr R. — Tu les volais?

É. — C'est toi qui dis que c'est du vol. T'es riche et tu commandes. Tout est à toi. Même les gens, tu peux les prendre. Comme moi et comme la mademoiselle. Alors, moi, je peux être aussi comme toi, riche et qui commande. Alors, je commence avec la nourriture, avec les fruits et les légumes, je les commande, alors ils sont à moi.

Dr R. — Ton père ne te donnait pas à manger?

É. — Si, mais il était pas bien doué pour la cuisine. Il était toujours fatigué et il oubliait souvent de me donner l'argent pour aller faire les courses. Et puis, il me battait, alors je me sauvais souvent.

Dr R. — Où allais-tu?

É. — Dans la campagne.

Dr R. — Dans un endroit précis de la campagne?

É. — Non, ici et là. J'allais aussi chez Mme Cano. Elle me donnait à manger.

Dr R. — Tu l'aimais bien?

É. — Je l'aimais beaucoup.

Dr R. — Pourquoi ton père te battait-il?

É. — Pour n'importe quoi, parce que je lui faisais honte, soi-disant.

Dr R. — Honte?

É. — Je disais toujours des gros mots et on racontait que j'étais une voleuse.

Dr R. — Tu étais une voleuse?

É. — Je te l'ai déjà expliqué. Je suis de la race de ceux qui prennent, comme toi. Donc, je suis pas une voleuse, je suis dans mon droit.

Dr R. — Tu disais des gros mots et tu volais... excuse-moi, tu prenais ce qui te revenait.

É. — Comme toi.

Dr R. — Comme moi... Quel genre de gros mots disais-tu?

É. — Enculé, salope, putain de ta race, tas de merde, trou du cul, coulo, suceuse de zob, cul, bite, niquer, baiser, fouffe, choune, pédé...

Mlle P. — Heu...

Dr R. — Notez tout Mademoiselle, tout... (à Édith) et à qui les disais-tu?

É. — À tout le monde, à tous ceux qui m'énervaient ou qui me regardaient de travers.

Dr R. — Tu n'aimes pas qu'on te regarde de travers?

É. — Personne n'aime ça!

Dr R. — Et c'est comment, regarder de travers?

É. — C'est quand vous passez et qu'on vous insulte avec les yeux, comme ça... (*Elle prend une attitude menaçante et me fixe avec un regard remarquablement noir*) C'est aussi quand on vous nique avec les yeux, tu sais, comme toi, hier (*Elle adopte un regard concupis-*

cent et se passe la langue sur les lèvres. Ce n'est plus moi qu'elle regarde mais Marthe.)

Dr R. — On te regardait souvent comme ça?

É. — Oui, mais surtout à partir du moment où j'étais devenue plus comme une femme. Mais c'étaient les hommes. Les femmes, elles, m'insultaient en regards et en paroles, sauf Mme Cano.

Dr R. — Plus comme une femme?

É. — Ben oui... les nichons, les poils tout ça... et aussi quand j'ai eu mes règles.

Dr R. — Ah bon!

É. — Enfin, les miennes sont pas régulières, mais vous savez bien ça, vous êtes docteur.

(Elle vient de se rappeler que je suis au courant du fait qu'elle n'est pas encore réglée. Cependant, les règles irrégulières ne sont pas rares chez les jeunes filles. Il va falloir vérifier cela, en demandant aux surveillantes du Lazaret)

Dr R. — Oui, oui, excuse-moi.

É. — J'ai plus envie de parler.

Dr R. — Nous continuerons demain?

É. — Oui.

Dr R. — Henri! À demain Édith.

É. — *(Elle ne répond pas)*

Dr R. — Marthe, vous pouvez arrêter.

(Il semble que l'histoire des règles l'a perturbée. Est-ce le sujet en lui-même ou la vexation d'avoir été prise en flagrant délit de mensonge? À moins que ce ne soient les deux? Nous verrons.)

Jeudi 1er février 1900
10h00. Quatrième entretien.

Henri est allé la chercher à 9h45. Elle était calme, elle semble s'être habituée au soldat, lui faire confiance. Il faut dire qu'il a su faire preuve de patience et de compréhension envers elle.

Marthe m'a confié qu'elle avait été un peu surprise par les propos d'Édith, qu'elle n'était pas habituée à ce genre de confrontation mais que, néanmoins, sa curiosité l'avait emporté et que ce matin, elle était pressée de revenir.

Voici la transcription de la matinée.

Dr R. — Bonjour Édith, ça va ce matin?

É. — Pourquoi ça irait pas, mis à part que je suis dans un hôpital pour fous, gardée par un nègre et interrogée sur mes règles.

Dr R. — Pour les règles, si tu veux, on n'en parle plus.

É. — Non, on peut en parler, c'est pas ça.

Dr R. — Qu'est-ce que c'est alors?

É. — Rien de spécial, il faut toujours que tu trouves une raison aux choses que les gens font.

Dr R. — C'est mon métier, trouver les causes.

É. — Ton métier est bizarre, c'est pas un vrai métier. Moi je préfère les métiers qui sont la cause des choses.

Dr R. — Que veux-tu dire? Donne-moi un exemple.

É. — Menuisier... il pense à un meuble et il le fait, boulanger, il pense à un pain et il le fait... y'en a plein.

Dr R. — Oui, c'est vrai, tu as raison, mais chacun a son

utilité. Moi, je trouve la cause des maladies, enfin j'essaye, comme ça, je peux soigner ton menuisier pour qu'il continue à faire des meubles.

É. — Je savais pas que j'étais malade.

Dr R. — Il y a différents types de maladies. Celles qui s'attaquent au corps et celles qui s'attaquent à l'esprit.

É. — Donc, si je comprends bien, c'est mon esprit qui est malade.

Dr R. — C'est ce que j'aimerais savoir. Mais avec toi c'est difficile, car, apparemment, tout, chez toi, est en parfait état... et ton corps et ton esprit, mais...

É. — ... mais j'ai quand même tué un enfant en le jetant dans l'eau bouillante.

Dr R. — Exactement. Tu penses que quelqu'un de normal est capable de faire ça?

É. — Bien sûr, puisque je l'ai fait.

Dr R. — Ça ne m'avance pas beaucoup.

É. — C'est tout ce que je peux te dire. Je l'ai fait.

Dr R. — Je ne sais pas pourquoi, mais j'ai l'impression que tu me caches quelque chose.

É. — Je cache rien, qu'est-ce que je pourrais cacher ? Je suis rien, par rapport à toi, je suis rien. Quelqu'un qui est rien, c'est comme s'il était vide. Toute sa vie est devant tout le monde tellement elle est simple. Comme moi, depuis que j'ai été arrêtée, on m'a écorchée comme un lapin sur une table de cuisine. Ils ont écarté mes jambes pour regarder dans mon ventre, ouvert ma bouche et mon cul pour voir à l'intérieur, mon nez, mes oreilles, mes yeux. Ils ont pris mon image avec une boîte à photographies. Si je cachais quelque chose, ils l'auraient bien trouvé.

Je suis rien et j'ai rien à cacher.

Dr R. — Tu fais preuve de beaucoup d'humilité tout à coup.

É. — Non, je fais que dire ce que toi tu penses de moi. Moi, je sais que je suis beaucoup.

Dr R. — Là, tu te trompes. Tu crois que si tu n'étais rien, j'aurais mobilisé quinze jours de mon temps, embauché une secrétaire, fait venir un soldat et tout ça.

É. — C'est pas par rapport à moi que tu le fais, mais par rapport à ce que j'ai fait. Si tu trouves pourquoi je l'ai fait, tu seras bien vu par tout le monde.

Dr R. — Tu te trompes encore. Il ne t'est pas venu à l'idée que je pouvais vouloir trouver une explication rationnelle à ton acte, grâce à une nouvelle science, celle qui étudie le cerveau et l'esprit.

É. — Et à quoi ça va servir?

Dr R. — Connaître le cerveau d'un criminel, c'est savoir pourquoi et comment il agit, c'est aussi savoir comment l'empêcher de commettre ses méfaits, comment éviter qu'à l'avenir une autre petite fille tue un autre petit garçon, comment éviter que des parents souffrent et enfin comment éviter que la société désespère.

É. — D'abord il est pas mort, et la société, elle en a rien à foutre d'un petit paysan.

Dr R. — Il n'est pas mort! Tu peux m'expliquer?

É. — Tu connais Jésus?

Dr R. — Un peu.

É. — Eh bien, Jésus, il est mort ou pas?

Dr R. — Pour les chrétiens il est mort et ressuscité.

É. — Tu dis pour les chrétiens, tu l'es pas?

Dr R. — Si tu veux le savoir, je peux te le dire, je suis athée. Tu sais ce que cela veut dire?

É. — Oui, tu crois pas en Dieu. Moi aussi, je suis athée. Enfin, certains jours, je le suis, d'autres non.

Dr R. — Et bien, nous avons au moins un point commun, même si moi, c'est tous les jours que je le suis. Mais, tu ne m'as pas dit, le petit Pierrot serait ressuscité?

É. — Pas exactement.

Dr R. — C'est-à-dire ?

É. — Les miracles, ça existe pas. Un mort vraiment mort revient jamais à la vie.

Dr R. — C'est on ne peut plus vrai!

É. — Pour cela, il faut renaître.

Dr R. — Tu crois donc à la réincarnation.

É. — C'est quoi?

Dr R. — C'est une croyance qui postule que lorsqu'on meurt, notre âme va occuper le corps d'un nouvel être humain en train de naître.

É. — C'est pas tout à fait à ça que je pense.

Dr R. — À quoi alors?

É. — Ben, quand je dis renaître, c'est vraiment renaître, le même exactement, pas dans un autre corps. Le même exactement.

Dr R. — Tiens donc !

É. — Oui, Pierrot était pas fini, on peut dire ça, il pouvait pas parler, il était incomplet. Il faut le faire renaître, complètement terminé. J'espère que c'est possible. Mais peut-être que ça l'est pas.

Dr R. — Mais alors, pourquoi l'as-tu tué?

É. — Je l'ai pas tué, il est pas mort. Je veux pas qu'il soit mort.

Dr R. — Pourtant, d'un point de vue médical, il l'est vraiment.

É. — Tu peux pas comprendre.

Dr R. — J'aimerais pouvoir comprendre, essaye de m'expliquer.

É. — Non, c'est impossible à comprendre, pour toi et pour les autres. Si je te dis que c'est une idée qui m'est passée par la tête, pour toi c'est pas suffisant, pour moi si, c'est comme ça.

Dr R. — Bon, j'admets, tu ne sais pas pourquoi.

É. — Non, je sais pourquoi. C'est à cause de l'idée que j'ai eue de le jeter dans le bassin.

Dr R. — d'accord, d'accord, mais pourquoi dis-tu qu'il n'est pas mort?

É. — Je te l'ai déjà dit, tu peux pas comprendre, personne, d'ailleurs, peut comprendre, c'est pas ta faute.

Dr R. — Ne me considère pas comme tout le monde, je suis le seul qui peut espérer te comprendre.

É. — Si tu veux comprendre, il faut que tu acceptes... *(elle réfléchit un long moment)* ... c'est dur à dire... il faut que tu acceptes, qu'une chose, que quelqu'un, il peut être là, mais pas être là, en même temps.

Dr R. — Tu veux dire qu'une chose peut être et ne pas être en même temps ?

É. — Oui, mais pas que les choses et les gens. Par exemple, je peux aimer et pas aimer quelqu'un, avoir faim et pas avoir faim, vouloir et pas vouloir. Des trucs comme ça.

Dr R. — Dis donc, nous sommes en pleine philosophie. Ce que tu dis là va à l'encontre de l'une de ses règles fondamentales. Une chose ne peut pas être et ne pas être en même temps – le principe de non-contradiction.

É. — Eh bien, la philosophie, je sais pas ce que c'est, mais elle dit des conneries. Moi, je peux te dire que ce serait possible, mais de toute façon, je me fiche de savoir si on me croit ou non. Cà, je le sais.

Dr R. — Donc, si on résume, en ce qui concerne Pierrot, pour l'instant, tu affirmes qu'il est mort et pas mort.

É. — Si tu veux, Disons que pour l'instant il est mort et que bientôt, peut-être, il le sera plus.

Dr R. — Si je comprends bien, tu l'as tué pour qu'il renaisse de façon plus parfaite.

É. — Ce que tu dis là est impossible. Ou peut-être pas.

Dr R. — Malheureusement, je ne crois pas que le juge soit en mesure d'accepter une telle explication.

É. — C'est bien ce que je suis en train de te dire depuis tout à l'heure.

De toute façon, j'emmerde le juge, qu'il crève, lui et tous ses connards déguisés en gugusses! Je veux plus parler!

Dr R. — Bien, nous nous revoyons demain. Marthe, vous pouvez arrêter.

Cette gamine est encore plus complexe que je ne pouvais le penser. Cela va être très difficile d'obtenir quelque chose d'elle. Malgré ses théories, elle reste cohérente. Elle sait argumenter. Son histoire de renaissance est néanmoins étrange. A-t-elle trouvé cela quelque part, l'a-t-elle imaginé, pourquoi n'en est-elle pas sûre? Est-ce la stratégie qu'elle a trouvée pour noyer le poisson, se faire passer pour une illuminée, dissimuler ses vrais motifs... délire mystique?

Vendredi 2 février 1900
10h00. *Cinquième entretien.*

Édith a toussé pendant la nuit. L'infirmière de garde m'a rapporté que ce n'était pas un rhume mais une irritation de la gorge. Au petit déjeuner, elle lui a fait boire une infusion de romarin avec du miel. Toux et raclement de gorge ont cessé. À 10h00, comme c'est maintenant l'habitude, Henri l'a amenée. Elle souriait, comme si elle venait de faire une blague. Je l'ai auscultée rapidement, je n'ai rien remarqué de particulier, les muqueuses de la gorge étaient bien roses, aucune trace de rougeur ou d'irritation.
Mlle Marthe fait preuve d'une efficacité remarquable, elle a su se rendre indispensable. Ses transcriptions sont de plus en plus précises. Voici celle d'aujourd'hui.

Dr R. — Bonjour Édith, tu vas mieux, ta toux est passée?

É. — Oui, c'était chiant.

Dr R. — De quelle manière?

É. — J'avais comme un truc qui me grattait au fond de la gorge. J'avais toujours besoin de tousser ou de faire comme ça *(elle se racle la gorge)* pour l'enlever. Ça m'a empêchée de dormir.

Dr R. — Fais voir ça, ouvre la bouche... bien grand... oui comme ça... tu ne sens plus rien? *(Elle fait non de la tête)* Tout m'a l'air en ordre là-dedans.

É. — La tisane que m'a donnée Hortense m'a fait drôlement du bien.

Dr R. — Tu sais ce qu'il y avait dans cette tisane?

É. — Oui, du miel et du romarin.

Dr R. — Tu connais un peu les plantes?

É. — Oui, assez, surtout celles qui servent à faire la cuisine, thym, romarin, sauge, laurier, tout ça... Madame Cano m'envoyait souvent en chercher.

Dr R. — Je crois que tu aimais bien madame Cano.

É. — Oui, elle était gentille, toujours gentille avec moi, j'aurais voulu être comme elle.

Dr R. — Comment ça?

É. — Ben oui, comme elle, avec un beau corps, une jolie poitrine, bien grosse, un beau cul comme ça *(elle trace dans le vide un ample arrondi avec le plat de sa main)*, une peau blanche, lisse, bonne à caresser, une bouche, grande, des lèvres rouges et mouillées, oui comme elle, j'aurais aimé aussi avoir un Pierrot qui pousse dans mon ventre.

Dr R. — Toi, tu ne te trouves pas jolie?

É. — Moi je suis petite et toute noire, sans forme, comme un démon.

Dr R. — Toute noire! tu as la peau dorée, juste comme il faut.

É. — Vous me voyez comme ça, moi je me vois autrement.

Dr R. — Mais dis-moi, si tu aimais autant madame Cano, pourquoi lui avoir fait autant de peine?

É. — C'était obligé, un jour elle comprendra et elle me pardonnera.

Dr R. — Obligé?

É. — Pour Pierrot, pour qu'il renaisse, et puis, elle était un peu responsable aussi.

Dr R. — Dans quel sens?

É. — C'est elle qui a fait Pierrot mudo, qui a retenu ses paroles dans son ventre. Pourtant, elle criait tellement bien.

Dr R. — Elle criait? quand ça?

É. — Ben oui, tu sais bien ce que je veux dire, quand elle faisait ça avec monsieur Cano.

Dr R. — Quand elle faisait ça, que faisait-elle?

É. — Arrête de faire l'idiot, oui, quand elle niquait, quand elle se faisait mettre, quand ils faisaient la bête à deux dos!

Dr R. — On peut dire aussi, faire l'amour.

É. — L'amour? Ah bon?

Dr R. — Tu as assisté à une scène de ce genre?

É. — Non, simplement, des fois, la nuit, je les entendais. Je me cachais sous leur fenêtre et j'écoutais. C'était bien. La voix de madame Cano, elle criait doucement, je voulais être à sa place. D'ailleurs, une fois je l'ai été.

Dr R. — Quand ça?

É. — Quand monsieur Cano m'a violée.

Dr R. — Hein! Que dis-tu là!

É. — Oui, dans ma maison de montagne.

Dr R. — Tu as une maison de montagne.

É. — Bien sûr, j'en ai déjà parlé aux autres docteurs, mais je crois que t'étais pas là. C'est là que j'allais quand je me sauvais. Tu aurais vu ça, un vrai palais, creusé dans le rocher, avec...

Dr R. — Tu m'as dit que lorsque tu te sauvais tu n'allais dans aucun endroit particulier, mais bon. C'est là qu'il t'a violée?

É. — J'ai dit ça? Peut-être. En tout cas personne ne savait où était ma maison, mais lui, monsieur Cano, il voulait le savoir. Alors il l'a cherchée et comme il est malin, il l'a trouvée.

Dr R. — Que s'est-il passé?

É. — J'étais tranquillement en train de lire « L'Art dans la maison » par M. Henry Havard. Tu l'as lu?

Dr R. — Heu... non, mais continue

É. — Il est entré d'un coup, en hurlant. Sur la tête de ma mère qui est au ciel, je te jure, j'ai eu la trouille de ma vie. Il m'a sauté dessus et il m'a mis son couteau sur la gorge, il voulait savoir où on avait mis l'argent volé.

Dr R. — L'argent volé?

É. — Oui, l'argent que, soi-disant, Joseph avait piqué au patron, Joseph et Tonio, t'es au courant de cette affaire ?

Dr R. — Oui.

É. — Il m'a dit que c'était lui qui avait égorgé Tonio avec ce même couteau et que si je lui disais pas où on avait planqué le flouss, il me ferait la même chose.

Dr R. — Joseph était ton amoureux, si je me souviens bien, c'est pour ça que monsieur Cano pensait que tu savais où était l'argent.

É. — C'était pas mon amoureux! C'était un cheval stupide!

Dr R. — D'accord, d'accord, ne t'énerve pas, nous verrons ça plus tard. Revenons à monsieur Cano.

É. — Il m'a chopée par le cou, il m'a foutue par terre et il s'est allongé sur moi. Il était lourd, je pouvais plus respirer. Je lui ai dit que je savais rien et que j'en avais rien à foutre, qu'il pouvait me tuer, j'avais pas peur. Il a vu que je mentais pas, alors il a dit qu'il allait me le faire payer quand même, il a écarté mes jambes et il m'a violée. (Elle regarde le sol un long moment) je pensais que j'étais madame Cano, j'ai essayé de crier comme elle, mais j'y suis pas arrivée, à cause de monsieur Cano, il me dégoûtait.

Dr R. — C'est assez normal, il était quand même en train de te violer.

É. — Oui, peut-être, mais je voulais être madame Cano, me faire baiser par le même homme, sentir la même chose qu'elle, je voulais crier comme elle.

Dr R. — Mais quand tu dis crier, tu veux dire jouir. La jouissance, c'est ça?

É. — Comment tu dis?

Dr R. — Jouir.

É. — (Elle se met à soupirer et à gémir) Comme ça, c'est jouir?

Dr R. — Euh... tout à fait, tout à fait (inutile de préciser que Mlle Marthe et moi-même étions quelque peu embarrassés). Et Joseph, tu l'as qualifié de cheval... Cheval ?

É. — Cheval stupide, tu vois bien ce que ça représente!

Dr R. — Non, pas vraiment.

É. — Joseph était comme une surface de peau et de muscles.

Dr R. — Une surface de peau et de...

É. — ...muscles, c'est pas compliqué, une surface, la surface d'un rectangle, la surface d'un triangle, un champ, un lac, des trucs comme ça, des trucs plats, t'es toubib, t'as été à l'école plus que moi!

Dr R. — Bien sûr, mais c'est le rapport avec le cheval que je ne saisis pas bien.

É. — J'ai bien dit, une surface de peau et de muscles, comme un cheval. T'as déjà vraiment chouffé un cheval? Quand tu le regardes sur le côté, tu vois une surface de peau qui bouge et qui brille, surtout quand il est noir. Joseph, c'était pareil et lui aussi il m'a violée.

Dr R. — Je croyais que tu l'aimais.

É. — C'est ce qui a été dit après.

Dr R. — Mais tu l'as quand même fréquenté.

É. — Oui, il me violait régulièrement.

Dr R. — Et toi, avec le tempérament qui est le tien, tu te laissais faire!

É. — Je t'ai expliqué l'autre jour qu'on pouvait penser une chose et son contraire, en même temps, Joseph me violait, j'aimais pas ça, mais en même temps je pouvais toucher sa peau de cheval, et ses muscles, et ça, j'aimais. C'était un couillon, mais il savait profiter de... je sais pas comment dire... de... il était comme une image.

Dr R. — Comme une photographie?

É. — Non, pas vraiment, je pouvais pas le voir comme le vrai Joseph imbécile. Je pouvais le voir... que comme une surface. Comme je t'ai dit. Qui battait comme la peau. En dessous de la peau, il y a des tripes, de la viande, le cœur, les muscles. On les voit pas mais... juste leurs traces... Ils font faire à la peau plein de mouvements.

Dr R. — Tu veux dire, des palpitations, des battements, des frémissements, des frissons ?

171

É. — Si tu veux... toutes les choses qui font que c'est vivant. C'est comme avec les petits animaux, quand tu les tiens dans tes mains, ça bat. Sauf qu'avec lui, tu le tiens pas dans tes mains, c'est lui qui te recouvre, qui t'entoure, tu es comme dans un paysage... qui bat.

Dr R. — Et qu'est-il devenu, ce Joseph?

É. — Il est parti, je sais pas où. Un jour il a disparu et c'est tant mieux!

Dr R. — Il est parti pour ne pas se faire prendre, car c'est lui qui avait dérobé l'argent des patrons.

É. — Peut-être, mais moi, il me disait rien, il faisait que me violer. En plus, je crois qu'il était trop bête pour préparer un vol de ce genre. Il était bête comme un paysage.

Dr R. — Tu en es sûre?

É. — Je t'ai dit que je savais rien de cette histoire! Alors comment veux-tu que je sois sûre ou pas! Je te dis seulement que, lui, il me violait et que je pouvais pas lui résister, c'est la seule fois qu'un truc comme ça m'est arrivé.

Dr R. — Mr Cano le recherchait, tu penses qu'il a pu le retrouver et le tuer?

É. — M. Cano est un chien de chasse, il renifle et il piste, personne ne peut l'arrêter, j'espère seulement que Joseph a pu partir assez loin.

Dr . — Tu n'aimes pas l'idée que M. Cano ait pu l'attraper ?

É. — Non, je m'en fous complètement, c'est juste que j'aime pas l'idée qu'on attrape quelqu'un, pas seulement Joseph, mais tout le monde.

Dr R. — Tu aurais préféré que toi, on ne t'attrape pas?

É. — Pour moi, c'est pas pareil.

Dr R. — Pourquoi?

É. — J'ai fait une chose, très spéciale, qui est unique, qui a rien à voir avec le reste, je me suis sacrifiée.

Dr R. — De quelle manière?

É. — J'ai fait une chose qui a mis tout le monde contre moi, tout le monde. Curé Maurice dit: bouc émissaire.

Dr R. — Tu as pris sur toi, tous les péchés, les péchés de tout le monde.

É. — Non, mais j'ai fait quelque chose qui représente tous les péchés pour les gens. J'ai tué un petit enfant innocent. J'ai balancé un petit Jésus dans l'eau bouillante, c'est pire que tout, personne pourra jamais me pardonner, personne osera ou aura envie de le faire, mais c'est pas grave.

Dr R. — Pourquoi?

É. — Parce que, je vis dans un autre monde, différent, où Pierrot est pas mort.

Dr R. — Un autre monde! Où Pierrot n'est pas mort! Cette fois, tu te moques vraiment de moi!

É. — Je veux plus te parler.

Dr R. — Excuse-moi. Mais avoue que tes explications sont pour le moins filandreuses. Bien, on se revoit demain. Mlle Marthe, vous pouvez arrêter.

Je n'aurais pas dû m'énerver – ne pas la braquer- c'est primordial.
M. Cano, Joseph, Pierrot. Hypothèse acceptable, celle dont je ferai état dans mon rapport. Édith a voulu se venger de M. Cano qu'elle soupçonne d'avoir tué Joseph – la vengeance. Nous sommes encore loin de la vérité.

Samedi 3 février 1900
Point intermédiaire, pas d'entretien.

Aujourd'hui je n'ai pas vu Édith. Ce matin, j'avais rendez-vous avec l'ingénieur D., responsable de la nouvelle ligne du tramway électrique qui devrait partir de Bâb el Oued pour aboutir à la Bouzaréah via Notre-Dame d'Afrique. Je voulais le convaincre de prévoir dans ses plans un arrêt à côté de ma clinique, juste à l'entrée du chemin de la Vallée des Consuls. Je ne sais pas si je l'ai convaincu, je ne sais même pas si cette ligne sera jamais construite.

Je n'ai pas vu Édith. Elle a encore beaucoup toussé cette nuit. Toujours cette même toux rauque. Les quintes ont été si violentes que, selon elle, elle n'a pas fermé l'œil de la nuit. L'infirmière de garde a préféré la laisser dormir durant la matinée, afin qu'elle puisse récupérer. Il va falloir que je me penche sérieusement sur le problème. J'ai déjà été confronté à ce genre de symptômes. Il s'agissait, la plupart du temps, d'hystériques qui développaient des affections diverses d'autant plus difficiles à soigner qu'elles étaient de pures fabrications de leur esprit. Édith dormant bien enfermée à double tour, j'ai donné quartier libre à Henri. Il est rentré tout à l'heure, à 17h30, il semblait heureux de sa journée. Mlle Marthe a, elle aussi, disposé de sa journée. En ce qui me concerne, dès que je suis revenu d'Alger, en début d'après-midi, j'ai relu tous les entretiens. Pour essayer d'y voir plus clair, j'ai consulté quelques ouvrages spécialisés. Ainsi, dans « L'enfance criminelle » de Moreau de Tours (fils), j'ai relevé ceci:

« À quel mobile obéissent ces jeunes êtres, dont quelques-uns sortent à peine de la première enfance? Comment peut éclore la première idée perverse? Quel en est le germe? Que faudrait-il faire pour l'arrêter dans son essor?

[...] Or, pour résoudre, ou tout au moins pour donner une explication logique de ses crimes, il faut interroger la physiologie et la psychologie.

[...] disons donc de suite que si parfois les moyens mis en œuvre pour assurer l'accomplissement du forfait dénotent une ténacité et une perversité qu'on est en droit de trouver étrange, bizarre, anormale, vu l'âge si jeune de leurs auteurs, le plus souvent, sinon toujours, ces précoces criminels agissent sous l'emprise d'une véritable impulsion instinctive, impulsion qui constitue un des caractères distinctifs de l'enfance. Mais, de plus, il ne faut pas l'oublier, le plus ordinairement, les infortunés marqués du sceau fatal de l'hérédité morbide présentent le type le plus complet de la dégénérescence et physique et morale. »

Très bien. Maintenant comment fait-on lorsque l'enfant en question, n'est ni simple d'esprit, ni imbécile, ni idiote, ni crétine ou idiote crétinoïde, en gros, qu'elle ne présente absolument aucun des caractères physiologiques ou psychologiques propres à la dégénérescence morbide ou alcoolique ? Comment fait-on? Nous avons, mes collègues et moi, écarté l'épilepsie, la mélancolie, la folie homicide, la folie morale. Pour ce qui est de l'hystérie, nous n'étions pas entièrement d'accord. Mes collègues étaient catégo-

riques, Édith ne présentait aucun symptôme de cette af-
fection. Pour eux, l'hystérie conduit rarement à l'assassi-
nat, elle n'est cause que de petits méfaits ou de vols. Pour
les symptômes, le Dr Fontenier qui a conduit un examen
approfondi visant à déterminer s'ils étaient présents chez
Édith, rien de particulier n'a été découvert. Pas de maux
de tête , pas de constriction du gosier qui empêcherait de
manger ou de respirer , pas de palpitations, pas de dou-
leurs gastralgiques, pas de constipation, aucun trouble de
la motilité, de la sensibilité comme la boule hystérique,
les joues insensibles, les fréquentes envies d'uriner ; pas
d'hallucination etc. etc.

Pourtant, la littérature ne manque pas de descriptions des
symptômes de l'hystérie présentant un certain nombre de
similitudes avec ceux de notre patiente. De plus, la mul-
titude de cas auxquels j'ai été confronté professionnelle-
ment me permettent fortement de pressentir la présence
de cette affection chez Édith. C'est la raison pour laquelle
j'ai proposé ces deux semaines complémentaires d'obser-
vation. Mes collègues n'y ont vu aucun inconvénient. En
fait, je pense que cela les indiffère. Une quasi-indigène,
quelle importance... mais ce n'est pas cela qui, chez eux,
m'irrite le plus, non, ce sont plutôt leurs certitudes. Pour-
tant, ils sont braves, de bons camarades, mais leurs cer-
titudes me pèsent. Un monde simple, sans demi-teintes,
bien contrasté, binaire. Les symptômes de l'hystérie sont
comme-ci, cette malade est comme ça, donc elle n'est pas
hystérique. Ils semblent aussi ne tenir compte que de la
qualité, la quantité n'entrant que très peu en ligne de
compte. Cependant, il peut y avoir un fond hystérique sans

que les symptômes soient développés de façon évidente. Il peut y avoir toute une gradation de ces mêmes symptômes, et, en ce qui concerne ces derniers, ils peuvent être multiples et fluctuants. Ils se mélangent, se confondent, ils subissent des mutations, se créent et se recréent. Nous sommes loin du catégorique, du clair, de l'immédiatement compréhensible. Il faut, en permanence, faire un effort sur soi-même et sur ses connaissances. S'efforcer. Lutter. Les auteurs eux-mêmes nous proposent un tel éventail dans la description des manifestations de l'hystérie, que chacun peut y piocher ce qu'il veut. De cette façon, comme je l'ai indiqué plus haut, il est aisé de trouver dans la littérature une symptomatologie concordant parfaitement avec les attitudes que j'ai pu observer chez Édith. Reprenons Moreau et son « De la folie chez les enfants »:

« *(Citant Greffier « De l'hystérie précoce »)* Ce sont des enfants à mine éveillée (les filles forment la règle) d'une intelligence et d'une imagination vives, coquettes, maniérées, menteuses, cherchant à attirer l'attention par la description souvent exagérée de leurs souffrances, descriptions empruntées fort souvent à la mère, elle-même hystérique. Toutes sont d'une impressionnabilité extrême, les rires, les pleurs sont provoqués chez elles par la cause la plus futile. Ces enfants sont très intelligentes, ont beaucoup de dispositions pour les arts, mais leur attention se fatigue rapidement ; elles sont incapables d'études un peu sérieuses et se laissent parfois dominer par une tristesse profonde et sans cause.»

Le Dr. Régis dans son « Manuel pratique de médecine mentale » *ne dit pas autre chose:*

« ... jeunes filles d'une grande vivacité intellectuelle, précoces à l'excès, impressionnables, coquettes, cherchant à fixer sur elles l'attention, habiles à feindre, à mentir » et il rajoute « ...sujettes en outre à des troubles plus ou moins marqués, surtout aux terreurs nocturnes [...] une intelligence cultivée, brillante, souvent caustique [...] une tendance très manifeste à la contradiction, à la controverse, mais aussi à l'imitation, aux idées paradoxales, à toutes les opinions et théories qui peuvent les distinguer et les mettre en évidence [...] Moralement... caractère bizarre, capricieux, fantasque... sensibilité très vive... changements perpétuels et subits dans les sentiments, les affections ; enthousiasmes irréfléchis ; duplicité, mensonge, fourberie infernale, propension brusque et intempestive aux actes les plus pervers et les plus criminels, comme aux actions d'humanité, de bravoure et d'éclat les plus méritoires ; besoin constant [...] de provoquer des coups de théâtre ou de tisser les fils d'un roman inextricable [...] tout, chez elles, est mobilité et contraste: sentiments, affections, instincts et actes. »

Si notre Édith n'a pas quelque chose à voir avec ces descriptions, je veux bien me faire moine! Sa toux nocturne fait assurément partie de ces symptômes. Toutefois, il reste encore à démontrer qu'un lien existe entre ce fond hystérique et le crime qu'elle a commis. Car s'il fallait que cette affection soit, à coup sûr, un facteur déclenchant de l'acte criminel, une bonne moitié de la population d'Alger serait actuellement sous les verrous, et pas seulement les femmes ou les jeunes filles. Les auteurs, d'ailleurs, ne sont pas d'accord sur les potentiels criminogènes de l'hystérie.

Certains, auxquels se réfèrent mes collègues, ne font allusion qu'à des menus larcins ou à des vols, d'autres comme Régis, que nous venons de lire, parlent d'actes les plus pervers et les plus criminels. Ici encore, l'indétermination règne.

Pour cette raison, j'attendrai la fin de cette enquête pour me prononcer.

D'abord, il est nécessaire de faire le point sur les autres causes possibles, « non pathologiques ».

(Il faut impérativement que je garde en mémoire l'objet de cette enquête: les motivations de son acte. C'est ce qui m'a été explicitement demandé à moi et à mes collègues. C'est pour les découvrir que j'ai suscité cette série d'entretiens.)

Ma première impression est qu'il ne s'agit pas d'une motivation unique, mais d'une série de motivations... mieux, d'une motivation multiple ou à plusieurs branches.

1. Venger Joseph: *en faisant souffrir celui qui l'a pourchassé et peut-être tué, M. Cano. Édith est vindicative et rancunière. Même si elle affirme qu'elle n'aimait pas Joseph, la partie d'elle-même qui recherchait le contact avec sa peau, a pu vouloir se venger. Être une chose et son contraire.*

2. Punir M. Cano: *Si ce n'est pas Joseph qu'elle voulait venger, le fait d'avoir été brutalisée, (le viol me*

semble improbable), par M. Cano peut représenter à lui seul une raison suffisante. Elle a été humiliée, avilie et s'attaquer à ce que Cano avait de plus cher, était la voie la plus sûre pour atteindre une vengeance de qualité. Édith, de nombreux témoignages l'ont confirmé, est rancunière au-delà de toute mesure, il n'est pas improbable qu'elle ait pu concevoir un tel plan.

Ces deux hypothèses sont tout à fait recevables, pourtant il subsiste un argument de taille en leur défaveur. Édith aimait, voire adorait Pierrot. Son désir de vengeance pouvait-il être si fort qu'elle n'a pas hésité à se priver elle-même de son petit amour? En outre, elle aimait Mme Cano, comme une mère, pourquoi la torturer elle aussi?

3. Revenons aux possibles conséquences d'une affection hystérique. Ne soyons pas rebutés par l'absurde. Le délire fait partie des manifestations de la maladie, qu'il soit mystique, paranoïaque ou autre. Édith a fait allusion à une sorte de réincarnation, de renaissance, elle a parlé de culpabilité, de bouc émissaire. Le seul problème est qu'elle a évoqué ces éléments, froidement, sans agitation, sans certitude. Aucune crise, aucun excès. C'est contraire à tout ce à quoi on peut s'attendre de la part d'un esprit délirant.
Elle souffrait de voir Pierrot handicapé. Les premiers rapports font état d'un enfant retardé mentalement, un idiot qui n'avait pas acquis la pa-

role. Il n'émettait aucun son. S'il disposait d'une quelconque capacité intellectuelle, personne ne le saura, il n'a jamais été examiné par qui que ce soit. Selon Mme Cano, Édith semblait avoir essayé de mettre en place un dispositif lui permettant de s'exprimer. Elle n'y est bien sûr pas arrivée, alors elle a imaginé cette histoire de seconde naissance qui aurait permis à Pierrot de revoir le jour sous une forme aboutie. A-t-elle tout inventé ou s'est-elle inspirée de l'une de ses nombreuses lectures, cela reste à déterminer.

Le faire mourir pour qu'il renaisse, schéma commun à un grand nombre de religions ou rituels de type initiatique. Le génie humain est fertile en constructions de ce genre, jusqu'à notre chrétienté, qui, en s'inspirant de tout ce qui l'a précédé, a fabriqué cette fable du ressuscité afin d'asservir les peuples par l'espérance. Peut-être est-ce là qu'Édith a été chercher son idée. Son père a été converti au catholicisme, ce qui peut faire supposer un contact fréquent avec les vecteurs (curé Maurice) de cette peste millénaire. Lui a-t-il rempli l'esprit de son poison, de telle sorte qu'elle ait pu concevoir son plan monstrueux? Renaissance, péché, bouc émissaire.

C'est possible, mais peu probable, Édith ne se laisse pas influencer, d'ailleurs il apparaît que sa relation avec le fameux curé Maurice n'était pas des plus pacifiques.

A-t-elle fabriqué cette histoire comme un écran,

une fois sa faute commise? Exposée aux consé-
quences, elle aura fabriqué cette protection pour
atténuer le choc de la confrontation avec la réalité
de son acte. Un dérivatif à la prise de conscience?
Que dire au juge alors? Les magistrats que je
connais ne disposent pas d'une abondante ima-
gination et ils sont peu sensibles aux extrava-
gances mystiques, cela pourrait, éventuellement,
constituer une circonstance atténuante, mais je
n'y crois pas. Ceux auxquels je pense considére-
ront plutôt que, vu sa personnalité, elle tente de
noyer sa culpabilité à l'aide d'une histoire abra-
cadabrante et ils ne seront que plus sévères.

L'hypothèse de la vengeance leur sera plus familière,
ils la comprendront mieux. Pour peu que nous arri-
vions à démontrer qu'elle est le résultat d'une pulsion
incoercible, nous aurons peut-être gagné quelques an-
nées de liberté.
En ce qui me concerne, je ne suis pas encore fixé, et
j'ai bien peur de ne jamais l'être.

Dimanche 4 février 1900
Promenade. Sixième entretien.

Ce matin, il faisait très beau. Un frais soleil et une température clémente. J'ai pensé qu'il serait instructif de s'entretenir avec Édith dans un lieu différent. Son rapport à la nature est peu commun et j'étais curieux de savoir comment elle réagirait « en extérieur ». Le chemin de la Vallée des Consuls commence à quelques pas de la clinique, c'est l'endroit idéal pour ce genre de promenade. Le seul problème à régler était celui de la sécurité. Édith reste une détenue et une évasion ou un autre problème seraient évidemment peu appréciés par les autorités. J'en discutai avec Henri qui suggéra de lui mettre une longe, je rejetai cette solution comme étant contraire aux principes généraux de l'institution que j'avais créée. J'ai la prétention de diriger une maison de santé et non un asile d'aliénés. Je proposai plutôt de lui faire promettre de ne pas tenter quoi que ce soit pour nous fausser compagnie. De toute façon, notre artilleur est un solide gaillard que personne n'aimerait avoir à ses trousses. Il était tout de même un peu inquiet et il m'affirma que, bien qu'ayant de l'affection pour la petite, il n'hésiterait pas à la tirer comme un lapin, s'il lui prenait la mauvaise idée de vouloir s'échapper. J'en fus un peu contrarié. Il ajouta que personnellement cela lui était égal qu'elle se sauve ou pas, mais que ce n'était pas le cas de ses supérieurs qui, eux, manquaient cruellement d'humour. Il ne voulait pas avoir d'histoire. Je lui dis que je le com-

prenais mais qu'il n'y avait aucune raison pour que les choses se passent mal. C'est, du moins, ce dont j'ai essayé de me convaincre. Heureusement, c'est à ce moment-là que Mlle Marthe eut la bonne idée de me téléphoner pour demander si elle pouvait venir, bien que n'étant pas de service. Ce travail la « passionnait » et elle ne voulait pas rater un seul entretien. Ma réponse fut des plus positives et l'intermède me permit d'oublier le lapin foudroyé dans sa course.

Le sommeil d'Édith n'a été perturbé par aucune quinte de toux.   Au lever, elle était détendue et quand je lui ai annoncé que nous irions nous promener dans la Vallée de Consuls, elle a affiché un sourire de victoire, comme si elle venait de gagner quelque chose. Quand je lui fis promettre de ne rien tenter, elle me demanda si je la prenais pour une imbécile et ajouta qu'elle savait parfaitement qu'elle ne pourrait aller très loin vu qu'elle ne connaissait ni la région, ni qui que ce soit qui puisse l'aider.

Une fois que Mlle Marthe fut arrivée, nous convînmes que nous ferions une halte afin qu'elle puisse prendre quelques notes sur la conversation.

À 10h20 notre petite troupe s'ébranla en direction de la Vallée.

Dès que nous fûmes sortis, Édith me questionna sur l'architecture du bâtiment. Elle me dit que maintenant qu'elle le voyait « bien au jour », elle était en mesure de mieux l'apprécier. Elle ajouta que je devais être bien riche pour posséder un tel palais de style arabe. Je lui fis remarquer que le terme exact était plutôt, de style mauresque et que le vocable palais était peut-être un peu exagéré. Elle me demanda: «comment tu l'appelles alors?», je lui répondis que son nom officiel était Villa Saint Eugène. Elle parut réfléchir un instant, puis elle répéta, « Villa Saint Eugène, Villa Saint Eugène... tu t'es pas beaucoup fatigué, Saint Eugène c'est bien le nom du bled où on est? T'aurais dû l'appeler Villa Maboul...*» elle se mit à rire, puis continua en s'exclamant, «* des vé- randas, des jardins, des arcades, incroyable! Ici, les fous sont mieux logés que les patrons, tu es bizarre Toubib Rollet».

Son intérêt pour l'architecture ne m'a pas étonné. Lors des entretiens précédents, j'avais déjà remarqué que son attention était souvent distraite par les tableaux et dessins accrochés aux murs de mon bureau. Elle m'a, en outre, parlé de décoration et de livres sur le su- jet. Le contenu de la bibliothèque vitrée semble avoir aussi un attrait certain sur elle. C'est la première fois que je constate chez une personne du petit peuple, qui plus est une enfant, une telle inclination pour la chose artistique. Elle est incontestablement fascinée par les manifestations ostentatoires de la richesse, le luxe, le faste, l'éclat. Elle semble avoir compris que les mo- biliers luxueux et les œuvres d'art étaient emblémati- ques de la fortune et donc du pouvoir. Son intérêt est-il le produit d'une sensibilité authentique pour la création, ou simplement la marque d'un esprit rus- tique suffisamment rusé pour savoir se dégager de la

brutalité quantitative et atteindre la dimension quali-
tative du désir. Si les deux se mêlent, quelles sont alors
leurs proportions respectives? Nous verrons cela.

Je décidai que nous irions jusqu'au Fortin Duperré.
Le ciel limpide promettait une vue dégagée et quelques
beaux panoramas.

Nous marchions lentement, Édith, Mlle Marthe et
moi, de front, Henri, à quelques pas derrière. L'image
que nous formions une étrange famille m'est venue à
l'esprit. Étrange et belle. Édith nous questionnait
sans cesse sur la végétation pour la comparer à celle
de ses montagnes. Figuiers, cistes, aloès, yuccas, oli-
viers, chênes, pins parasol, eucalyptus, elle nommait
plantes et arbres, me demandant à chaque fois confir-
mation. J'étais un peu embarrassé, car si je connais
assez bien les plantes médicinales et les essences
les plus courantes, un grand nombre de celles qui le
sont moins m'échappe totalement. Un docteur, étant
pour les gens simples, obligatoirement omniscient,
il ne faisait bien sûr, pour Édith, aucun doute que
mes connaissances botaniques étaient aussi étendues
que mes compétences médicales. Heureusement, Mlle
Marthe est venue à ma rescousse à chacune de mes
hésitations, si bien que mon honneur académique
est resté sauf. À l'écouter, on avait le sentiment que
la science botanique entretenait un lien secret avec la
beauté des jeunes femmes. Même Henri avait son mot
à dire dans le domaine et il était loin d'être le moins
pertinent. Il va falloir que je me penche sérieusement
sur cette discipline, si je ne veux pas, à chaque pro-

menade, passer pour un ignare. *Je commencerai par la flore de la Vallée des Consuls, évidemment. Tout le temps qu'ont duré ces fructueux échanges, Édith a tenu la main de Mlle Marthe. Son expression, quand elle la regardait, était complexe, comme souvent chez elle. Un mélange d'admiration, de possession, de désir et un vide, comme un sentiment blanc destiné à faire écran pour dissimuler autre chose. Quoi qu'il en soit, l'ambiance générale était des plus plaisantes.*

Lorsque nous sommes arrivés au niveau du grand séminaire, elle m'a demandé ce que c'était. Je lui expliquai, qu'en gros, il s'agissait d'une école qui formait des curés. « Ils vont dans des écoles! ». *Sa surprise fut telle que je lui demandai pourquoi le fait que les curés doivent eux aussi apprendre, lui paraissait si extraordinaire. Elle me répondit qu'elle pensait que Dieu remplissait l'esprit des curés avec tout ce qu'ils devaient savoir, sans avoir à l'apprendre. Je confirmai, qu'effectivement, si tout ce que l'Église affirmait était vrai, les plus méritants de ses serviteurs devraient avoir la science infuse.*

Peu après, nous arrivâmes à l'un des plus beaux points de vue sur Notre-Dame d'Afrique. Nous fîmes une longue pause entre les deux eucalyptus imposants qui dessinent comme un cadre naturel autour du paysage. Son bloc sur les genoux, Mlle Marthe s'installa sur le petit banc de pierre et commença à noter.

É. — Comment elle s'appelle cette église?

Dr R. — Notre Dame d'Afrique, ce sont deux bigotes illuminées qui ont convaincu l'évêque de la faire bâtir, sa construction a commencé en 1858.

É. — Les Arabes peuvent y rentrer?

Dr R. — Oui, les lieux de culte ne sont interdits à personne, mais je ne pense pas qu'ils y aillent très souvent, ce sont plutôt les européens catholiques qui la fréquentent.

É. — Et mon père, il pourrait y entrer?

Dr R. — Bien sûr, il est catholique lui aussi maintenant.

É. — Ouais, j'en suis pas sûre, c'est quand même un arabe et quand on est arabe on le reste tout le temps.

Dr R. — Écoute, d'abord arabe n'est pas synonyme de musulman, ensuite, nous faisons tous partie de la même race, qu'on soit arabe, noir ou blanc, celle des hommes, homo sapiens sapiens.

É. — T'en es sûr?

Dr R. — La science l'a démontré.

É. — Alors comment t'explique que les gens y croient tous le contraire. À la prison, on m'a dit qu'il y a pas longtemps y'avait eu une belle chasse aux juifs, dans tout Alger.

Dr R. — On t'a parlé de ça à la prison.

É. — Oui, parce que j'étais avec une fille juive. Ses parents étaient épiciers et ils ont été attaqués par une bande de types qui croient tous l'inverse de ce que tu dis. Ils sont entrés à une vingtaine dans la boutique, ils ont tout cassé, pour faire bonne mesure ils ont tabassé le père d'Yvette, c'est comme ça qu'elle s'appelle, ils l'ont tapé jusqu'à ce qu'il bouge plus. Elle et sa mère s'en sont tirées parce qu'elles s'étaient planquées dans la remise jusqu'à ce qu'ils se barrent. Elle était au Lazaret avec moi parce qu'elle a voulu se venger. D'une fenêtre, elle a balancé une grosse pierre (grand sourire d'Édith) sur la tronche de l'un de ces types. L'enfoiré habitait dans le quartier, elle l'avait repéré. Sa caillasse, elle l'avait préparée dès qu'elle l'avait reconnu. Elle a attendu le bon moment et boum! Cette charogne a eu le crâne défoncé, malheureusement il est pas mort. C'est une belle vengeance, elle m'a dit que quand elle sortira elle les tuera tous! J'aimerais bien pouvoir l'aider.

Dr R. — À mon avis, tu ne devrais pas t'occuper de ça. Tu as déjà suffisamment à faire avec ta propre histoire.

É. — Peut-être, mais qu'est-ce que tu fais de l'entraide? Je me fous des Juifs, c'est tous des voleurs, mais elle, elle est bien, et si je dois l'aider, je l'aiderai.

Dr R. — Est-ce qu'il y a d'autres gens que tu apprécies?

É. — Oui, les gens riches et raffinés, dans ton genre et dans celui de Mlle Marthe. D'ailleurs, je comprends pas pourquoi vous perdez du temps avec des saloperies inutiles, comme moi.

Dr R. — Tu sais, la majorité de mes patients sont des gens riches, comme tu les aimes, pourtant leur argent ne les empêche pas de tomber malade, ils ont plus de problèmes que tu ne le penses.

É. — C'est d'accord, mais en attendant, quand ils sont malades, même de la tête, ils peuvent se payer des docteurs comme toi et vivre dans un palais le temps qu'ils guérissent. Les autres, les pauvres, ils crèvent, j'aime pas les pauvres, je peux pas les sentir, leur vie c'est de la merde, eux-mêmes c'est de la merde! Faut être tordu comme Curé Maurice pour aimer être avec eux, il se branle dès qu'il en voit un.

Dr R. — Alors, que comptes-tu faire?

É. — Trouver un homme dans ton style - tu veux pas me marier? - *(elle rit)* je décorerai ta maison pendant que tu soigneras des fous pleins de pognon, je choisirai tes meubles, tes tapis et tout ça, tu pourras me faire tout ce que tu veux, sauf me taper. Je commanderai tout le monde par téléphone, enfin des trucs comme ça, c'est pas compliqué.

Le problème, c'est que je suis morena, un peu trop, je suis pas blonde et ma peau est trop sombre. Regarde Mlle Marthe, elle a les cheveux clairs, elle est pas blonde mais presque, elle a une peau blanche comme c'est pas croyable, on a envie de la lécher, elle est parfaite. Tu devrais vraiment coucher avec elle, enfin, si d'abord tu veux pas de moi, vous feriez un beau couple. Elle doit drôlement bien couiner quand on la nique, je te dis pas les beaux enfants que vous auriez!

(Henri riait comme un bossu, pendant que Mlle Marthe, écarlate et crispée sur son crayon, continuait d'écrire)

Je fis comme si je n'avais rien entendu et nous reprîmes la marche. Édith était plus épanouie que jamais, sa dernière provocation l'avait apparemment ravie. Au reste je ne suis pas certain que cela ait été une provocation, avec son crime, elle a outrepassé les frontières de la convenance. En réalisant sa pensée la plus sombre, elle s'est libérée des contraintes de la bienséance. Énoncer, pour elle, n'est plus un problème.

Arrivés au Fortin Duperré, nous profitâmes un moment de la vue sur Saint-Eugène et sur la mer puis nous fîmes demi-tour. Les dernières paroles d'Édith avaient quelque peu alourdi l'ambiance et chacun avançait silencieusement comme écrasé par le poids de ses pensées. Elle, insouciante, trottinait devant. Au niveau de l'ancien consulat d'Angleterre, elle s'arrêta et eut une moue d'admiration. « Une belle baraque! Elle est aussi de style mauresque? ». *Je lui répondis affirmativement et j'ajoutai que maintenant elle appartenait à un général.* « À un général! », *elle se mit à rire et fit une vingtaine de mètres en marchant au pas.* « Et pif paf pouf et tara papa poum, je suis moi le général Boum! Boum! Et pif paf pouf et tara papa poum, je suis moi le général Boum! Boum! ». *À ma grande surprise Mlle Marthe se mit à fredonner elle aussi, quant à Henri, il courut se mettre à côté d'Édith pour défiler avec elle fusil à l'épaule. Plutôt satisfait de ce retournement et pour détendre définitivement l'ambiance, j'entonnai* « À cheval sur la discipline, par les vallons, je vais devant moi, j'extermine les bataillons... »

C'est en joyeuse troupe que nous rentrâmes à la villa. J'avais cependant remarqué que, tout en sautillant, Édith marmonnait quelque chose, comme si elle révisait une récitation. Arrivés à la villa je lui demandai ce qu'elle récitait, elle me répondit qu'elle ne se rappelait pas avoir récité quoi que ce soit.

Lundi 5 février 1900
Septième entretien.

Cette nuit Édith a de nouveau toussé. Pourtant, après la promenade d'hier j'étais persuadé que cela ne se reproduirait plus. Au lever, elle était de très mauvaise humeur et a refusé de sortir de sa chambre. J'ai été déconcerté par cette attitude. J'ai essayé de me remémorer s'il y avait eu dans le cours de la promenade quelque chose, un événement quelconque, susceptible d'avoir été la cause de l'état dans lequel elle se trouvait ce matin, mais rien ne vint. À l'heure habituelle de l'entretien, j'ai quasiment été obligé de la faire venir de force dans mon bureau.

É. — *(à Henri)* Lâche-moi connard!

Dr R. — Bonjour Édith, Mme Troussard m'a averti que tu étais de mauvaise humeur, je vois qu'elle ne s'est pas trompée...

É. — Cette vieille putain et vous tous! vous me faites tous chier!

Dr R. — Pourquoi! Hier tu paraissais contente comme tout, et, d'un coup, aujourd'hui, rien ne va plus.

É. — Pourquoi! pourquoi! Toi le grand marabout blanc à moustaches, t'as qu'à deviner.

Dr R. — Que veux-tu que je devine? Je ne peux que constater que, sans raison apparente, tu es d'une humeur massacrante... et ordurière qui plus est.

É. — *(Elle tousse bruyamment)* Je veux retourner au Lazaret.

Dr R. — Écoute, si tu veux, tu y retourneras, mais avant

j'aimerais que tu me donnes une explication. Personne, ici, ne s'est mal comporté envers toi.

É. — Justement.

Dr R. — Comment ça, justement ?

É. — Justement, tu comprends pas, tu vois pas !

Dr R. — Parle enfin !

É. — Tu me montres la liberté... et après je vais retourner en prison !

Dr R. — Je serais vraiment cruel, si j'avais fait cela dans ce but.

É. — Si tu t'en rends pas compte, c'est encore pire. Pendant toute la nuit j'y ai pensé, toute la nuit. Ça m'a fait me rappeler quand j'étais libre, quand j'allais dans la campagne, dans ma maison, ça me manque. Je pouvais plus respirer, j'ai compris où j'étais, que je pourrais plus en sortir, d'un coup, j'ai compris.

Dr R. — Pour ce qui est d'en sortir, on ne peut rien dire pour l'instant, tu n'es pas encore jugée, pour le reste, je voulais simplement adoucir ta détention, te faire plaisir, voir comment tu es en réalité, dans une situation la plus proche de la vie de tous les jours.

É. — Ça m'a fait tellement plaisir que quand tu m'as fait remettre dans ma cellule... oui... oui... (Édith se met à pleurer, mais cela ne dure que quelques secondes. Ses yeux redeviennent sec – étrangement secs – à une vitesse incroyable et son regard, plus dur que jamais).

Et, puis ça va, vous me faites chier, je veux plus vous voir, tous.

Je ne veux plus parler.

Dr R. — Henri, vous pouvez la ramener.

Enfermement, privation de liberté. Elle a pris conscience de la gravité de sa situation. Elle a pleuré, c'est la première fois. Par contre, elle s'est reprise de façon stupéfiante. Elle dispose d'une volonté redoutable. C'est une évolution positive. Le contrôle qu'elle a d'elle-même est, à certains égards, effrayant.

Pour cette nuit, j'ai prescrit une potion laudanisée et camphrée. J'espère que cela suffira.

Mardi 6 février 1900
Huitième entretien.

Elle a réussi à exaspérer mon doute. Ce matin, de très bonne heure, j'étais debout. J'ai mal dormi et dès mon réveil, je me suis senti mal à l'aise. J'ai attendu dans l'inquiétude le rapport matinal de Mme Troussard. Il m'a un peu rasséréné. Elle n'a pas toussé, elle s'est levée tranquillement, a fait sa toilette, a pris son petit-déjeuner. Elle n'a pas beaucoup parlé, elle était calme, d'une humeur assez neutre.

Dr R. — Comment vas-tu?
É. — Ça va.
Dr R. — C'est tout?
É. — Ça va.
Dr R. — Et bien, tu n'es pas causante ce matin. *(et moi, je n'étais vraiment pas bien, quelle phrase stupide!)*
É. — J'ai répondu à ta question, tu me demandes si ça va, je te réponds ça va.
Dr R. — Bon, bon, si tu le dis. Autrement, tu as passé une bonne nuit?
É. — J'ai passé une bonne nuit
Dr R. — je voulais dire, tu n'as pas toussé, tu ne t'es pas réveillée, retournée...
É. — Non, j'ai juste fait un rêve.
Dr R. — Ah! C'est excellent.
É. — Pourquoi tu dis que c'est excellent?
Dr R. — Je ne le sais pas encore, il y avait quoi dans ce rêve?

É. — Rien de spécial, des conneries, comme dans un rêve.

Dr R. — Quel genre de conneries?

É. — Du genre parler avec M. Pinel, comme une imbécile.

Dr R. — Mr Pinel? Qui y a-t-il d'anormal à parler avec un Monsieur nommé Pinel?

É. — Même quand le M. Pinel est un rocher?

Dr R. — Un rocher?

É. — En dessous de ma maison de montagne, y'a un rocher, gros et plat, qui sort de la terre. Quand on est dessus, on voit loin, mais surtout, il est toujours chaud. Quand je sors de la rivière, je me couche sur lui, pour me sécher.

Dr R. — Et tu lui parlais. Il te répondait?

É. — En fait, c'est lui qui a commencé à me parler. Mais je me rappelle plus ce qu'il disait, peut-être sur mon frère, non, c'était plutôt sur les commissions, il me demandait si j'avais ramené les commissions, un truc comme ça.

Dr R. — Et tu les avais ramenées?

É. — J'en sais rien, mais tu sais, l'autre M. Pinel, c'est l'épicier du village, ça a peut-être un rapport.

Dr R. — Il t'a dit autre chose? *(Je vais chercher un livre)*

É. — Oui mais je m'en rappelle plus.

Dr R. — Tu sais, c'est drôle que tu aies baptisé ton rocher Mr Pinel.

É. — Je l'ai pas baptisé, il s'appelle vraiment comme ça.

Dr R. — Excuse-moi, qu'il se nomme Mr Pinel. *(Je lui tends le livre)*

É. — *(Elle lit)* Traité médico-philosophique sur l'alié...
l'aliénation mentale, par P... H...Pinel, médecin consultant de Sa Majesté l'Empereur et Roi, membre de la Légion d'Honneur et de l'Institut, Professeur à l'École de médecine de Paris, et Médecin en chef de l'hospice de la Salpêtrière. Seconde édition. Entièrement refondue et très augmentée... à Paris chez J... Ant... Brosson, Librairie, rue Pierre-Sarrazin, n°9... an 1809... (elle réfléchit un instant) et alors?

Dr R. — Non, juste comme ça, ce Pinel est celui qui a sorti les aliénés de prison.

É. — Les aliénés, c'est les fous?

Dr R. — Si on veut.

É. — Pourquoi on les appelle comme ça?

Dr R. — Aliéné, signifie autre – rendu autre – une personne aliénée est devenue étrangère à elle-même, du moins est-ce le sens littéral. D'un point de vue médical, c'est un peu plus complexe.

É. — Oui, je vois, c'est vrai que les mabouls ils savent plus qui ils sont. Mais bon, ton Pinel, il était lui aussi un peu maboul pour les sortir de prison. Ils sont dangereux ces gens ; quand tu sais pas qui tu es, tu peux pas savoir ce que tu fais, je veux dire, si tu sais pas qui tu es, tu sais pas qui le fait et pourquoi, donc, tu fais n'importe quoi... *(Subitement, elle s'arrête, paraissant se rendre compte de ce qu'elle vient de dire)* euh!... mais moi c'est pas pareil, j'ai pas fait n'importe quoi, j'avais une raison.

Dr R. — Laquelle?

É. — Je te l'ai déjà dit, c'est une idée qui m'est venue et que j'ai suivie.

Dr R. — Ne prends pas mal ce que je vais dire, mais, beaucoup de fous, comme on les appelle, prétendent la même chose, c'est une idée qu'ils ont suivie ou une voix qu'ils ont écoutée, enfin, tu vois.

É. — Non mais, attends, tu cherches à me coincer! Mon idée, c'est pas celle d'un fou, le fou, il fait n'importe quoi, il pense pas à l'idée, il fait ce qu'elle lui dit de faire, c'est tout, il pèse pas le pour et le contre.

Moi, je savais que c'était une idée, je le savais parfaitement, je savais que c'était dangereux, que c'était pas bien. J'aurais pu aussi bien ne pas la réaliser, si j'avais voulu, je pouvais encore décider par moi-même, un fou, il décide rien, rien du tout, puisqu'il est étranger à lui-même, comme tu dis, il s'appartient pas et s'il s'appartient pas il peut pas se commander.

Dr R. — En ce qui te concerne, il t'est arrivé de te sentir étrangère à toi-même, d'être une autre?

É. — Comment ça?

Dr R. — Et bien, agir comme si c'était quelqu'un d'autre qui faisait ce que tu crois faire, ou avoir l'impression de te voir en train d'agir comme si tu étais à l'extérieur de toi-même.

É. — Non, ça m'est jamais arrivé.

Dr R. — Pourtant, dans un précédent rapport, il est écrit que tu as raconté que lorsque tu étais en colère, tu ne te contrôlais plus, que c'était comme une autre Édith qui prenait les commandes.

É. — Mais qu'est-ce que tu racontes! ça a rien à voir! Quand, j'ai... euh... disons, réalisé mon idée, j'étais pas en colère, pas du tout.

(Elle retourne et retourne le livre de Pinel) Il est beau ce livre, il est à toi.

Dr R. — Oui, comme tout ceux que tu vois là.

É. — T'en as un paquet! Tu les as tous lus?

Dr R. — Et bien, ça dépend, ce sont surtout des ouvrages scientifiques, alors je les consulte en fonction des problèmes auxquels je suis confronté.

É. — Des fois t'es pas sûr?

Dr R. — Souvent.

É. — *(Elle revient au livre de Pinel)* Il coûte cher?

Dr R. — Encore assez, j'ai fait faire une autre reliure, l'ancienne était abîmée.

É. — Il est beau. *(Elle caresse le dos et les plats, elle le sent)* J'aime bien cette odeur.

Dr R. — Celle du cuir bien entretenu. *(Elle me le redonne)*

É. — Tu en as beaucoup, j'aurais jamais pensé qu'on pouvait en avoir tant.

Dr R. — J'en ai bien plus dans ma bibliothèque. Tu aimes bien les livres, on dirait.

É. — Assez, mais pas trop quand même, c'est surtout les riches et les fainéants qui les aiment.

Dr R. — Tu n'as pas l'air très sûre de toi quand tu dis ça.

É. — Non, c'est vrai. À la Ferme personne lit. Un peu la patronne, mais c'est pour faire bourgeoise, en fait elle y comprend rien.

Dr R. — Et toi, tu comprends?

É. — Je lis ce que je peux comprendre.

Dr R. — Comment procèdes-tu?

É. — Bien, je commence à lire et si c'est trop dur, j'arrête, mais pour l'instant, rien ne m'a arrêté, même les trucs sur la tuberculose.

Dr R. — La tuberculose.

É. — Oui, le bacille de Coche.

Dr R. — De Koch... Mycobacterium tuberculosis.

É. — C'est ça... y'avait de belles images dans le Magasin Pittoresque.

Dr R. — Ces livres, ces revues, comment te les procurais-tu?

É. — On me les donnait ou je les échangeais à des soldats.

Dr R. — Mais ton livre de décoration, celui de M. Havard, c'est un livre cher et...

É. — Je croyais que tu le connaissais pas, on me l'a donné!

Dr R. — D'accord, d'accord, je ne suis pas policier après tout.

É. — Oui, t'es pas un policier.

Dr R. — Enfin, bien que tu trouves que lire soit une occupation de fainéant, tu aimes ça quand même.

É. — Je t'ai déjà dit que je me fichais de la philosophie et de son principe de... de

Dr R. — Contradiction.

É. — Contradiction.

Dr R.— C'est comme quand tu as réalisé ton idée, tu n'étais pas en colère, mais peut-être qu'en même temps tu l'étais. Il faut beaucoup de colère, de rancœur ou de haine pour faire ce que tu as fait.

É. — Tu veux savoir... hein, t'essaye encore de m'avoir, mais tu vois, je m'énerve même pas, mais j'en ai quand même un peu marre. Non, je te le répète, je n'étais pas en colère, même sans le savoir, je n'avais pas de haine, même sans le savoir, je l'aimais, je l'aimais, je l'ai pris sous les bras, je l'ai soulevé, je l'ai jeté dans l'eau bouillante, il a pas eu le temps de souffrir, il avait pas peur, il savait ce que je voulais faire.

Dr R. — Et qu'est-ce que tu voulais faire nom de Dieu!

É. — C'était un aliéné.

Dr R. — Tes méthodes de soin sont un peu expéditives!

É. — C'était un aliéné, tu sais ce que c'est, il était pas complet, il était pas lui. Lui, le vrai, il est ailleurs.

Dr R. — Où?

É. — Je ne veux plus parler.

Dr R. — Henri, vous pouvez la ramener.

Contrôle d'elle-même, encore. Imagination, qu'on ne peut même pas qualifier de délirante, encore. Imagination mystique, peut-être, mais atypique, il manque des éléments, ce n'est pas le schéma habituel, elle est trop rationnelle. Ailleurs, un corps symbolique? Il est ailleurs... il est ailleurs... Prescription: potion laudanisée légère, ce traitement semble efficace.

Mercredi 7 février 1900
Neuvième entretien. 10h00

La nuit a été correcte. Au petit déjeuner, elle était souriante et presque badine, elle a voulu qu'on lui donne un peu plus de pain et a demandé à Mme Troussard comment il fallait faire pour devenir aussi grosse qu'elle. L'entretien d'hier a été assez intense et j'appréhendais ses réactions. Elle est si imprévisible. Peut-être, aussi, devrais-je mieux m'efforcer de déchiffrer sa logique. C'est une connaissance fautive, qui rend un système déroutant. Le système « Édith » est complexe, il faut, pour le saisir, non seulement de la patience, mais surtout la capacité de sortir de ses modes habituels de raisonnement. Savoir se recombiner.

É. — *(avant même que je lui adresse la parole)* Bonjour, docteur, oui je vais bien, oui j'ai passé une bonne nuit, non j'ai pas toussé, le petit déjeuner était délicieux et ma fouffe se porte bien *(elle fait semblant de se passer un doigt entre les jambes, elle le sent et contrefait une expression de satisfaction. Mlle Marthe, une fois de plus, étouffe un petit rire).*

Dr R. — Bravo pour ton entrée, tu l'avais préparée ou c'est une inspiration qui t'es venue, comme ça.

É. — Les deux. Ce matin, je n'avais pas envie d'entrer dans ton bureau comme d'habitude, j'y ai pensé en me levant, mais c'est quand Henri a ouvert la porte que les mots que j'ai dits me sont venus.

Dr R. — Très bien.

É. — Au fait, tant que j'y pense, le truc qu'on me fait

boire le soir depuis deux jours, c'est quoi ?

Dr R. — C'est une potion laudanisée, pour ta toux et pour que tu puisses dormir.

É. — C'est pas très bon, mais après on se sent bien, un peu comme avec le kif.

Dr R. — Tu as déjà fumé du kif ?

É. — Bien sûr, tout le monde en fume, même mon cureton de père.

Dr R. — Tu en fumais souvent ?

É. — Non, parce que ça me fait pas grand-chose.

Dr R. — Tu as dit quand même qu'on se sent bien quand on en a fumé.

É. — Se sentir bien, c'est pas suffisant.

Dr R. — Qu'est-ce qui est suffisant alors?

É. — Travailler son cri pour voir ce qu'il y a ailleurs.

Dr R. — Tu veux dire chanter ?

É. — Non, crier, couiner, comme Mme Cano.

Dr R. — La jouissance.

É. — Une certaine sorte de jouissance.

Dr R. — En gros, les plaisirs de la chair te conviennent mieux que ceux de la drogue.

É. — En gros, en très gros.

Dr R. — Avant de le jeter dans la cuve, tu avais fumé?

É. — Non, (depuis un moment elle promenait son regard sur les œuvres accrochées aux murs du bureau), les dessins aussi sont tous à toi?

Dr R. — Oui, qu'appelles-tu dessin?

É. — Ben, tous les trucs qui pendent à tes murs, de ça aussi t'en as un paquet.

Dr R. — Ce que tu vois ici, ce sont majoritairement des

tableaux, mais il y a aussi des dessins et des gravures. J'en fais la collection et je projette d'aménager quatre ou cinq pièces de la villa pour en faire un petit musée.

É. — Pour quoi faire?

Dr R. — D'abord pour le plaisir esthétique, ensuite pour les vertus thérapeutiques des belles choses et enfin pour tirer quelques profits subsidiaires en incitant les visiteurs fortunés à faire un don. L'administration d'une maison de santé impose une gestion rigoureuse, car les frais sont énormes, il faut trouver beaucoup d'argent.

É. — On dirait que de ce côté-là, tu te démerdes bien.

Dr R. — Je te remercie pour ce délicat compliment.

É. — Non, non, je suis sérieuse, je le pense vraiment.

Dr R. — Donc, tu n'avais pas fumé, ni bu ?

É. — Ces tableaux, ils coûtent cher?

Dr R. — Ça dépend.

É. — Celui-là par exemple.

Dr R. — Je ne me rappelle plus, mais je crois que je ne l'avais pas payé une fortune. Il est petit comme tu le vois et c'est une étude.

É. — Un entraînement?

Dr R. — Si tu veux, généralement les peintres réalisent des études en préparation de toiles plus grandes. Ils essayent certaines formules de composition, des combinaisons de couleurs, ils s'entraînent comme tu le dis, à exécuter certains détails, certaines parties qui leur semblent difficiles.

É. — Qui c'est qui l'a fait?

Dr R. — Jean Seignemartin, c'était un très bon artiste.

É. — Il est mort?

Dr R. — Trop jeune, malheureusement, en 75, le bacille de Koch.

É. — C'est normal qu'il est mort. Son tableau, c'est le tableau d'un mort.

Dr R. — Sur la mort, peut-être, c'est une boucherie arabe, c'est son titre. C'est vrai que c'est un sujet assez difficile.

É. —Non, ce n'est pas difficile. Une fois, ils ont étripé un cheval, c'était joli, comme du papier peint. C'est pas pour ça que c'est le tableau d'un mort.

Dr R. — Pourquoi alors?

É. — C'est parce qu'il a dessiné un enfant, ici dans la porte, tu le vois, il a pas de visage.

Dr R. — Bien sûr, mais c'est une esquisse, il s'est contenté de placer les personnages sans détailler les visages.

É. — Non, c'est pas pour ça, il a pas pu le faire, il était trop fatigué. Il avait plus le courage. Après qu'il a fait la viande, il avait plus envie de rien faire.

Dr R. — Tu as peut-être raison.

É. — C'est pas moi qui ai raison, c'est le tableau qui est comme ça.

Dr R. — Je dirais plutôt que c'est ton interprétation.

É. — Non, c'est le tableau qui est comme ça.

Dr R. — Soit, il est comme ça.

É. — La viande c'est rien. C'est plus rien et ça veut plus rien dire. C'est plus un animal, c'est plus un bonhomme. Moi, ça me fait nada. La viande, c'est juste décoratif.

Dr R. — Sa couleur?

É. — Oui, et son odeur. C'est décoratif.

Dr R. — L'odeur est décorative?

É. — Ben oui, elle fait que le rouge est bien plein.

Dr R. — Plus rouge?

É. — Oui, mais avant que ce soit de la viande, c'est là que c'est quelque chose. Le cheval quand il est vivant, il fait peur, il te regarde, son zob grandit, tout ça. La mort, c'est le truc des choses qui sont vivantes.

Dr R. — Tu veux dire qu'il faut être vivant pour avoir peur de la mort.

É. — Oui, mais, c'est pas tout à fait ça, je veux dire que la mort, elle est dans les vivants, et après c'est plus que de la viande.

Dr R. — Et l'enfant sans visage?

É. — Il est entre les deux, un peu mort, un peu vivant.

Dr R. — Et le peintre dans tout ça.

É. — Il était pareil, un peu mort, un peu vivant, mais un peu plus mort.

Dr R. — Il était en train de mourir?

É. — Non, il était déjà mort.

Dr R. — Tu viens de dire qu'il était un peu vivant.

É. — Oui, mais ça empêche pas, il était déjà passé de l'autre côté.

Dr R. — Il savait qu'il ne pourrait plus être guéri?

É. — Ça se peut... ou peut-être qu'il voulait plus vivre.

Dr R. — Et le petit Cano, tu penses qu'il était comme l'enfant sans visage?

É. — Non, lui, il est jamais né.

Dr R. — Alors, ce que tu as précipité dans le bassin, c'était quoi?

É. — Je sais pas.

Dr R. — De la viande?

É. — Pas seulement.

Dr R. — Une image?

É. — Plutôt ça, oui, plutôt ça.

Dr R. — C'était comme une image imparfaite du vrai Pierrot qui n'est pas encore né?

É. — Oui... euh...

Dr R. — C'est ça?

É. — Oui, peut-être, mais... je sais pas... tu m'ennuies !

Dr R. — Tu n'en es pas sûre?

É. — Je ne veux plus parler.

Dr R. — Henri, vous pouvez la ramener.

Édith regarde et voit. Je ne sais pas quoi dire d'autre. Tout est en elle si atypique, les réactions qu'elle peut avoir, par rapport à son âge, à son milieu, enfin, par rapport à tout ce qu'elle devrait être. Même en acceptant une certaine marge de possibilités, elle outrepasse toutes les combinaisons imaginables. Il faudrait... il faut inventer d'autres catégories afin de pouvoir espérer l'évaluer, l'appréhender. Toute ma bibliothèque est à revoir. Une petite fille, une seule petite fille.

Serais-je en train d'assister à la naissance d'un nouveau genre d'humanité?

Amorale, libérée de tous les carcans que notre civilisation occidentale s'est acharnée à construire. À moins que ce ne soit, au contraire, le pur produit de cette même civilisation. La conquête, la domination brutale et le bouleversement cynique de dizaines de peuples, aboutissant à cet être frêle, beau et implacable... récoltons-nous ce que notre morgue a semé?

Mais je me laisse aller, il n'est pas question, ici, de songes philosophiques. C'est un procès, ce sont des juges, qui se fichent de l'Ève future et qui me demandent seulement de leur expliquer pourquoi cette foutue gamine à fait bouillir un petit demeuré qu'elle adorait. Rien que ça. Je pourrais essayer de leur donner l'explication que, peu à peu, je suis en train d'entrevoir. Mais comment leur représenter un univers encore inatteignable faute d'instruments adéquats pour l'atteindre. Moi-même, je commence à peine à imaginer le cadre mental qui me permettrait de l'aborder. Jamais ils ne comprendront. Elle n'est pas folle et elle peut répondre de ses actes, mais sa réponse est inouïe.

Prenons le juge Courtinas, empêtré dans sa suffisance, gavé de ses propres limites, engraissé par ses certitudes; en aucun cas l'oreille de cet homme ne pourra entendre un tel discours. Il ne peut et ne pourra jamais concevoir un être tel qu'Édith, c'est tout simplement impossible.

En conséquence, voilà ce que j'ai décidé. Je vais proposer un motif acceptable et qui soit à leur portée, la vengeance. Je vais bâtir autour d'elle une explication recevable. La furie vengeresse est une passion à laquelle restent attachées quelques bribes de prestige et elle s'accordera assez bien avec l'archaïsme de certains de ceux qui vont juger Édith. De plus, comme mobile, elle ne manque pas de pertinence dans le cas qui nous occupe. Il faudra, néanmoins, que je convainque Édith de se cantonner rigoureusement à cette explication.

Jeudi 8 février 1900
Dixième entretien. 10 h 00

Nuit calme, lever serein. Édith est restée particulière-
ment sobre ce matin, aucune excitation, pas d'humeur
mauvaise. Elle est entrée, a dit « à tout à l'heure » à
Henri, elle s'est assise et a pris un air songeur.

Dr R. — Bonjour.
É. — Salut.
Dr R. — On dirait que tu es songeuse.
É. — Ah oui?
Dr R. — Il y a quelque chose qui te tracasse?
É. — Non.
Dr R. — Tu es sûre.
É. — Je repensais juste à un truc.
Dr R. — Quel genre de truc?
É. — Un rêve que j'ai fait cette nuit.
Dr R. — Un autre?
É. — Ben oui, un autre, j'ai pas le droit de rêver plu-
sieurs fois de suite?
Dr R. — Si, si, bien sûr, c'est juste que je ne m'y at-
tendais pas.
É. — Tu t'attendais à quoi?
Dr R.— En fait je n'en sais rien... c'était encore M.
Pinel ?
É. — Non, pourquoi ça serait encore lui, enfin, ça
pourrait l'être, mais c'est pas le cas.
Dr R. — Oui, excuse-moi... et ce rêve tu te le rap-
pelles?

É. — Pas trop mal, le petit garçon sans visage, tu t'en souviens, celui de la peinture.

Dr R. — Oui, très bien, il est d'ailleurs toujours là, sur le mur.

É. — Euh... j'ai pas trop envie de le regarder.

Dr R. — Pourquoi? que faisait-il dans ton rêve?

É. — Rien de spécial, il marchait, dans une ville avec des rues droites et des maisons toutes pareilles, comme des gros cubes.

Dr R. — Il y avait d'autres choses?

É. — Des gens, ils étaient tous comme lui, on aurait dit que leurs visages avaient été effacés, y'avait aucun bruit, on entendait rien. Dans mon rêve, je me suis demandée si, moi aussi, j'avais été effacée. Je veux dire mon visage, alors j'ai cherché un endroit pour me regarder, un magasin avec une vitrine, mais à chaque fois que j'en trouvais un, il se transformait en autre chose, la vitrine disparaissait. Elle devenait un mur, ou alors c'était une vitre qui ne reflétait rien, on ne pouvait pas se voir dedans, ou alors je me voyais mais c'était impossible de savoir si mon visage était effacé ou pas. Un rêve c'est complètement con, il peut te montrer un truc et en même temps te le cacher.

Dr R. — Tu n'avais pas de reflet?

É. — Non, comme je t'ai dit, j'avais bien un reflet, je savais que j'avais un reflet, mais je distinguais rien, c'est dur à expliquer, je me voyais et en même temps je me voyais pas, c'était bizarre, ça m'a foutu la trouille.

Dr R. — C'est quoi exactement qui t'a fait peur dans ce rêve?

É. — C'est quoi exactement qui m'a fait peur! On voit bien que c'était pas toi qui étais dans cette putain de ville. Tout faisait peur, c'était pas un truc précis, c'était l'ensemble, je te jure que ça foutait vraiment la trouille, vraiment, de pas savoir où tu es, sans personne de normal autour de toi et où même toi t'es pas normal non plus, enfin, où tu sais pas comment tu es.

Dr R. — Et tu penses que ça veut dire quelque chose?

É. — Quoi? mon rêve?

Dr R. — Oui.

É. — Qu'est-ce que tu veux que ça soit, ça veut rien dire, tu sais bien que ce genre de chose c'est des conneries du cerveau. Il mélange plein de trucs que t'as vus ou entendus et il te les ressert en vrac pendant que tu dors, quand tu t'y attends pas. Celui-là c'était à cause de tes peintures, alors aujourd'hui, j'aimerais qu'on parle d'autre chose.

Dr R. — Autre chose que des peintures?

É. — Ben oui.

Dr R. — Pourtant les peintures ne font pas peur.

É. — Peut-être, mais elles font avoir des rêves qui font peur.

Dr R. — Et pourquoi à ton avis?

É. — Qu'est-ce que tu me demandes là! C'est toi le docteur, c'est toi qui sais tout, c'est à toi d'expliquer.

Dr R. — Je ne sais pas tout et je ne suis pas dans ta tête.

É. — Non... pas dans ma tête.

Dr R. — Que veux-tu dire?

É. — Rien, je me comprends, mais si tu veux vraiment savoir ce que je pense des peintures et des rêves, je peux t'inventer un bloffe. Par exemple que les peintures et les rêves c'est la même chose, sauf que les rêves, ils bougent et ils parlent, c'est pour ça qu'ils font peur.

Dr R. — C'est assez vrai.

É. — Tu veux dire que c'est exactement ça! j'invente peut-être, mais ce que j'invente c'est pas des conneries, je peux même te dire que le monde entier c'est une image, moi, toi, mademoiselle Marthe (elle la regarde) et tout le reste.

Dr R. — Comment ça?

É. — Ben toi, par exemple, tu me vois, mais tu me vois pas toute, tu sais pas ce que je pense vraiment, tu sais pas ce que je ressens vraiment, tu sais pas ce que je fais quand je suis pas avec toi, depuis que je suis née et jusqu'à aujourd'hui, tu sais rien. Tu vois que des tout petits morceaux d'une fille qui s'appelle Édith. Pour que tu saches, il faudrait que tu sois une sorte de dieu, toujours collé à moi, depuis ma naissance et même avant. Que tu aies été là, dans moi et en dehors de moi, chaque seconde de ma vie. Que tu sois comme moi, que tu sois moi. Au lieu de ça, tu me vois juste par moments, un tout petit peu et depuis pas longtemps. Et tu es même pas à l'intérieur de moi, tu peux pas voir ce que pense. Ce que je te raconte, c'est ce que je veux et c'est aussi une image.

Dr R. — Et bien, tu m'étonneras toujours. Mais la réciproque est vraie, tu ne me connais pas plus que je ne te connais, enfin, peut-être que j'en sais un peu plus sur toi que tu n'en sais sur moi. Il y a eu une enquête sur ta vie, enquête à laquelle j'ai eu accès.

É. — Peut-être, mais l'enquête aussi est une image, qu'est-ce qu'elle raconte? Quand je suis née, le nom de mes parents, là où j'habite, ce que racontent les gens sur moi, mon poids, comment est faite ma choune. C'est pas grand-chose, c'est même rien. En plus, la différence entre toi et moi, c'est que moi je me fiche de ta vie, même si j'aimerais bien avoir un mari comme toi, disons que tu as un peu plus d'images de moi et tu crois que ça te donne un pouvoir sur moi.

Dr R. — Pouvoir sur toi! toi aussi tu imagines beaucoup et tu te trompes dans l'interprétation de mon image! C'est un fait, je suis docteur, à l'aise dans la société, et toi, tu es une petite fille de la campagne. Nous ne sommes pas entièrement à égalité, je ne peux pas le nier, mais au bout du compte, cela importe peu, car, en ce qui me concerne, j'essaye seulement de comprendre pourquoi tu as fait ce que tu as fait, et là, excuse-moi, mais il n'y a pas de pouvoir qui tienne, réel ou supposé. Je suis bien conscient que même avec ma position, je n'arriverai jamais à élucider entièrement cette question.

É. — Ah bon, je pensais que tu avais un peu compris quand même.

Dr R. — Un peu... certainement, mais c'est ton explication. Que tu veuilles redonner une forme aboutie à Pierrot, c'est entendu, mais la raison pour laquelle tu as imaginé un tel système, ça, je ne pourrai jamais l'expliquer, sauf à dire que tu es folle, et tu ne l'es pas, à moins que tu ne souffres d'une affection encore inconnue de l'académie et dont je serais l'inventeur, faudrait-il encore que je sois capable de la décrire.

É. — L'inventeur! mais c'est pas toi qui...

Dr R. — Non, dans ce cas, inventeur signifie celui qui a trouvé quelque chose, moi, j'ai trouvé ton histoire.

É. — Ah, essaye de parler normalement.

Dr R. — Et puis, il y a une chose dont je ne serai jamais sûr, celle de savoir si tu penses, ou tu crois, réellement tout ce que tu me racontes. Tu me dis, et je le constate, que tu peux inventer ce que tu veux, comme l'histoire des images par exemple, Qu'est-ce qui me dit que tu ne me mènes pas en bateau?

É. — Rien, je me fiche que tu me croies ou pas. Ce que je t'ai dit, tu en fais ce que tu veux. En plus, pour un grand docteur, je te trouve pas très malin. N'importe quel vrai monsieur m'enverrait chier tout de suite. Quelle personne normale peut prendre au sérieux toutes les conneries d'une fille comme moi. T'es bizarre.

Dr R. — D'abord, je te rappelle que je suis là pour essayer de saisir pourquoi tu es comme tu es, et cela passe par la compréhension de tes façons de penser et d'agir. Ainsi, même si tu inventes, ton imagination, ta capacité à former... des images, tout ce que ton esprit fabrique, tout cela me fournit des indications primordiales, qui, je n'ai pas peur de te le dire, m'impressionnent fortement.

É. — Mmmmh... t'es impressionné par ma capacité à dire des mensonges, t'es vraiment bizarre.

Dr R. — Des mensonges de ce genre, j'en ai rarement entendus, même jamais.

É. — Pourtant, je ne mens pas.

Dr R. — Je te crois.

É. — Alors il suffit que je dise: « je ne mens pas », avec un air de sainte-nitouche pour te convaincre, on voit que t'as jamais vécu à la Ferme, là-bas, ce genre de combine ça marche pas du tout, et ton coup de pied au cul, tu l'as quand même!

Dr R. —Décidément, écoute-moi bien, ici tu n'es pas à la Ferme, ici personne n'essaye de te coincer. On tente juste de comprendre pour limiter un tant soit peu les dégâts! Nulle part ailleurs, tu ne trouveras des gens mieux attentionnés à ton égard, est-ce que tu comprends ça!

É. — En fait, ici, vous êtes un peu dans le genre de curé Maurice, lui aussi, voulait me protéger, tout comme toi, tous ceux qui veulent me protéger, en échange, il faut que je me laisse niquer, j'te protège! j'te nique! c'est toujours comme ça! j'en ai marre!

Et puis, ça va bien, appelle Henri.

Son rêve était étrange, difficile à interpréter, faut-il seulement essayer de le comprendre. En fait, ce n'est pas ce qu'elle a rêvé qui m'importe, c'est qu'elle me l'ait raconté. Dois-je y voir un début de confiance envers moi? Elle a admis qu'elle a eu peur, une question d'image, son image; mais est-ce que cela a vraiment de l'importance pour ce qui me préoccupe, à savoir, trouver une explication vraisemblable pour le tribunal ? Qu'une jeune fille perturbée éprouve des difficultés à trouver sa place dans le monde où elle vit, cela n'aura, aux yeux des juges, que peu d'importance. Ils rétorqueront que toutes les jeunes filles sont dans ce cas, que c'est même l'essence de la jeune fille que d'être perturbée. La femme dans son jeune âge est un problème, moral et financier. Un objet sexuel dangereux et une charge pour les familles. Il faut absolument la contraindre pour endiguer la puissance dévastatrice qu'elle renferme. Celle qui refuse de se laisser brider, celle qui n'accepte pas la place qu'on lui assigne, celle-là ne vaut rien et doit être exclue de la société des gens civilisés.

Telle est la position des juges, je les connais bien, jamais ils ne pourront comprendre pourquoi Édith est si différente. Qu'elle n'est pas, et ne sera jamais, une jeune fille comme les autres. Elle excède leur norme étriquée ; autant comparer un océan à une mare.

Il faut que je mette en place avec elle une stratégie de défense — c'est impératif— et peu importe si j'outrepasse le rôle qui m'a été assigné.

Vendredi 9 février 1900
Onzième entretien. 10 h 00

Le laudanum a pour l'instant un effet bénéfique. De toute façon, il est faiblement dosé. Édith a bien dormi, elle a mangé avec appétit et a souri à Henri.

Dr R. — Bonjour!

É. — Bonjour.

Dr R. — Ce matin, si tu n'y vois pas d'inconvénient, j'aimerais qu'on essaye de recentrer notre conversation sur la raison pour laquelle tu es ici.

É. — C'est-à-dire?

Dr R. — Et bien, la détermination du mobile de ton acte.

É. — Oui, tu commences à comprendre.

Dr R. — Certes, mais ce n'est pas de celui auquel tu fais allusion dont je veux parler.

É. — Hein! mais qu'est-ce que tu racontes!

Dr R. — Non, je veux parler d'un mobile qui soit acceptable par le tribunal.

É. — Tu te sens pas capable de leur expliquer pourquoi Pierrot doit renaître?

Dr R. — Ce n'est pas que je ne sois pas capable de leur expliquer, c'est surtout qu'il n'y a aucune chance pour qu'ils acceptent une telle explication.

É. — Ah oui?

Dr R. — Ne fais pas l'idiote, je suis sûr que tu en as conscience.

É. — De quoi?

Dr R. — C'est simple. De deux choses l'une, soit ils diront que tu es une fabulatrice, soit que tu es folle. Dans le premier cas, ils considéreront que tu ne mérites aucune clémence de leur part et ta peine sera même, peut-être, aggravée.

É. — Mais...

Dr R. — C'est leur façon de raisonner, pas la mienne. Je continue. Et si c'est de folie qu'il s'agit, ils te feront interner. Mais tu n'as pas d'argent et un aliéné coûte cher à l'État. Il faudra peut-être t'envoyer en métropole. Et rien ne les irrite plus, que de gaspiller des moyens pour entretenir une population d'inutiles. C'est en tout cas la position du juge Courtinas.

É. — C'est une ordure!

Dr R. — S'il n'en est pas une, en tout cas il s'en rapproche. J'ai même assisté à l'un de ses exposés, dans lequel il énumérait un certain nombre de dispositions afin de résoudre le problème des inutiles et des parasites. Cette catégorie de la population est, selon lui, à l'origine de tous les maux de notre société. C'est son violon d'Ingres, il cherche à faire éditer une grosse étude sur le sujet.

É. — Et comment qu'il veut faire avec les inutiles?

Dr R. — Son idée phare a le mérite d'être simple et efficace. Il préconise la stérilisation des femmes susceptibles de mettre au monde des fous, des imbéciles ou des criminels, en un mot, des dégénérés. Il parle de combattre le mal à la racine et il se considère comme un visionnaire. Il a d'ailleurs conçu un tableau, permettant de repérer à coup sûr les femmes appartenant à cette funeste catégorie.

É. — Comment?

Dr R. — Alcoolisme, milieu social, religion, physiognomonie, race, etc.

É. — Remarque, c'est vrai que l'alcool ça fait des dégénérés. À la Ferme, y'a une famille, faut voir ça, ils sont tous aussi crétins les uns que les autres! En plus, c'est des faignants et des bons à rien, j'te jure!

Dr R. — Tu es drôle, peut-être que ces gens sont vraiment des bons à rien, comme tu le dis, mais les stériliser n'est pas la bonne solution. Cela implique de confier à l'État un pouvoir qu'il est dangereux qu'il détienne.

É. — Pourquoi?

Dr R.— Et bien, imagine seulement qu'il est facile, pour un gouvernement, d'adapter, en fonction de ses orientations idéologiques, les critères de sélection des candidats à la stérilisation. Au début, les alcooliques pauvres, ensuite les originaux et, finalement, les adversaires politiques ou je ne sais qui encore, tu comprends ce que je veux dire?

É. — Je suis pas conne.

Dr R. — Je m'en étais rendu compte.

É. — Mais pourquoi stériliser les opposants politiques?

Dr R. — Euh! C'est une façon de parler, disons que stériliser un opposant, c'est l'empêcher de contredire le pouvoir, en l'envoyant au bagne par exemple. Mais le juge Courtinas n'est pas en manque d'inspiration, sa muse est prodigue, pour les incurables, il recommande l'euthanasie eugénique.

É. — L'eutha... quoi

Dr R. — L'euthanasie eugénique ou sociale, l'élimination physique des tarés, des imbéciles et autres erreurs de la nature. Là aussi, il est tentant de ranger dans ces fatales catégories notre opposant politique.

É. — Ah ouais, on peut faire ça.

Dr R. — Bien sûr, c'est une question de lois, de croyances.

É. — Moi, par exemple, ce que j'ai fait...

Dr R. — Je n'avais pas vu la chose sous cet angle, quoi qu'il en soit, Courtinas n'aura pas plus de complaisance pour une fabulatrice que pour une folle. De plus, il s'arrangera pour orienter la décision du tribunal ou du jury, de telle façon à ce qu'il soit admis qu'aucun des spécialistes qui t'ont examinée, n'a détecté, chez toi, d'affection particulière tendant à conclure que tu serais dérangée.

É. — Alors?

Dr R. — Alors, ta responsabilité pleine et entière sera reconnue et ta peine en sera d'autant plus lourde.

É. — Alors?

Dr R. — Alors, il va falloir construire un mobile qui lui paraisse évident. Courtinas est plein de certitudes, et lorsqu'il tombe sur l'une d'entre elles, il ne va pas chercher plus loin, trop content de trouver une confirmation de plus à sa vision du monde.

É. — Tu penses à la vengeance?

Dr R. — Euh oui, comment as-tu deviné?

É. — J'ai senti le truc, simplement, y'a pas d'autre solution. J'ai crevé le petit pour venger Joseph en faisant souffrir les Cano.

Dr R. — C'est tout à fait ça, il faut dire à Courtinas ce qu'il veut entendre. Pour lui, tu es une métisse, donc de race impure, un concentré de tout ce qu'il déteste, indigène par ton père, européenne dégradée par ta mère.

É. — Une femelle.

Dr R. — Une femelle. On t'a vue boire, d'ailleurs, on ne sait pas de quoi ta mère est morte. Bref, un être tel que toi, s'il n'est pas abruti, ne peut que développer une intelligence perverse, faite de ressentiment et structurée par le vice.

É. — Putain! arrête! On dirait que t'y crois!

Dr R. — Il faut que ça soit convaincant, c'est tout.

É. — Peut-être, mais si moi, pour une fois, je voulais dire la vérité, enfin, montrer aux gens ce que je suis vraiment! Tu me forces à mentir! Je me fous pas mal des conséquences, folle, fabulatrice, et alors!

Dr R. — Et alors! Si j'ai bien compris ton plan, un jour ou l'autre tu devrais donner le jour à un Pierrot complet, c'est bien ça?

É. — Euh...

Dr R. — Si tu es folle ou fabulatrice, ce qui, pour eux, revient au même, tu crois qu'ils te laisseront l'enfant?

É. — C'est bon, t'as gagné, mais t'es un enfoiré.

Dr R. — Écoute, la société qui nous entoure fonctionne d'une certaine façon, selon une certaine combinaison de représentations, d'images, tu t'en rappelles? c'est toi-même qui me l'as dit.

É. — Ouais, c'est vrai.

Dr R. — La vérité, dans cette société, ne vaut qu'en

tant qu'elle correspond à ses représentations, on est d'accord?

É. — Tu veux dire...

Dr R. — Je veux dire que chaque image possède sa propre vérité.

É. — Oui... mais...

Dr R. — Est-ce que tu penses que ta représentation du monde – tes images – est compatible avec la leur?

É. — Putain, parle clairement!

Dr R. — Est-ce que les choses que tu imagines, la manière dont tu envisages le monde...

É. — Tu veux dire: comment on peut faire renaître un Pierrot normal, par exemple ?

Dr R. — Oui, entre autres.

É. — Mais c'est pas des trucs que j'imagine, c'est comme ça.

Dr R. — D'accord, d'accord, simplement, là où je veux en venir, c'est que... même si tu penses que ces processus sont réels, jamais, eux, ne le croiront ou ne l'accepteront. Il faut... il est impératif de leur donner une version des faits qui soit en accord avec leur conception du monde et de la société, voilà. Au final, ce n'est pas très compliqué, nom de nom! Tu leur dis, je le répète, CE QU'ILS VEULENT ENTENDRE! Et ce qu'ils veulent entendre, c'est que toi, la moricaude, tu as agi ainsi parce qu'il est bien connu que les gens de ton espèce sont aussi vicieux que revanchards, qu'ils sont incapables de résister à leurs pulsions meurtrières, et que, pour un oui pour un non, ils peuvent égorger toute leur famille! Un tant soit peu que l'on puisse

nommer famille ce qui ressemble plus à une nichée...
et encore, c'est une comparaison irrespectueuse envers les chiens...

É. — Ça va! Ne t'énerve pas! Je t'ai dit que t'avais gagné, oui, je raconterai ce qu'ils veulent entendre, mais uniquement pour garder le bébé. Mais t'es sûr qu'ils vont pas me couper la tête? Ça me ferait bizarre d'avoir la tête coupée... les têtes coupées c'est bizarre.

Dr R. — Pourquoi, tu en as déjà vu?

É. — Oui, celle d'un... cheval.

Dr R. — Non, ils ne te couperont pas la tête.

É. — Comment tu le sais?

Dr R. — Parce que tu es mineure, d'une façon générale on n'exécute pas les enfants, on appelle cela l'excuse de minorité.

É. — Même pour les horribles criminels comme moi?

Dr R. — Même pour les horribles criminels comme toi.

É. — Et qu'est-ce qui me dit qu'ils me laisseront garder l'enfant, parce qu'après tout, c'est un enfant que j'ai tué.

Dr R. — Rien, mais je ne t'ai pas dit que la partie était gagnée d'avance, il faudra que tu fasses preuve d'une attitude de sincère repentir, si tu te tiens bien, si tu prouves que tu es capable de mener une vie d'honnête femme qui pourra devenir une honnête mère, ils te le laisseront... peut-être .

É. — Je pense que je pourrai adopter l'attitude que tu dis, c'est pas compliqué, mais c'est quand même un peu chiant, mais si c'est pour Pierrot, le vrai, je crois que j'y arriverai.

Dr R. — Parfait.

É. — Ne te fais pas d'illusion quand même. J'arriverai à imiter, à imiter seulement, ne crois pas qu'ils arriveront à me changer.

Dr R. — Peu importe.

É. — Non, pas peu importe, la femme honnête, la bonne épouse, la bonne mère, jusqu'à présent c'est ce genre de sorcières qui m'ont le plus fracassée, même Monsieur Cano, il était pas arrivé à me faire si mal. C'est des chiennes enragées, je te jure. (elle commence à trembler) Avec leurs dents, leurs ongles, tu peux pas imaginer... (elle tremble de tout son corps, et jette des regards dans toute la pièce comme si elle cherchait de l'aide. Ensuite, en me fixant dans les yeux...)
Pourquoi je devrais être comme elles?

Dr R. — Je le répète, (en lui prenant les mains) peu importe.

Tu peux y aller maintenant.

Elle s'est levée doucement et s'est dirigée tranquillement vers la porte où l'attendait Henri. J'ai regardé Mlle Marthe et lui ai dit que cette fois-ci, il semblait que nous ayons obtenu un petit résultat, elle a souri. Elle m'a écouté et peut-être entendu. Même si je suis conscient que sa décision est liée à une motivation, qui, pour elle, est d'ordre supérieur et, pour moi, ahurissante, une relation s'est établie. J'entends par là, une relation ordinaire, celle que peut entretenir un adulte vis-à-vis d'une personne plus jeune. On ressent toujours un certain malaise à être confronté à des enfants ayant vécu des expériences qui ne sont pas de leur âge, et on éprouve un certain soulagement à retrouver, chez eux, les justes attitudes de l'enfance. Comme si l'ordre, rassurant et familier, était revenu. L'ordre des choses. Pourtant, avec Édith, cela ne représente qu'un îlot de normalité au milieu d'un océan de bizarreries. Certes, sa résolution d'adopter la vengeance comme mobile principal de son acte est une bonne chose. Mais il reste la créature qu'elle s'est mise en devoir d'enfanter. J'avoue que cela ne laisse pas de m'intriguer, et j'aimerais avoir un peu plus de détails, sur le processus qu'elle a imaginé pour mettre en œuvre son projet.

Samedi 10 février 1900
Douzième entretien. 10 h 00

Aucun problème cette nuit. Même traitement que la nuit précédente. Elle sait maintenant à quoi s'en tenir, en ce qui concerne son mobile, et cela semble la rasséréner, enfin, j'espère. Elle a pris son petit-déjeuner calmement, n'a fait aucune remarque, elle a même demandé à Henri comment était fait son pays.

É. — Bonjour Toubib!

Dr R. — Bonjour Édith, veux-tu que nous résumions un peu ce dont nous avons parlé hier?

É. — Pour quoi faire?

Dr R. — Je voudrais être sûr que tu as bien intégré ce sur quoi nous nous sommes mis d'accord concernant ta défense.

É. — Tu penses que j'ai une chiche pois à la place de la cervelle?

Dr R. — Certes non! c'est simplement pour vérifier que nous... aussi bien moi que toi... nous n'avons laissé aucune zone d'ombre ou d'indétermination, enfin, autant que faire se peut.

É. — Je vois pas ce qu'il y a de bien compliqué, *(elle récite)* j'ai bouilli le Pierrot pour me venger de Monsieur Cano qui avait dénoncé Joseph au patron. J'étais la maîtresse de Joseph et mon esprit de vengeance avait fait le reste. Cet esprit de vengeance a été plus fort que l'affection que j'avais pour Pierrot et Madame Cano. Monsieur Cano m'a violée et...

Dr R. — Écoute, je ne suis pas sûr que ce point soit vérifié. Je préférerais que tu parles de brutalités, que tu dises qu'il t'a brutalisée.

É. — Ouais, mais moi, je considère qu'il m'a violée.

Dr R. — Tu considères! Pourtant tu m'as parlé d'un viol véritable où tu voulais jouir comme Madame Cano.

É. — T'embrouilles tout.

Dr R. — Il me semble plutôt que c'est toi qui embrouilles tout, je t'en conjure, si tu veux avoir la moindre chance d'obtenir la clémence du tribunal, tiens t'en aux faits. Ce n'est pas la peine d'en rajouter, Monsieur Cano a déjà admis t'avoir brutalisée pour obtenir de toi, que tu lui révèles l'emplacement où toi et Joseph auriez caché l'argent. C'est une bonne chose. N'oublie pas ton objectif.

É. — T'es chiant.

Dr R. — Bon... dis-moi ce qu'il t'a fait exactement.

É. — Putain, tu fais vraiment chier!

Dr R. — Allez, dis-le moi!

É. — Et merde! Il m'a surprise sur le chemin de ma maison de montagne, il m'a mis son couteau sur la gorge, il m'a soulevée, j'étouffais, je pouvais plus parler, il voulait savoir où était Joseph, où on avait mis l'argent. J'ai... j'ai eu tellement peur que je me suis pissée dessus. Ensuite il m'a attaché une corde autour du cou, il m'a mise en laisse, pour que je le conduise à ma cachette, j'étais morte de trouille, tu comprends ça! C'était la première fois que ça m'arrivait, j'étais même prête à lui chouper le sguègue, c'était pire qu'un viol... c'est pire qu'un viol !

Dr R. — Et bien voilà! Il faut impérativement que tu t'en tiennes à cette version. De plus, tu peux maintenir que tu considères ; je dis bien, que tu considères; ce qu'il t'a fait subir comme l'équivalent d'un viol. Ça, plus la dénonciation et, peut-être, l'assassinat de Joseph, c'est amplement suffisant pour justifier une vengeance. Enfin, pas dans l'absolu bien sûr, surtout lorsque la vengeance consiste en l'assassinat d'un enfant.

É. — Mais d'un enfant pas terminé. En fait l'idée de le tuer est plus facile quand on pense qu'il était pas beaucoup plus qu'un animal, disons entre l'homme et l'animal.

Dr R. — J'espère que tu ne penses pas réellement ce que tu viens de dire!

É. — Bien sûr que non, et encore. Mais faut pas que t'oublies qu'on est en train de monter un bloffe pour le tribunal. Eux, ça les gênera pas un truc comme ça, surtout ton juge.

Dr R. — Tu comprends vraiment vite, mais enfin, la seule chose à laquelle il faut que tu fasses attention, c'est de toujours rester dans le vraisemblable, et pour cela, tu n'as pas à te fatiguer, il suffit que tu racontes les choses telles qu'elles se sont passées. Ce n'est pas un bloffe. En résumé: un, ta relation avec Joseph; deux, le vol de Joseph; trois, la dénonciation et la possible élimination de Joseph par Monsieur Cano ; quatre, ton agression par Monsieur Cano ; Cinq, la vengeance, et basta!

É. — Tu penses que ça marchera?

Dr R. — On ne peut être jamais sûr, c'est un procès. Mais bon, c'est déjà très important de partir sur des bases saines, ensuite, le reste...

É. — Très bien! allez! tope-la! On a monté une belle embrouille!

Dr R. — Pourquoi dis-tu cela ? Ce n'est pas une embrouille.

É. — Ha! ha! Tu sais très bien que c'en est une, parce que ce n'est pas pour ça que j'ai bouilli Pierrot.

Dr R. — Peu importe. Ce qui doit nous intéresser, c'est le réel. Tes théories sont passionnantes, mais ce ne sont pas elles qui convaincront tes juges.

É. — Je blaguais, je t'ai déjà dit que j'avais compris... c'est bon.

Dr R. — Très bien! cependant, comme tu t'en vas après-demain et qu'il semble que maintenant les choses soient claires, j'aimerais, si tu le veux, que nous abordions justement ce qui relève de ces théories.

É. — Ah bon! ça t'intéresse vraiment?

Dr R. — Bien sûr que ça m'intéresse. Nous nous sommes mis d'accord sur... disons... le côté administratif, maintenant, penchons nous sur les aspects, les aspects... symboliques, voire technico-symboliques. Comment tu as agi exactement pour former ton Pierrot futur, quel est le rôle de la jouissance ? Enfin tous ces principes que tu as mis en place. Si tu veux qu'on en parle... à moins que tu ne sois fatiguée, dans ce cas, nous pourrons y revenir demain.

É. — Je suis fatiguée de causer.

Dr R. — D'accord, mais avant que tu ne partes, je te

rappelle que demain nous sommes dimanche, je serai donc disponible le matin et l'après-midi. Nous pourrions refaire une promenade, comme la dernière fois. Bien sûr, il faut que tu sois d'accord, mais je pense que maintenant, il n'y a plus de malentendu. Si je te propose cette promenade, ce n'est que pour toi, pour toi seule. En aucun cas, il ne s'agit de te faire miroiter une liberté que tu n'as pas. Mais être détenue, ne signifie pas forcément, être enchaînée dans un cul-de-basse-fosse, il existe quand même une échelle qualitative de la détention.

É. — Ç'que ça peut m'énerver, quand je commence à plus rien comprendre de c'que tu dis... j'ai l'impression que tu veux m'embrouiller.

Dr R. — Excuse-moi. Non, la seule chose que je voulais te dire, c'est que je désire simplement, que tu prennes cette promenade comme un moment de détente, un simple moment de détente. Sans penser à quoi que ce soit d'autre, en profiter au présent, tu es d'accord?

É. — Oui, je peux retourner dans ma chambre maintenant?

Dr R. — Bien sûr.

Espérons que tout est bien fixé dans son esprit, et qu'elle se tiendra à la version que nous avons mise au point ensemble. D'ailleurs, je n'aime pas l'expression, mettre au point. Quelle autre version pouvait-il bien y avoir? C'est une sensation étrange que d'en venir à penser, que le rationnel puisse être un montage. Surtout pour moi, j'ai toujours lutté contre toutes les formes de superstitions, de contes, de fables, de croyances modelées depuis des millénaires par le désir de puissance. Des constructions de l'esprit, des représentations du monde qui invariablement se transforment en instrument de pouvoir.

Édith m'a presque convaincu de la réalité de sa construction, ou du moins, elle m'a poussé à faire « comme si » elle était réelle. Toutefois, si l'on fait le départ entre ce que nous allons appeler le réel, c'est-à-dire, ce qui est en dehors de toute représentation, et la réalité propre d'une croyance en telle ou telle représentation, il est possible d'admettre que certaines conceptions ont un effet sur le réel. La religion chrétienne, par exemple, a modelé durablement l'histoire de nos sociétés occidentales. Sur la base d'une fable improbable, mais savamment construite, elle a façonné des paysages, des cités, des cultures ; et le fer rougi qui pénétrait les chairs des hérétiques n'avait rien d'imaginaire...

Je vais donc admettre que ce que j'appelle la version rationnelle des faits, celle que nous avons « mise au point », n'est pas le réel, puisqu'en soi il est inaccessible, mais la représentation qui en est la plus proche. Je préserve ainsi l'intégrité de la démarche scientifique, la seule qui puisse nous faire réellement progresser. Pourtant, il subsiste un problème, le mobile d'Édith est issu d'une représentation logique mais irrationnelle, et c'est bien elle qui est à l'origine de son acte. Il faut donc reconnaître que, lorsque l'on a affaire à l'esprit humain, l'effet sur le réel peut être conditionné par l'irrationnel. Il ne fait pas de doute cependant que la science saura un jour détecter, dans la complexité chimique du cerveau, les causes de ces dérives *de la rationalité. Il faut aussi rappeler que la vérité que nous recherchons, donc la réalité, n'est pas celle des lois immuables de la nature, mais celle qui se donne pour objectif de reconstituer, a posteriori, des actions humaines. C'est un peu comme une Histoire qui mettrait l'accent sur les motivations individuelles de ses acteurs. Une science des motivations, c'est bien ça. Ainsi, ce qui a fondé la détermination d'Édith, ce n'est pas la vengeance, même si cette dernière en constitue l'enveloppe. C'est sa représentation du monde, la vérité de son mobile se trouve dans une illusion. C'est pour moi une leçon et j'ai fini mon travail... pour le tribunal. En ce qui me concerne, je vais essayer d'aller plus avant dans le défrichement de cette science des représentations « motivantes ». Le monde d'Édith m'intrigue et me fascine. Il est impératif que je m'en fasse une image cohérente, que je mette au jour sa logique interne, mais, pour cela, il faut qu'elle accepte de m'en dire un peu plus. Demain, je vais tenter d'examiner avec elle son étrange théorie de l'orgasme. Je vais m'entretenir, avec une fille de treize ans, de son rapport à la jouissance génésique. Nous sommes vraiment entrés dans le vingtième siècle.*

11 février 1900
Treizième et quatorzième entretiens.

10h00

Mlle Marthe m'a demandé de rester à la villa pour le week-end, afin, pour ce dernier dimanche, de pouvoir être là plus tôt. C'était aussi, pour marquer le coup et fêter la fin de notre collaboration. Hier soir, après le souper, nous sommes allés au salon, où nous avons discuté de toutes sortes de sujets. Cette jeune femme est pleine de ressources, elle est cultivée et ne manque pas de finesse. Elle m'a, par exemple, fourni un certain nombre de très bonnes idées concernant le futur musée, sur l'ordre et le thème des salles entre autres, ainsi que sur son organisation et sa gestion. Ce matin, au petit déjeuner, nous avons parlé d'Édith. Elle considère aussi, que la stratégie choisie pour sa défense est la meilleure solution, et surtout qu'il n'y avait pas d'autre possibilité. Je l'ai aussi informée de mon intention d'obtenir d'Édith plus de précisions sur sa théorie de la jouissance. J'étais tellement obnubilé par mon sujet, que je n'ai pris conscience de sa nature scabreuse et indécente qu'au moment où je l'énonçai. Confus, je m'excusai, mais Marthe se mit à rire: « Cher Docteur, vous oubliez que c'est moi qui, tout au long de cette étrange semaine, ai noté vos dialogues avec Édith, et je crois en avoir entendu de bien pires! Y aurait-il une différence entre les oreilles de la secrétaire et celles de la jeune femme? ». *Je lui répondis qu'il y avait le secret professionnel qui, comme la confession, posait des barrières entre le monde sacré et le monde profane. C'était, il est vrai, une médiocre pirouette, et elle me taquina en me faisant remarquer qu'il était étrange, qu'un homme de progrès tel que moi utilisât encore une telle bipartition. Mon trouble était devenu visible et, pour ne pas me laisser m'empêtrer un peu plus, elle continua, en faisant subtilement mine de réciter une leçon:* « La science véritable doit faire table rase ; la religion, la superstition et la morale ne doivent pas interférer dans sa recherche de la vérité.» *C'étaient à peu près les paroles que j'avais prononcées, il y a quelques mois, en conclusion d'une conférence à la Société des Sciences. Jouant les modestes, j'observai qu'avec le recul, cette formulation me paraissait un peu trop académique et assez convenue. Alors, elle la reformula en la recentrant sur l'objet de notre propos, la morale. Une spéculation, digne de ce nom, se devait d'examiner toutes les matières sur le même plan. Aucune préoccupation d'ordre moral n'y avait sa place en tant que principe régulateur, mais seulement comme objet d'étude au même niveau que les autres. Le fait aussi qu'elle soit une femme, ne devait avoir aucune incidence sur la nature des sujets abordés. Elle me sourit ensuite avec un air si complice, que j'en bredouillai, et passai, sans grand courage, à un autre sujet. J'abordai la promenade de l'après-midi. Elle pensait qu'il ne fallait pas rester sur le demi-échec du dimanche précédent.*

« Édith est intelligente, elle apprécie cette promenade, elle se sera certainement trouvé de bonnes raisons pour ne plus gâcher son plaisir. »
Je lui répondis que j'espérais qu'il en sera ainsi. Nous nous préparâmes ensuite pour l'entretien avec Édith.

Édith entra dans la pièce avec un sourire narquois et des yeux de chat. On aurait dit, qu'elle avait reniflé le trouble suscité en moi par la conversation avec Mlle Marthe.

É. — Bonjour toubib!... salut Marthe!

Dr R. — La nuit a-t-elle été bonne?

É. — Parfaite.

Dr R. — Et bien, tu m'en vois ravi... Avant que nous commencions, c'est toujours d'accord pour la promenade de cet après-midi?

É. — Oui.

Dr R. — Tu penses que cette fois, tu pourras y faire face?

É. — J'en sais rien, le seul truc qui m'intéresse, c'est de pouvoir la refaire. Quand quelque chose fait envie, il faut le prendre, les conséquences c'est pour après.

Dr R. — Si tu es consciente que ce moment apparent de liberté, n'est pas conçu pour te faire souffrir, mais pour te donner une raison d'espérer, tout ira bien. Tu vis une épreuve, mais tu es jeune. Quand l'internement te paraîtra trop pénible à supporter, j'espère que le souvenir de ces promenades te soutiendra. Je suis certain que le temps ne sera pas si long avant que tu ne retrouves le loisir d'aller où bon te semble .

É. — Si tu le dis...

Dr R. — Je te le dis.

É. — Bon, je veux bien te croire pour ce que tu viens de me dire, mais pour l'instant, vu que je sais pas encore ce qu'ils veulent faire de moi, je préfère pas trop y penser. S'ils me font sauter la cabesse, j'aurai l'air maline à me balader dans ma nouvelle liberté sans elle. *(Elle rigole)*

Aujourd'hui, dans le parc, promenade de la fille sans tête... c'est vraiment poilant, regardez comme c'est rigolo! Elle rentre dans tous les arbres, elle se casse la figure dans toutes les rases, elle essaye de sentir les fleurs, mais, oh! elle a plus de nez, plus de bouche, plus rien de ce qui était au-dessus du cou... ooh! la pauvre...

Dr R. — Ils ne te couperont pas la tête, il...

É. — Peut-être que j'en prendrai pour perpète.

Dr R. — Ici, à Alger, je n'ai jamais vu d'enfant condamné à cette peine.

É. — Bien sûr, parce que y'a pas beaucoup d'enfants assassins, c'est rare comme truc.

Dr R. — Même les enfants assassins, je t'ai déjà parlé de l'excuse de minorité.

É. — Mmmh... *(moue dubitative)*

Dr R. — Enfin, peu importe. La seule chose que tu aies à faire, c'est de t'en tenir à ce que nous avons dit. Et maintenant, on n'en parle plus! Instruis moi plutôt sur ta « théorie orgasmique », si je puis l'appeler ainsi.

É. — Qu'est-ce que tu veux que je te dise?

Dr R. — Et bien, par exemple, tu évoquais ton désir de jouir comme Madame Cano, pourquoi?

É. — Parce que, elle, elle jouiss... elle jouissait vraiment bien.

Dr R. — Bien, bien, c'est-à-dire .

É. — Je pourrais essayer de l'imiter, mais ça serait pas ça.

Dr R. — Heu! non, non, ça ne servirait à rien. Ce que je veux que tu me dises, c'est pourquoi tu attribues à la jouissance de Madame Cano autant d'importance?

É. — Ben... c'est dur à expliquer.

Dr R. — Essaye.

É. — Ben... quand... quand une femme elle se fait niquer, elle fait des bruits, elle crie, elle...

Dr R. — Gémit

É. — Oui, c'est ça, elle gémit, elle fait des couinements, tu sais pourquoi?

Dr R. — Elle exprime ainsi son plaisir, enfin, son plaisir ou la simulation de son plaisir, et là c'est pour stimuler ou pour flatter la virilité de l'homme.

É. — Simulation?

Dr R. — Oui, elle peut faire semblant.

É. — Elle ne fait pas semblant.

Dr R. — Il n'y a pas encore d'étude scientifique là-dessus, du moins à ma connaissance. D'ailleurs, je vois difficilement dans quel cadre cette étude pourrait entrer.

É. — Je veux pas dire qu'elle fait pas semblant d'avoir du plaisir. Je veux dire que c'est pas une question de plaisir si les femmes crient. On dit ça, parce que, même les femmes croient qu'elles doivent avoir du plaisir et le montrer. La plupart ne savent pas vraiment pourquoi elles gémissent, alors, comme elles ne savent pas pourquoi, elles essayent de trouver une raison en faisant correspondre leurs cris au plaisir.

Dr R. — Pour toi, donc, le plaisir n'est pas la cause des gémissements.

É. — Non, si tu réfléchis bien, tu peux bien avoir du plaisir en silence. Moi, je me polluais, c'est Curé Maurice qui m'a appris ce mot, et je me polluais souvent, mais jamais je gémissais, j'avais pas besoin.

Dr R. — Alors, peut-être que la femme fait ça pour montrer à l'homme que c'est un bon amant, où, comme je disais, pour stimuler son ardeur.

É. — Peut-être, mais l'homme c'est qu'un gros bocal qu'il faut vider, et c'est que ça. Les femmes sont perdues, parce qu'elles ont oublié pourquoi elles criaient, sauf certaines, comme Madame Cano. Elle, elle savait pourquoi.

Dr R. — Alors? Pourquoi?

É. — Tu vas pas te moquer?

Dr R. — M'as-tu vu, une seule fois, me moquer de toi?

É. — Alors écoute... Les cris servent à donner une forme à l'enfant que la femme va faire.

Dr R. — Ça alors! mais il n'y a pas forcément d'enfant à chaque rapport!

É. — Tu veux dire, à chaque niquage?

Dr R. — Oui.

É. — Ça fait rien, un chasseur fait pas mouche à chaque coup, et même, des fois, il trouve aucune bestiole à tirer. La nature est pas radine, elle sait qu'il faut beaucoup paumer, pour beaucoup ramasser.

Dr R. — Et puis, une femme peut être fécondée à son insu, endormie, violée...

É. — J'ai pas dit que les sons — j'aime pas dire gémissements —, j'ai pas dit que les sons créaient, j'ai dit que les sons formaient.

Dr R. — Donc, si la femme est inconsciente ou si elle n'émet aucun gémiss... aucun son lorsqu'elle est fécondée, il se forme un enfant par défaut.

É. — Non, plutôt, au hasard.

Dr R. — C'est-à-dire que les combinaisons entre le sang de l'homme et celui de la femme se font de façon aléatoire.

É. — Au hasard.

Dr R. — C'est un peu comme les anciens Égyptiens qui donnaient une forme spécifique aux crânes des bébés en les ceignant étroitement avec des bandelettes.

É. — Oui, mais là, c'est dans le ventre, et avant qu'il y ait un bébé.

Dr R. — Explique-moi cela.

É. — C'est facile à comprendre, pour qu'une chose ait une forme, il faut qu'elle soit dans un truc. Mettons, on met du lait de brebis dans une calebasse avec de la pressure, et bien, après, on a un fromage qui a la forme d'une calebasse. Si on le met dans autre chose, il a la forme d'autre chose.

Dr R. — Alors le son intervient sur l'enfant en puissance. Si je résume, lorsqu'un couple à même de procréer s'unit, il existe toujours un être en puissance, quelle que soit la nature de leur union, maritale, forcée, par ruse, une forme en puissance est là, de toute façon, conditionnée par la configuration génésique du moment des deux membres du couple. La femme, par les sons qu'elle produit, peut intervenir sur cette forme à venir et la façonner dans le sens qu'elle désire. C'est ça?

É. — On voit que t'es docteur, mais, en gros, c'est ça.

Dr R. — Mais, en ce qui concerne Pierrot, tu m'as dit qu'il était incomplet. C'est Madame Cano qui lui aurait retiré quelque chose, au moment de sa... formation.

É. — Pas retiré, retenu. Elle a gardé pour elle certaines parties du Pierrot, sa parole par exemple.

Dr R. — Pour quelle raison?

É. — J'en sais rien, un problème avec Monsieur Cano ou un problème avec elle-même, ou les deux, ou peut-être qu'elle voulait son niño que pour elle, que personne en profite.

Dr R. — Mais, elle te le laissait bien, tu t'en occupais souvent.

É. — La contradiction.

Dr R. — Le principe de non-contradiction.

É. — Oui, ton faux principe. Les gens peuvent aimer et pas aimer en même temps, enfin, tu sais bien, je te l'avais dit. Et ben, Madame Cano était poss... possé...

Dr R. — Possessive?

É. — Oui, possessive et je-m'en-foutiste en même temps. Elle voulait pas lâcher le Pierrot et elle aurait bien aimé s'en débarrasser.

Dr R. — Elle n'assumait pas les conséquences de son attitude envers Pierrot, son handicap.

É. — C'est ça, elle lui enlève la parole au moment où elle le fait, et après, ça la fait chier qu'il parle pas, à cause des gens autour qui disent que c'est un débile.

Dr R. — Et, elle-même, subir le regard d'une certaine société, qui considère que mettre au monde un imbécile est une punition divine, et que la mère, surtout, en porte la responsabilité. Enfin, le cortège habituel des crétineries de la superstition religieuse.

É. — Ouais, mais elle pouvait pas s'empêcher d'en garder des morceaux dans son ventre, c'est comme ça.

Dr R. — Et tu penses qu'elle était entièrement consciente de son pouvoir?

É. — Oui, mais de la façon dont je t'ai dit, elle était consciente et pas consciente... en même temps. Comme Pierrot, elle sait, mais elle ne possède pas les paroles pour le dire, enfin, pour le penser... moi je peux.

Dr R. — Alors, pourquoi l'admirais-tu?

É. — Elle était pure et très bonne dans son chant. *(Elle réfléchit un instant)* Je peux dire « chant »? « son » c'est pas mal, mais c'est dur à utiliser, et jouissance et gémissements m'énervent.

Dr R. — Tu as raison, c'est plus poétique.

É. — Elle était très douée pour ce type de chant, beaucoup plus que moi.

Dr R. — Mais elle était incapable d'en faire la théorie, alors que toi, tu l'as faite.

É. — Elle pouvait pas.

Dr R. — À ton avis, pourquoi?

É. — Elle était pas assez révoltée.

Dr R. — Je comprends.

É. — Elle est soumise. Elle peut pas imaginer que ça lui permettrait de dominer les hommes.

Dr R. — Et les hommes feront tout pour que les femmes n'aient jamais l'idée de revendiquer et de se servir de ce pouvoir.

É. — Oui, ils veulent pas qu'on sache qu'ils servent presque à rien.

Dr R. — Et bien, dis donc, il faudra que je te consacre une salle entière dans mon musée.

É. — Tu avais dit que tu te moquerais pas de moi!

Dr R. — Mais je ne me moque pas du tout. Tes facultés de représentation sont phénoménales, dans un sens, tu es une véritable artiste.

É. — Oui, mais les artistes font des inventions ; moi c'est réel, c'est le vrai.

Dr R. — Alors, tu es meilleure que le meilleur des artistes, puisque ton matériau, c'est le vivant en devenir.

É. — T'excite pas, à quoi ça sert que je sois une grande artiste, comme tu dis, si y'a que moi qui le sais.

Dr R. — Il y a moi, maintenant. Certaines personnes, aux capacités inhabituelles, comme toi, ne peuvent être entendues, puisqu'elles proposent des représentations du monde dont personne n'a encore les clés pour les interpréter. Il faut toujours un temps d'adaptation, plus ou moins long, à la société, avant qu'elle n'intègre ces nouvelles façons de voir.

É. — Alors, je suis une génie!

Dr R. — Dans un sens, oui, mais ne t'excite pas trop non plus... et puis génie, c'est du masculin.

É. — Et pourquoi ça devrait être que du masculin! Elle est bien bonne celle-là , tu vois, c'est ce genre de truc qui m'énerve! C'est qui, qui les a formés avec leurs chants, les génies, c'est les femmes, toujours les femmes.

Dr R. — Vu sous cet angle...

É. — Sous cet angle ou un autre c'est kif kif!

Dr R. — Donc tu es « une génie ».

É. — Exactement! Mais dis donc, si je suis une génie, je peux être ta femme, personne peut refuser de partager sa vie avec un génie.

Dr R. — Ce n'est pas si simple.

É. — Faut toujours que ça soit compliqué avec toi!

Dr R. — Non, pas du tout, mais tu oublies que, génie ou pas, tu pourrais être ma fille. En plus, d'après ce que j'ai pu apprendre, les génies sont souvent des gens qui ne sont pas faciles à vivre. Ceux qui les côtoient dégustent sacrément.

É. — Comme tous les hommes, t'es un trouillard. *(rires)*

Dr R. — Je n'ai aucune honte à l'admettre, car plutôt que de la trouille, moi je préfère appeler ça du bon sens, ou mieux, un esprit rationnel. Il permet d'orienter, au mieux, son existence vers le chemin le plus sûr et le moins douloureux.

É. — Alors moi, j'ai sacrément merdé.

Dr R. — Disons que tu as commis un faux départ, mais tu es si jeune. Tu as encore de nombreuses chances devant toi, à toi de les reconnaître. C'est à cela que nous travaillons depuis le début.

É. — Ouais, mais on dirait que la chance, elle est pas vraiment la même pour tout le monde. Regarde ta baraque, et regarde la mienne.

Dr R. — C'est un fait, mais nous vivons en république, et même si cela est loin d'être parfait, en théorie au moins, chacun a la possibilité d'accéder ce à quoi il aspire.

É. — Ouais... t'as peut-être raison. Mais moi je pense que c'est pas une question de république. Je sais qu'est-ce que c'est la chose qui peut aider ta chance...

celle que les riches aiment le plus.

Dr R. — L'argent?

É. — Oui mais c'est pas encore la principale.

Dr R. — Le pouvoir?

É. — Oui mais c'est pas encore la principale.

Dr R. — Alors quoi?

É. — Tu vois pas ce que je veux dire. (Elle me regarde dans les yeux tout en écartant les jambes.)

Dr R. — Édith!

É. — Et oui, si t'es pas trop conne et que t'as un joli cul, toutes les portes te sont ouvertes. Sinon tu fais bonne sœur.

Dr R. — On appelle cela de la prostitution.

É. — Tu veux dire, faire la pute .

Dr R. — Exactement.

É. — Alors, laisse-moi te dire un truc, tu crois que les grosses morues que tu fréquentes sont des saintes! C'est toutes des putes aussi! Elles font tout pour se marier les riches, et si elles sont girondes, elles s'en servent. Tu les vois, comme elles s'attifent, comme elles se tortillent en marchant. Même Mlle Marthe, elle est de plus en plus roucoulante avec toi, tu crois que je le vois pas! C'est toutes des putes, quand elles le peuvent, c'est le seulement comme ça qu'elles peuvent avoir une bonne place ! Et avec quoi ? Leur fouffe, leur chagatte, leur choune, voilà!

Dr R. — Bon, il est temps d'aller déjeuner...

É. — Ouais! Moi aussi je vais aller déjeuner, et n'oublie pas de venir me chercher pour la balade... *(rire)*

12 h 30

Une fois de plus elle m'a mis dans une position délicate. J'allais tempérer son propos en insistant plutôt sur les injustices faites aux femmes et lui donner ainsi, en partie raison, lorsque je m'avisais qu'elle avait inclus Marthe dans le cortège des « putes ». Même si ma secrétaire est maintenant habituée à ce rôle étrange, dans lequel elle doit se dédoubler afin de noter, comme si elle était une autre, des réflexions susceptibles de la concerner, j'ai coupé court. Il était inutile d'aller plus avant, afin d'éviter que la situation ne devienne encore plus scabreuse. Édith possède l'art d'éprouver les limites de ses interlocuteurs, en exposant, au plein jour, leurs pensées inexprimées. Le mot intime semble, pour elle, n'avoir aucun sens. Je ne voulais pas que Marthe soit troublée... pourtant Édith me l'a fait voir comme un être de chair, et maintenant je la vois comme telle... désirable. Et puis, je voulais éviter toute querelle, pour ne pas compromettre la promenade... mais elle est partie déjeuner en riant de la blague qu'elle venait de me faire. Je pense que ça ira.

19 h 00

Édith vient de partir. Elle est montée dans le fourgon cellulaire sans se retourner. Dans une petite heure, elle sera à nouveau au Lazaret. Je la reverrai peut-être au procès, mais ce n'est pas sûr.

La promenade ne s'est pas déroulée comme je l'espérais, on peut même dire qu'elle a plutôt mal tourné. Mais je ne sais pas encore si je le regrette et peut-être est-ce

préférable. Il s'était tissé des liens entre nous, certaine-
ment trop, non pas que cela ait été une erreur, bien au
contraire, ce fut pour moi, une expérience inattendue et,
pour tout dire, confondante. Avec Édith, j'ai découvert
plusieurs aspects de l'âme humaine qui m'avaient tota-
lement échappés jusque-là, et je commence déjà à réviser
bon nombre de mes convictions.

Non, je ne regrette pas que la promenade se soit dérou-
lée comme elle s'est déroulée. Il fallait une cassure ; Édith
me l'a offerte. Si certaines rencontres sont marquantes,
c'est qu'elles instaurent une relation faite de dépendances
contradictoires, qui ne peut se résoudre que dans une ré-
action aussi violente qu'éphémère.

Je vais essayer de transcrire fidèlement, sans rien omettre,
ce qui s'est passé cet après-midi. Cette relation, je la ferai
pour moi-même, elle n'intéresse personne d'autre, pour-
tant cela ne la rend pas plus facile.

Édith n'allait pas manquer de couronner son séjour,
d'une action d'éclat bien dans sa manière. Cependant,
j'ai été bien naïf de penser que ce ne serait pas le cas, elle
était dans son rôle et c'est moi qui ne connaissais pas le
mien.

Marthe n'a rien pu noter, et pour cause, nous n'avons fait
que courir. Je vais donc retracer les événements de cette
journée, en ne faisant appel qu'à ma mémoire, ce qui
ne posera pas de problème particulier, étant donné leur
proximité dans le temps. De plus, ils appartiennent à la
catégorie de ceux que l'on qualifie généralement, d'inou-
bliables.

Promenade du dimanche après-midi

Le temps n'était pas entièrement au beau fixe. Quelques nuages occultaient parfois le soleil, mais fugitivement, et jamais suffisamment longtemps pour nous donner la sensation de mauvais temps. Pourtant, à chaque assombrissement du jour, il montait une fraîcheur mordante qui venait nous rappeler que l'hiver était encore bien là.

J'étais de bonne humeur, satisfait de moi, vainqueur. Pas un triomphalisme belliqueux, assurément, c'était une victoire bien modeste, mais quand même. Il y avait eu un vrai contact avec Édith, une relation s'était établie, nous avions communiqué. Excepté Pierrot, j'ai dû être le seul à entrevoir ce qui se cachait en elle.

Cet état ne dura pas très longtemps...

À 15 h 30, tout le monde était prêt, Édith, Henri, Marthe et moi. Nous marchions tranquillement, je révisais mentalement ma flore tout en me félicitant d'avoir posé les bonnes questions à Hussein, le jardinier de la villa. Il possède une connaissance encyclopédique de la végétation locale qu'il est toujours heureux de faire partager. Heureusement, car il n'existe pas d'ouvrage spécialisé dans la flore d'une portion de territoire aussi ténue, et même s'il existait, en aucun cas une gravure ou une description ne pourrait égaler la contemplation, sur le vif, de plantes, telles qu'Hussein a pu m'en faire admirer par dizaines.

Je n'ai pas eu à me servir de mes connaissances botaniques toutes fraîches. Après dix minutes de marche, Édith nous faussa compagnie.

Nous venions juste de prendre le chemin du Fortin Du-

perré, Édith sautillait en riant, lorsque avec une rapidité sidérante, elle se jeta dans les fourrés qui se trouvaient à main droite. La pente y était assez raide et la végétation extrêmement touffue. Henri, surpris comme nous tous, se lança néanmoins à sa poursuite avec une remarquable vivacité. Quant à Marthe et moi, nous nous contentâmes de nous regarder avec une expression déconcertée teintée de stupidité. Quelques minutes plus tard, Henri revint, suant et hurlant que le colonel allait le massacrer, qu'il n'aurait jamais dû accepter ce boulot, qu'il était maudit et que cette petite putain ne perdait rien pour attendre. J'essayai de le calmer et j'organisai les recherches. J'étais persuadé qu'elle n'avait pu aller bien loin et que sa fuite relevait plus de l'envie de s'abandonner au délice d'une dernière provocation, plutôt que d'une réelle volonté de s'évader. En outre, je voulais éviter d'alerter trop prématurément les renforts, ce qui, immanquablement, nous aurait obligés à dévoiler notre incurie aux autorités. En ce qui me concerne, cela n'aurait pas été trop grave, mais pour Henri, et surtout pour Édith, cela aurait pu leur coûter très cher.

Heureusement, le calme olympien affiché par Mlle Marthe – elle semblait même trouver la chose divertissante – tempéra l'excitation générale, ce qui contribua à réintroduire un peu de sérénité dans le groupe. Étrangement, elle suggéra que nous commencions nos recherches, par des lieux où se trouvaient des arbres, sur lesquels il était facile de grimper. Je lui fis remarquer que ce genre d'arbres ne manquait pas et que cela ne pouvait pas vraiment nous être d'un grand secours. Pour la première fois, je la vis *faire une moue d'irritation. Elle me répondit sur un ton ironique:* « On voit que Monsieur le Docteur n'est pas un adepte de l'escalade arboricole, lorsque je fais référence à des arbres faciles, je sais de quoi je parle. Je peux vous affirmer que ce n'est pas la même chose de grimper sur un épicéa que d'escalader un chêne. Mais ce n'est pas de ces arbres, dont je veux parler, non, celui auquel je pense, c'est le figuier. Il y en a peu, ici, il est très facile à escalader et Édith y est particulièrement attachée. C'est tout ce que je peux vous dire, vous en faites ce que vous voulez.» *Elle ponctua sa phrase d'un sourire moqueur. Je lui demandai de m'excuser, lui disant que je ne pouvais savoir qu'elle était une spécialiste de ce genre d'activités, plutôt réservée, il fallait en convenir, aux garnements dénicheurs. J'ajoutai que le moment était un peu délicat et que, si elle semblait pouvoir rester sereine, Henri et moi étions quelque peu tendus. Ensuite, je convins que, de toute façon, il fallait bien commencer nos recherches quelque part. J'envoyai donc chacun de nous dans des directions menant à des endroits, assez proches et tous en contrebas du chemin, où je savais qu'ils trouveraient des figuiers. J'indiquai à Marthe, la direction de la zone « figuière » la plus proche, puis j'en indiquai une autre, un peu plus éloignée, à Henri. Me considérant comme responsable de cette déconfiture, je me réservai la zone la plus « lointaine », ce qui est un bien grand mot, dans la mesure où elle se trouvait à peine à quatre cents mètres de l'endroit où nous nous trouvions. Nous nous séparâmes et je commençai la descente dans le vallon. La saison n'étant pas à l'exubérance végétale, je progressai donc assez aisément au travers des buissons. Je pensai aux deux semaines passées avec Édith, et je redoutai qu'elles ne finissent de façon dramatique. Ma bonne humeur du départ avait complètement disparu pour laisser place à un profond tourment. Si j'étais obligé de prévenir les autorités, le sort d'Édith s'en trouverait terriblement compromis. Ils ne manqueraient pas de mettre cette évasion sur le compte de la mauvaise volonté, du tempérament vicieux d'Édith, et de la classer parmi les irrécupérables. Son acte aggraverait les charges, déjà bien lourdes, qui pèsent sur elles. Un peu plus égoïstement, je songeai à ma réputation. Les collègues ne manqueraient pas de faire de moi la risée d'Alger, pour m'être fait berner par une petite criminelle. J'en voulais à cette petite garce, de ne même pas comprendre son propre intérêt...*

« garce, garce » *Tout en fulminant, je longeai une petite paroi rocheuse, haute de quelques mètres, couronnée par une épaisse végétation qui retombait en cascade. C'est à ce moment que j'entendis la voix d'Édith:* « Eh! toubib! Tu me vois pas, je suis là, juste au-dessus de toi.

— Où es-tu sacredieu! »

Effectivement, elle y était ; blottie dans une anfractuosité du rocher, une minuscule corniche dissimulée par l'écran de verdure.

Je vis d'abord une main, puis l'autre, jaillissant d'entre les feuilles. Elle les agita un petit moment en chantant, « ainsi font, font, font, les petites marionnettes », *puis, écartant le feuillage comme un rideau de scène, son visage apparut,* « coucou! »

Ces événements sont encore frais dans ma mémoire, ce

qui me permet de transcrire notre dialogue de façon assez précise. C'est important pour moi ; je dois impérativement fixer ce moment avec la plus grande exactitude, sans fard, ni aucun artifice. C'est important. Pour être sûr que je n'ai pas rêvé. Que c'était bien moi, le docteur Rollet, qui était là, au pied de ce rocher. Que c'était bien moi, le docteur Rollet qui avait entendu ce qu'il avait entendu et qui avait dit ce qu'il avait dit. Non pas que les choses dites et faites aient été extraordinaires, mais seulement qu'il est des situations dans lesquelles certaines associations ou combinaisons improbables se produisent, un peu comme dans les songes, et que jamais on aurait imaginé un jour, y être mêlé.

Je hurlai que ce n'était pas drôle du tout, que je n'avais pas envie de rigoler, qu'elle était complètement inconsciente, qu'elle avait trahi ma confiance et que j'exigeais qu'elle descende immédiatement.

« Calme toi! Je descendrai que si t'arrêtes de gueuler. » *est tout ce qu'elle a répondu.*

Je lui demandai pourquoi elle avait fait cela.

« Pour qu'on se retrouve tous les deux... seuls.

— Pourquoi veux-tu que nous soyons seuls? De plus, quelqu'un d'autre que moi aurait pu te retrouver.

— Erreur, c'est pas toi qui m'as trouvée, c'est moi qui t'ai appelé. J'aurais appelé personne d'autre que toi. Si j'avais voulu, personne ne m'aurait retrouvée.

— Que veux-tu me dire? » *Elle referma le rideau de verdure sur son visage.*

« Tu m'as violée. »

Un boulet m'aurait arraché la tête, que cela n'eût pas été pire.

Soudain, me revint à la mémoire, l'épisode du premier jour, lorsque je l'anesthésiai après que ces horribles pensées m'eussent submergé.

« Comment ça?

— Comment ça! comment ça! Tu veux que je te fasse un dessin! Tu m'as endormie, t'as écarté mes jambes, et tu m'as fourré ton zob! c'est pas dur à expliquer!

— Mais c'est faux! tu mens, je n'ai jamais fait cela!

— Allez, t'inquiète pas, ça me gêne pas, je le dirai à personne. De toute façon, personne ne me croirait. En plus, l'idée de me faire niquer par toi est pas désagréable. Tu sais que je voulais être ta femme, comme ça, je le suis. Sa tête émerge de nouveau de la verdure, On est marié par le bas... ha! ha! »

J'étais effondré, je pris conscience que j'avais entièrement occulté cet épisode de notre relation. En me jetant au visage le mot « violer », tout m'est revenu, comme une nausée. Je l'avais tout simplement oublié. J'étais pourtant sûr de ce qui s'était passé, mon souvenir, bien qu'effacé temporairement, était remonté avec violence, et ses contours étaient parfaitement nets. J'avais agi de telle façon à ne pas commettre l'irréparable, c'était certain, j'en étais sûr. Pourtant, un doute épouvantable se fit jour, du jour le plus sombre qui soit. Et si j'avais enfoui dans une strate encore plus profonde de mon cerveau, le souvenir d'un acte aussi abominable? Non, c'est impossible, je m'en souviens parfaitement, c'est très clair. Pourquoi, en outre, y aurait-il une partie que je ne parviendrais pas à

me remémorer? Non, ce n'est pas possible. Je me rappelle
très bien, l'idée de la violer m'a bien, à mon grand dé-
sarroi, traversé l'esprit. Mais justement, cette pensée m'a
été si insupportable que je l'ai immédiatement identifiée
et rejetée.

« Tu te sens pas bien?

— Je peux même te dire que je me sens très mal, comment peux-tu avancer une telle énormité!

— C'est pas la peine que tu te défendes, tu m'a niquée,
un point c'est tout. Quand je me suis réveillée dans ma
chambre, j'avais la choune toute humide et bien poisseuse. Les femmes savent bien ça, elles le savent bien.

— Mais je ne peux pas te laisser proférer de telles ab-
jections, tu te rends compte de ce que cela implique!

— Ça implique rien du tout, je t'ai dit que ça restera
entre nous, c'est notre petit mariage secret, ha! ha!

— Mais non, mais non, ce n'est pas possible, ce n'est
pas possible.

— D'ailleurs, maintenant, je vais descendre, et si tu
veux, tu pourras me faire ce que t'as envie. Si tu veux,
tu pourras me niquer encore une fois.

— Mais, mais, il est hors de question que je te fasse quoi
que ce soit. Allez, descends, je t'en prie, finissons-en.

— T'es sûr que tu veux pas me niquer, profites-en,
c'est ta dernière chance. Un petit cul comme le mien,
c'est pas tous les jours que t'en trouveras un. Un petit
cul bien frais... une petite fille en chaleur, c'est rare...

— Mais arrête, Nom de dieu! tu es une véritable diablesse! »

Je me rendis compte du sens de çes paroles en même temps

que je les prononçais. Tel un Saint-Antoine pathétique, je luttais contre la tentation, contre le diable, moi le mécréant. Et, de fait, mes pensées se troublaient de nouveau. Et pourquoi pas, je suis justement un mécréant, je ne vais pas me laisser dominer par les derniers remugles de l'infâme, que malgré moi, on m'a inoculé dès la naissance. Les autres sont loin, tu as le temps, profites-en, elle a raison.

« Oh! oh! oh! On dirait que Monsieur le docteur a une grosse fouffe dans la tête, qu'il arrive pas à chasser!

— Écoute, descends...

— T'es vraiment sûr que tu veux pas me niquer?

— S'il te plaît, descends de là.

— Bon, je vais descendre, mais à une seule condition...

— Laquelle?

— Je veux t'entendre dire, pour l'autre jour, quand tu m'as endormie: oui, je t'ai niquée. Je veux que tu me le dises, allez!

— Et tu descendras?

— Oui.

— Et si je le dis, qu'est-ce qui me garantit que tu ne vas pas le répéter à quelqu'un?

— Rien, mais même si je le dis, personne ne me croira, tu le sais bien. »

J'étais acculé, mais d'un autre côté, je ne risquais, effectivement, pas grand-chose. Pour la société, la différence entre nous était telle, qu'il n'y avait aucune chance que la balance penche de son côté. Je décidai de mettre fin à cette mascarade.

« Et bien, oui, l'autre jour, après t'avoir endormie, j'en

ai profité pour abuser de toi. »

— Hein! C'est quoi que tu me racontes là, non, non, c'est pas comme ça que je veux l'entendre... « j'ai abusé de toi, j'ai abusé de toi... » garde ça pour Mlle Marthe. C'est « niquer » que je veux que tu dises, niquer, niquer, niquer!

— L'autre jour, après t'avoir endormie, j'en ai profité pour te...niquer.

— C'est pas mal, mais je m'en fous de comment ça s'est passé, soit plus simple.

— Tu me fatigues, bon, l'autre jour, je t'ai niquée.

— Plus simple encore.

— JE T'AI NIQUÉE! »

J'ai crié si fort, que j'ai eu peur que les autres ne m'aient entendu. J'avais atteint les confins du grotesque.

« Ha! ha! ha! tu vois, c'est pas compliqué. Moi, il faudra que je dise:

JE L'AI TUÉ! » Elle hurla ces derniers mots.

Je lui demandai une dernière fois de descendre de ce foutu rocher. Elle s'exécuta, mais arrivée à ma hauteur, alors que je m'apprêtais à l'aider, elle se retourna brusquement et s'agrippa à mon cou tel un petit singe. Elle encercla ma taille de ses jambes, les serra si fort que je crus étouffer et avant que j'ai pu réagir, colla ses lèvres sur les miennes et commença à onduler lascivement des hanches. J'essayai de la repousser, mais c'était une vraie ventouse. Je sentis sa chaleur, les battements de son cœur et tout son corps palpiter. J'eus une autre tentation, comme un raz de marée, mais je réussis, par je ne sais quel miracle, à la contenir et à me reprendre.

« Allez! Arrête de jouer maintenant, et rentrons.

— Tu es mon mari, je veux plus te quitter.

— Je suis peut-être ton mari, mais tu sais ma petite femme, que, malgré tout, tu vas devoir faire face à tes responsabilités. Même si je suis ton époux, en ce qui te concerne, ce n'est plus moi qui décide.

— D'accord, mais quand je reviendrai de prison, tu me laisseras installer notre chambre?

— Comme tu voudras.

— Pour la décorer, tu me laisseras choisir les tableaux dans ta collection?

— Tu pourras les choisir.

— Les meubles aussi?

— Les meubles aussi.

— Tu mens!

— Pourquoi te mentirais-je?

— Pour que je te laisse tranquille et que tu puisses me ramener au plus vite.

— Il y a un peu de ça, mais, d'un autre côté, l'idée que tu choisisses mes tableaux, ne m'est pas désagréable, je suis certain que tes options seraient originales.

— Bien sûr, qu'elles le seraient, tu te rends compte, grâce à moi, tu seras considéré comme un homme encore plus raffiné. Celui qui aura si bien dressé une petite sauvage qu'il en aura fait une véritable es...esthète, au goût si sûr, que toute la bonne société d'Alger se bousculera pour écouter de sa bouche la sainte parole de l'art. »

Elle essayait de parler un langage châtié. Je sentais qu'elle mobilisait toute sa mémoire pour aller chercher dans ses

lectures, le mot juste. Son visage, tendu par la concentra-
tion, lui donnait l'apparence d'une élève studieuse réci-
tant sa leçon. Cette attitude charmante augmentait son
pouvoir de séduction et, malgré la situation, je ne pus re-
tenir un sourire d'attendrissement proche de la niaiserie.
Je déposai un baiser sur ses lèvres. Elle en fut si surprise,
qu'elle desserra immédiatement son étreinte, ce qui me
permit de la déposer sur le sol. Il était temps, car un émoi
viril, puissamment charpenté, commençait à embrumer
mes sens. Je fus, pour l'endiguer, obligé de me concentrer
sur le premier sujet anaphrodisiaque qui me vint à l'es-
prit. J'ose à peine le dire, ce fut l'odeur âcre de la transpi-
ration de Mme Troussard, notre infirmière chef, qui me
sauva.

Édith, à partir de cet instant, parut être ailleurs. Les yeux
dans le vide, elle me tenait la main. Nous regagnâmes le
sentier.

Alors que nous nous rapprochions de Marthe et d'Henri,
elle retrouva la parole, mais le ton n'était plus au défi ou
à la provocation. Il était calme et posé. Elle me dit :
« Tu sais, maintenant, je me sens bien. »
Je lui demandai pourquoi.
« Parce que tu as pris un peu de ma culpabilité.
— Comment ?
— Parce que tu m'aimes. On s'aime tous les deux, peut-
être pas comme des vrais amants, mais on s'aime.
— C'est ce que tu penses ?
— Oui, ce que tu m'as fait, c'est comme si tu étais venu
avec moi, du côté du mal. Je me sens moins seule. »
Je ne sus que répondre. Était-il bien raisonnable, de

continuer à lui laisser croire que j'avais abusé d'elle? Je décidai de laisser les choses en l'état. Finalement, cela n'avait pas une grande importance.

Elle continua:

« Enfin, le côté du mal, c'est les autres qui croient à ça. Moi, je sais bien qui y'a pas un côté du bien et un côté du mal, c'est pas comme ça que ça marche... »

Marthe et Henri, nous accueillirent avec de grands cris de soulagement. Henri était encore un peu en colère, mais cette dernière fut tempérée par le flegme de Marthe. Il se calma très rapidement, dissimulant à peine sa joie que les événements finissent aussi bien. Bien sûr, il refusa de poursuivre la promenade. Je fus évidemment du même avis.

Édith ne prononça plus une parole jusqu'à ce que le fourgon cellulaire vienne la chercher, en fin d'après-midi.

Nous étions tous présents pour lui faire nos adieux. Elle était impassible. Nous nous embrassâmes et elle me remercia pour les quelques livres que j'avais fait ajouter à ses bagages. Je les ai tous fait marquer à son nom, pour éviter qu'elle ne se les fasse voler en prison. Elle a trouvé que cela faisait « très rupin ».

5 mai 1900 – passage devant la Cour d'Assises.

Édith a été condamnée à sept ans de maison de correction. Je veux croire que mon rapport, extrait des notes qui précèdent, a produit sur la décision des juges et des jurés l'effet que j'escomptais. La vengeance a bien été retenue comme mobile principal du crime. Un désir de vengeance incoercible, a dit le procureur. S'il savait...

18 septembre 1900

Avec Marthe, nous nous fréquentons déjà depuis plusieurs mois, et nous avons décidé de rendre notre relation officielle. J'ai donc demandé à M. Peretti, la main de sa fille. Il a accepté avec enthousiasme, sans faire allusion à notre différence d'âge. Il n'a émis aucune objection à ce que la cérémonie soit uniquement civile. Nous nous sommes mis d'accord sur la date ; le mariage aura lieu en juillet prochain.

FIN

8 septembre 2012

La
Petite
Fille
Assassin

Images

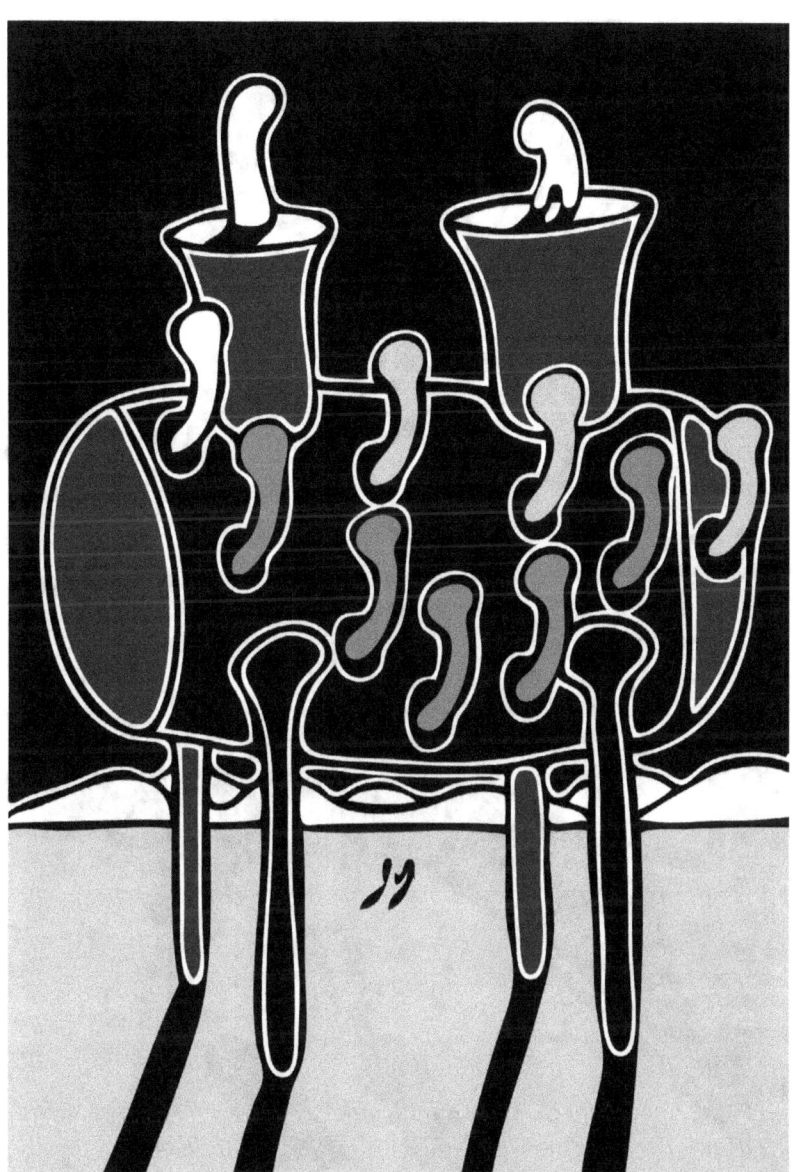

Elle est gentille, tu as de la chance d'avoir une mère comme ça... la mienne est morte, elle est dans la terre, là-bas, mangée par les bêtes, elle est peut-être au ciel mais son corps c'est les bêtes qui le bouffent, niquée, niquée, des vers bien gros... mais c'est pas grave, quand t'es mort tu sens rien et ton âme est au ciel avec Jésus ; je sais pas comment ça se peut, mais paraît-il que c'est vrai... tu vois, on va souvent sur la colline et bien la colline c'est un petit ciel, tout à l'heure on a vu Salim et Rabah, tout petits, en train de bêcher... dans le vrai ciel c'est pareil sauf qu'on peut voir tout le monde, c'est grand et joli, il fait pas trop chaud, il fait pas trop froid, t'es assis tranquille à regarder en bas... tu bouffes autant que tu veux et tu niques avec tout le monde... ça le curé Maurice il le dit pas, c'est les arabes qui le disent... mon père quand il était encore arabe il croyait ça... ma mère elle nous regarde... mais je m'en fous... toi aussi t'es dans le ciel, ton corps est ici mais le reste n'est pas encore descendu, t'es toujours un ange.

Qu'est-ce que tu foutais encore !

Il la fixe en clignant des yeux, signe de colère. Yeux noirs, peau sombre. Elle ne dit rien et se met à agiter des casseroles.

— Ne te fatigue surtout pas... de toute façon nous avons déjà mangé moi et ton frère... mauvaise fille, si ta mère te voyait elle aurait honte.

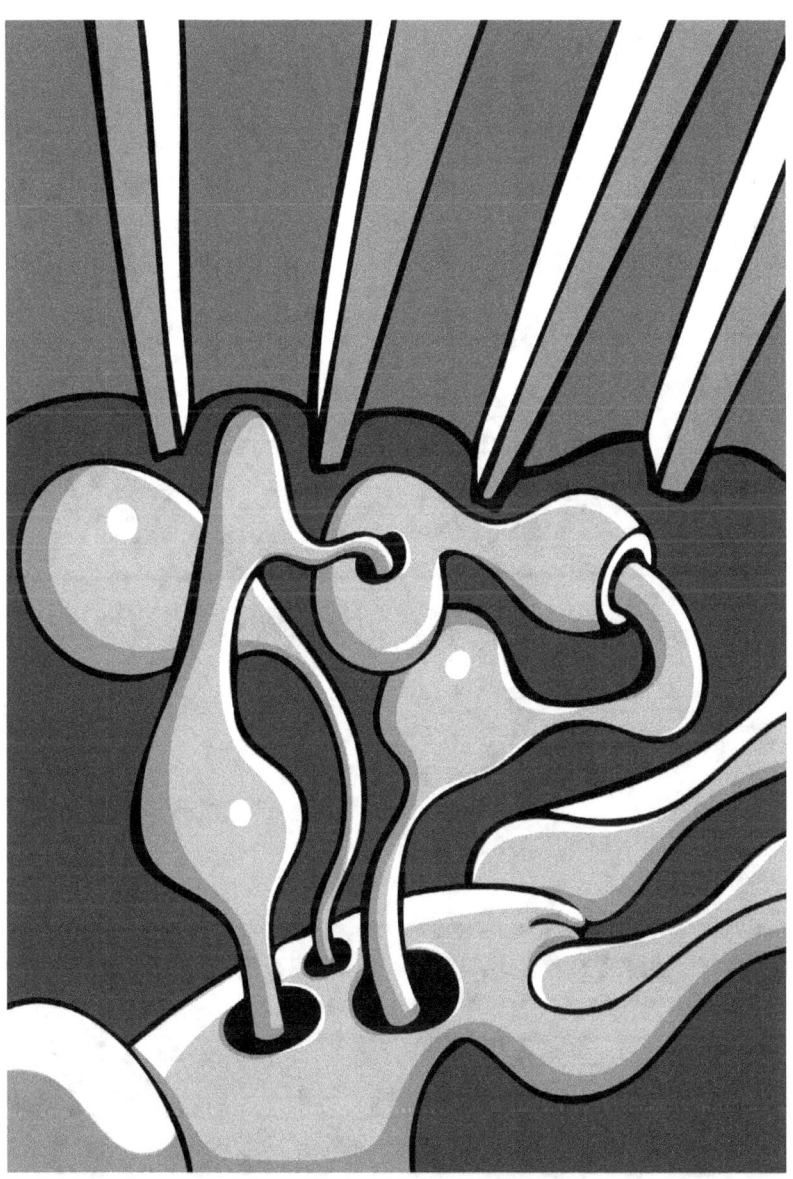

Au milieu de la nuit, elle reprend presque conscience. Elle est éveillée, mais tous ses esprits ne sont pas encore là. Certains sont dans la montagne, d'autres analysent géographiquement les différentes douleurs qui parcourent son corps. L'un d'eux embrasse Pierrot et un autre encore fixe le plafond après avoir fait glisser l'étoffe de la robe pour dégager la vue. C'est autour de ce dernier que tous les autres viennent s'agglomérer et c'est à ce moment-là qu'elle revient entièrement à elle. Le plafond est étrange, le toit plutôt, puisque c'est lui qui est là, direct et nu. Des poutres, de la tôle, un peu de rouille. C'est la première fois qu'elle le voit de cette façon. C'est la première fois qu'il la frappe aussi fort.

Elle se met à genoux, les yeux au ras du plateau. Le pain est une île au milieu d'une mer de bois. Elle est sur le pont d'un bateau en verre qui flotte doucement sur les veines sombres. L'île s'estompe doucement et elle s'endort, comme en prière, le front sur l'horizon. En fin d'après-midi elle se réveille sous la table. Elle regarde un moment le mécanisme du tiroir, la couleur du bois non verni, le tampon du fabriquant. Un autre plafond mais bien à elle. Si c'était le ciel, est-ce que Dieu serait dans le tiroir ? Sa mère aussi y serait, mais elle ne verrait rien, elle ne pourrait pas la voir. À moins qu'elle ne passe la tête dans l'espace entre le tiroir et le dessous du plateau. Le problème est que si quelqu'un l'ouvrait elle aurait la tête coupée. Elle repense à l'île. Non, ce n'est pas possible car le tiroir est sous la mer de bois et le fond de la mer n'est pas le ciel,... à moins que Dieu ne soit sous la mer. Grand poisson aux yeux globuleux...

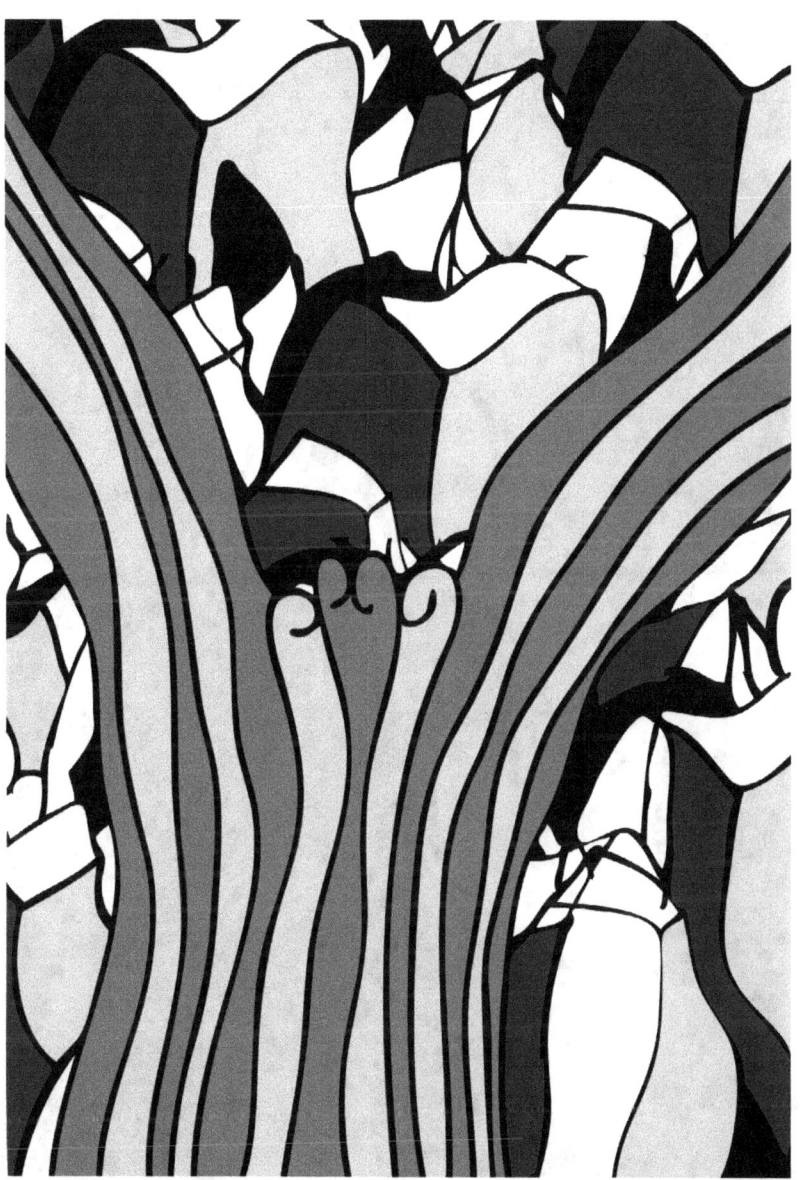

Rivière salope, étendue et coulante, qui sans honte reçoit le soleil, le plus possible tu écartes tes jambes de rivière. Elle l'énerve, comme tous ces arbres, ces rochers, ces animaux. Il faudrait les détruire et mettre à la place de grandes maisons, propres et blanches, pleines de tapis, de salons, de chambres. Remplies de tissus violets, de tableaux, de cabinets de toilette parfumés comme dans la maison de la patronne, mais mieux décorées.

Un masque en carton fin, un visage blanc cérusé et rose-poupée, une poupée adulte. Lèvres rouges, grands cils, pommette rouges, nattes en papier jaune, une mouche rousse et une ficelle en raphia. Elle le pose sur son visage, et l'attache. À la lueur de la lampe, elle contrôle son reflet dans le petit éclat. Une dame de qualité. Tout est bien.

Entre l'immense Patagon et le nain Samoyède il y a la juste mesure de l'homme moderne : 1m 65.

« Ce que la chambre à coucher d'une femme doit être, c'est gaie et claire. » — Oui, c'est vrai, le gourbi de son père et gris et sale, sans lumière, comme lui, comme son frère. On y peut vivre que de façon puante, les uns sur les autres. On y peut être que sale et tout y est salissant. Poussière du sol, tôles rouillées, boue quand il pleut, transpiration, pisse, odeur de pets et de viande moisie.

et sa mère, éducatrice des asticots, cadavre au foyer... dans sa maison morte, avec son mari mort et ses enfants morts.

les rayons X... avec eux il serait possible de lire dans les pensées des gens. Un journaliste imagine qu'un père, en photographiant la tête de son futur gendre avec un appareil à rayons X, a pu lire sur le cliché toutes ses mauvaises pensées.

La fête des fous et la mère-folle de Dijon ... image de La Mère-Folle (estampe ancienne) on dirait un homme, pas une femme, un jeune homme déguisé en femme avec un bonnet à clochettes et un bâton emmanché, en son bout, d'une petite tête. Les yeux lui piquent et elle n'a plus envie de lire. Elle essaye de deviner qui peut bien être cette Mère-Folle. Une mère qui tuent son petit et qui se promène avec sa tête au bout d'un bâton, personne ne lui dit rien parce qu'elle est folle et qu'un enfant de folle on peut bien s'en passer. Elle se promène dans la ville et ça amuse les gens... Le Chariot de la Mère-Folle (Estampe ancienne)...

elle, ça ferait longtemps que son père l'aurait réduite en bouillie...sa tête au bout d'un bâton... sa tête qui murmure quelque chose... elle murmure parce qu'elle est coupée... et
quand on a la tête coupée on ne peut pas parler très fort... on n'entend pas bien non plus...
les bruits sont atténués ... Les yeux se ferment et tout devient flou... ils brûlent aussi... à
cause des larmes. Lentement elle pose sa tête sur ses avant-bras et elle s'endort.

Entre la grotte et la rivière s'est planté un énorme figuier, un poulpe géant aux tentacules branchagés, improbable à cet endroit de la montagne, il défie les autres essences. Elle y prend son petit déjeuner à cheval sur le cylindre charnu d'une énorme charpentière, des figues en saison sinon du pain ou quelque nourriture amenée. Au centre du poulpe, elle croit le sentir bouger, imperceptiblement, ce n'est pas le vent, mais un mouvement qui lui est propre. Chaque tentacule se déplace, mais selon un rythme séculaire...

Torse nu, jeune et musclé, c'est un nouveau. Son plaisir à le regarder s'accroît de minute en minute. Elle se régale de voir jouer ses muscles sous la peau luisante de transpiration. Chaque coup de pioche déclenche une réaction en chaîne qui anime toute la surface de son corps. La lumière qui l'éclaire change en permanence, révélant à chacun de ses scintillements un détail de sa musculature.

Elle imagine une bête, qui tourne en gratouillant pour se faire un nid dans le haut de son ventre.

Ce n'est même pas une baraque d'ailleurs, c'est une petite pièce, sans fenêtre avec juste une porte sur la rue. Arrivée devant la chambre de Joseph, elle vérifie à droite et à gauche que personne ne la remarque puis elle ouvre la porte. Elle n'est pas verrouillée et elle ne peut pas l'être, il y a un gros trou à la place de la serrure.

Bien sûr, la souffrance est le lait dont se désaltère notre Bon Dieu, il ouvre toutes grandes les portes du paradis à celui qui a souffert et surtout à celui ou à celle qui a souffert pour les autres.

Édith est émerveillée par cette phrase, c'est un véritable choc. Des millions de corps souffrants dont le jus produit par leur écrasement s'écoule en abondance dans une grande bassine et Dieu qui boit goulument le liquide en y trempant sa grande barbe.

Mais il faut bien que des gens en fassent souffrir d'autres pour qu'ils aillent au paradis.

Le vieux bouc monte sur la petite chèvre du diable, il la retourne dans tous les sens, lui dilate tous les orifices, la remplit avec des hectolitres de liqueur millésimée, encavée depuis des années.

Et c'est bien Dieu qui fabrique la beauté, qui aime les choses belles et qui dit que les choses belles sont bonnes.

N'y tenant plus, curé Maurice, handicapé par une érection historique, sort en traînant la jambe.

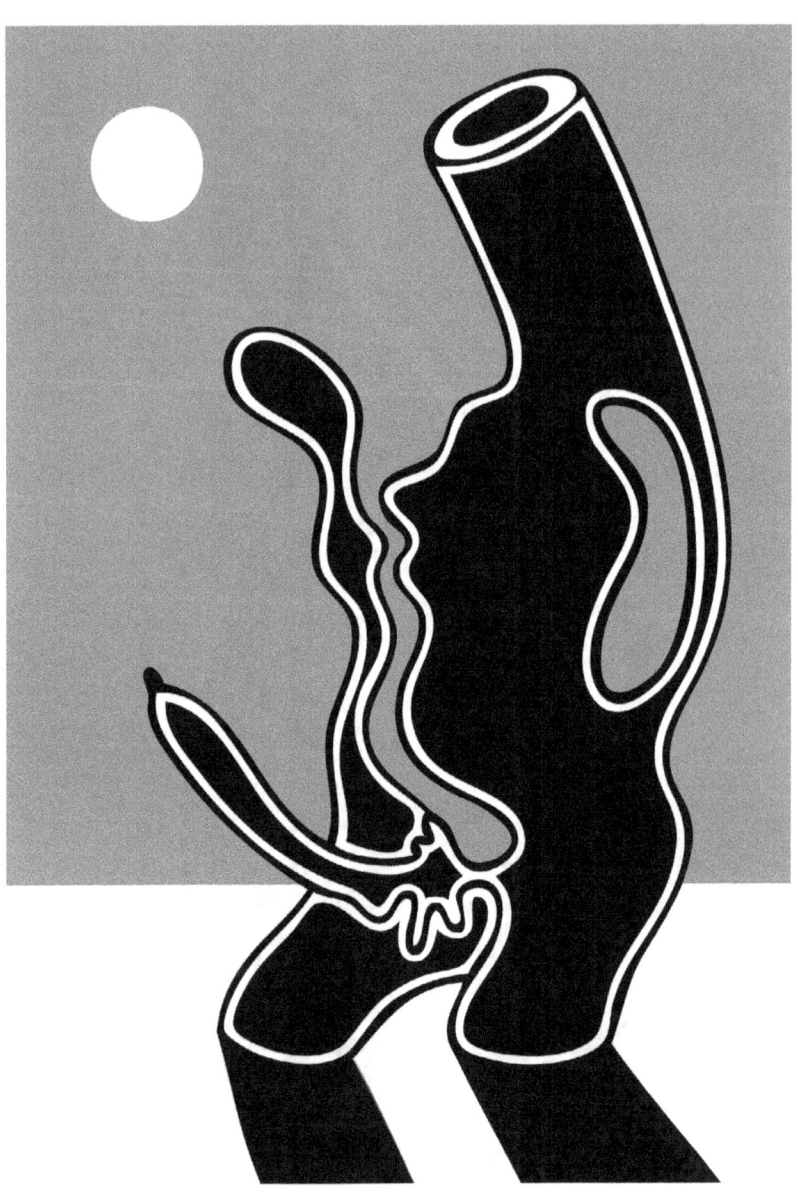

Elle trouve ensuite une courgette, la tient contre la lune, s'amuse de sa silhouette, en fait son membre viril et parade un moment le ventre en avant.

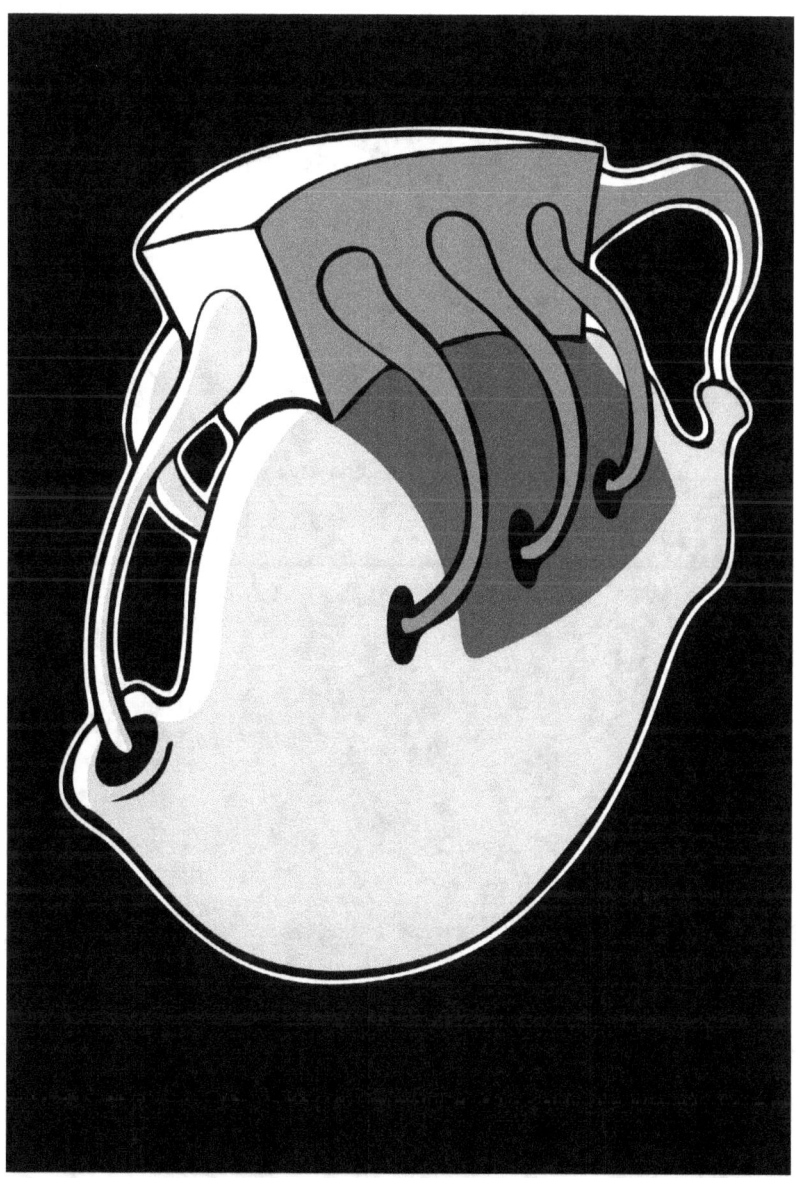

La respiration saccadée de Madame Cano, les grincements du lit, les grognements plus rares de monsieur Cano... la petite musique du sexe, plus que bruit, excroissance du silence.

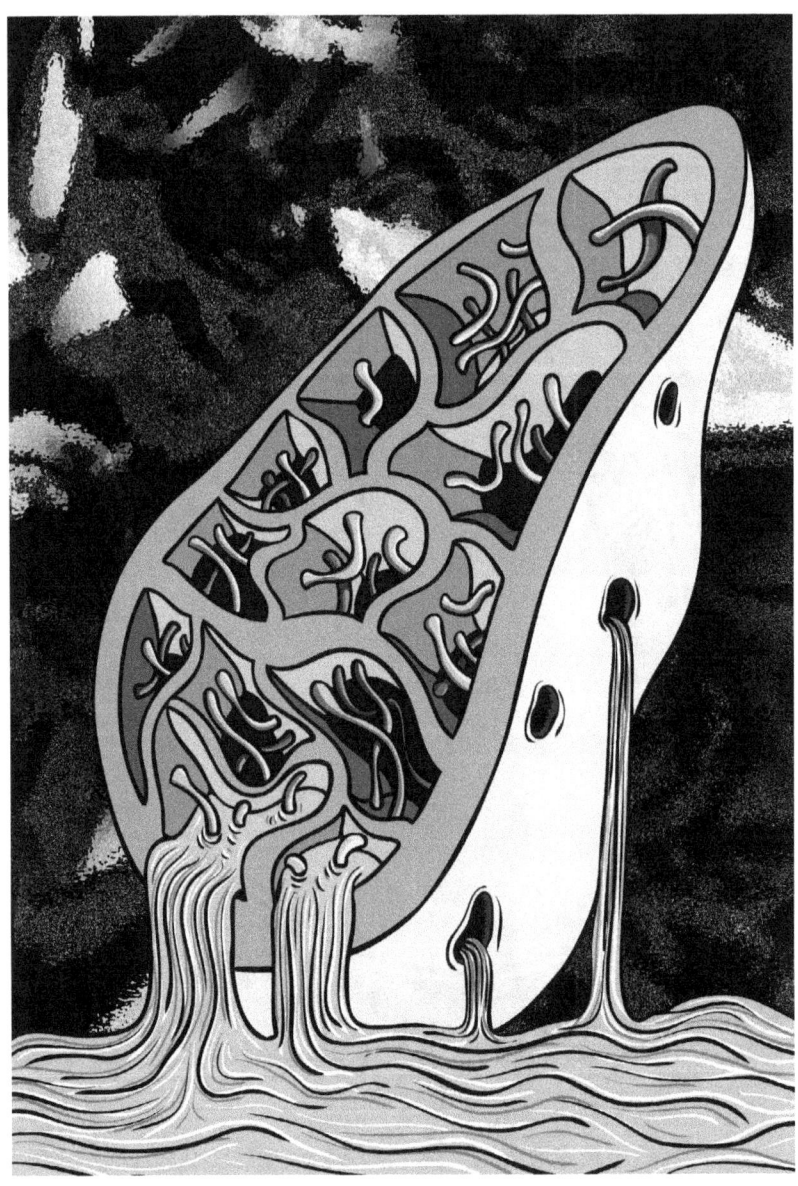

Une machine à organes combinés, composés, organes de chair, poches innervées qui se vident et se remplissent. Un système complexe, dédié à l'expression du plaisir et de la douleur. (vue en coupe)

Son bras est empoigné avec la puissance de l'arrachement.

Il la saisit par les flancs, la soulève, la cisaille de ses dents. Elle se réveille, se rendort, se retrouve au même endroit du cauchemar, se réveille encore. Un peu avant l'aube, le chant d'un merle la ramène au réel.

Tonio est venu l'attendre. Joseph apparaît, ils se congratulent, se donnent de grandes tapes dans le dos et glapissent comme deux chacals devant une charogne.

Agonisant, ils l'ont trouvé, écumant d'écume rosie par le sang. Des plaies, des entailles, partout sur la robe noire.

Garçonnets et fillettes, la bouche barbouillée de sang, rient ou pleurent, selon leur goût, après que leurs mères les ont forcés à en ingurgiter.

Une maison dans la montagne et beaucoup d'autres choses.

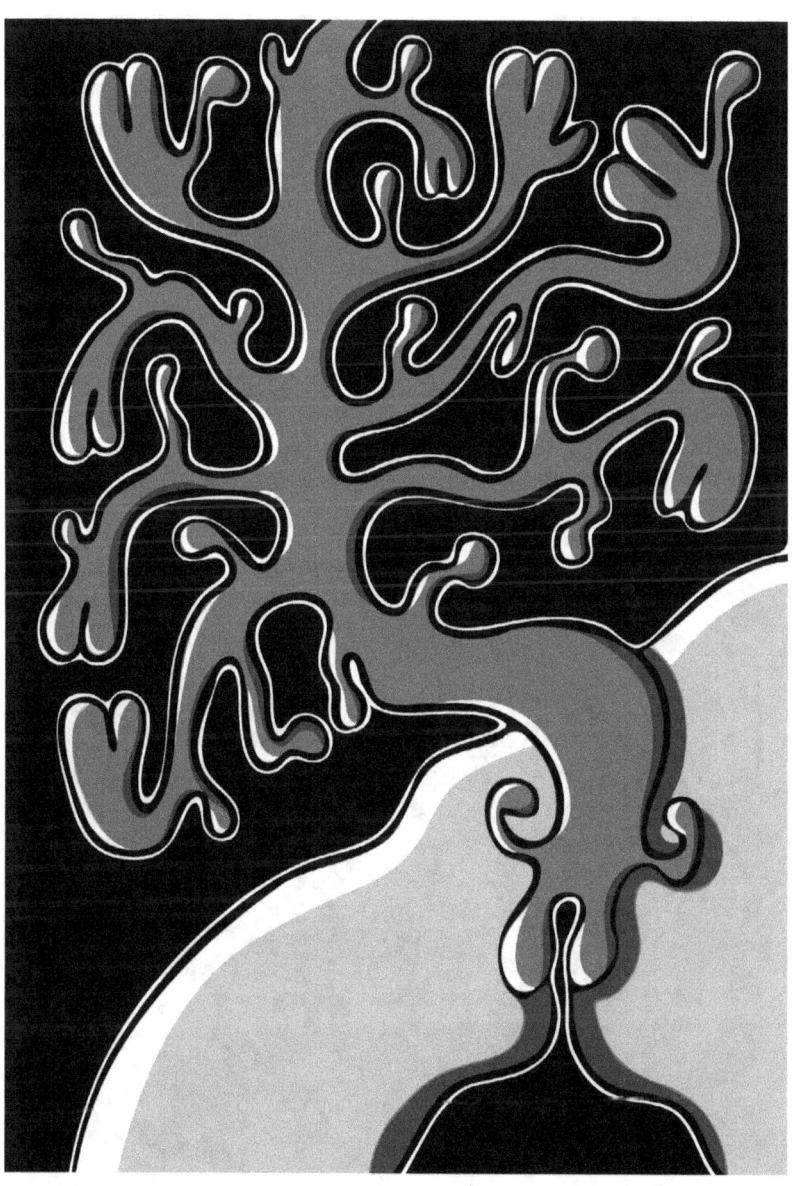

La douleur est telle, qu'elle la voit hors d'elle, un être à part entière avec de multiples ramifications.

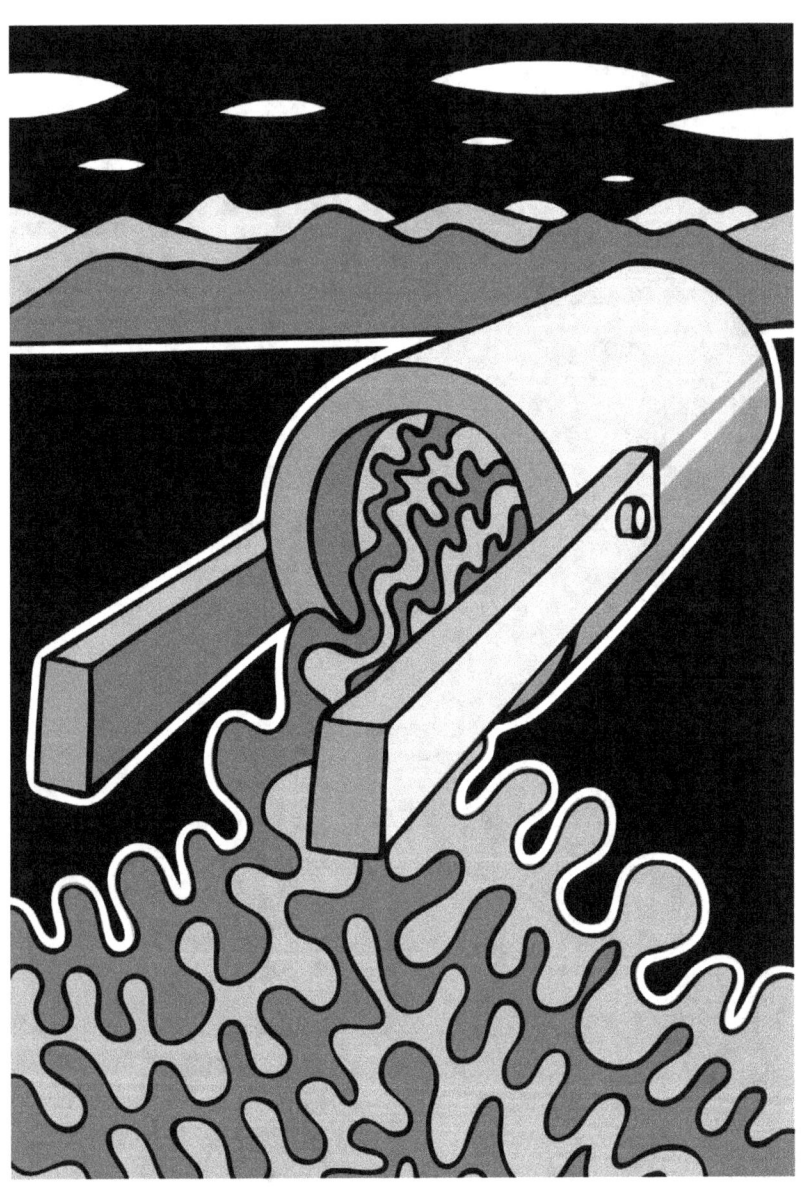

Il a fait un grand trou entre mes jambes, j'ai peur que mes boyaux se slèquent.

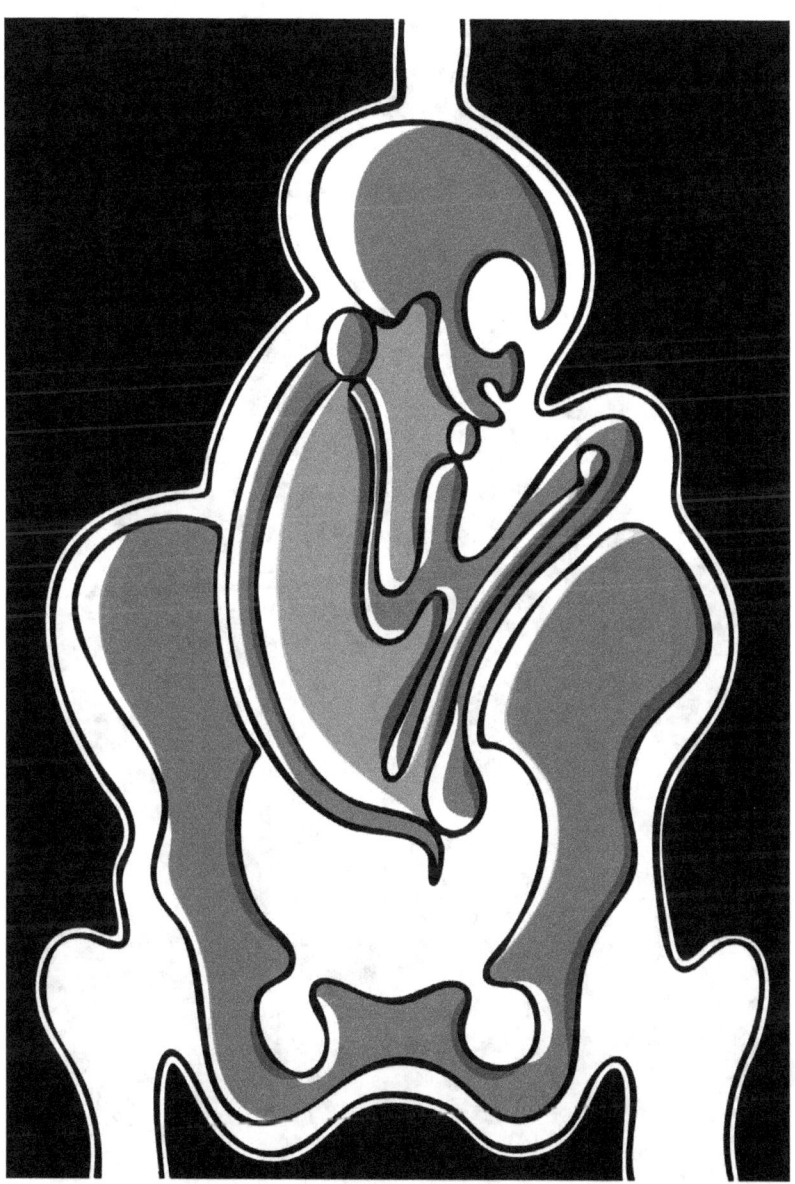

C'est normal, toutes les femmes c'est des pipelettes, surtout ici, à la Ferme. C'est pour purger leur mal de ventre qu'elles parlent tout le temps...
— Leur mal de ventre ?

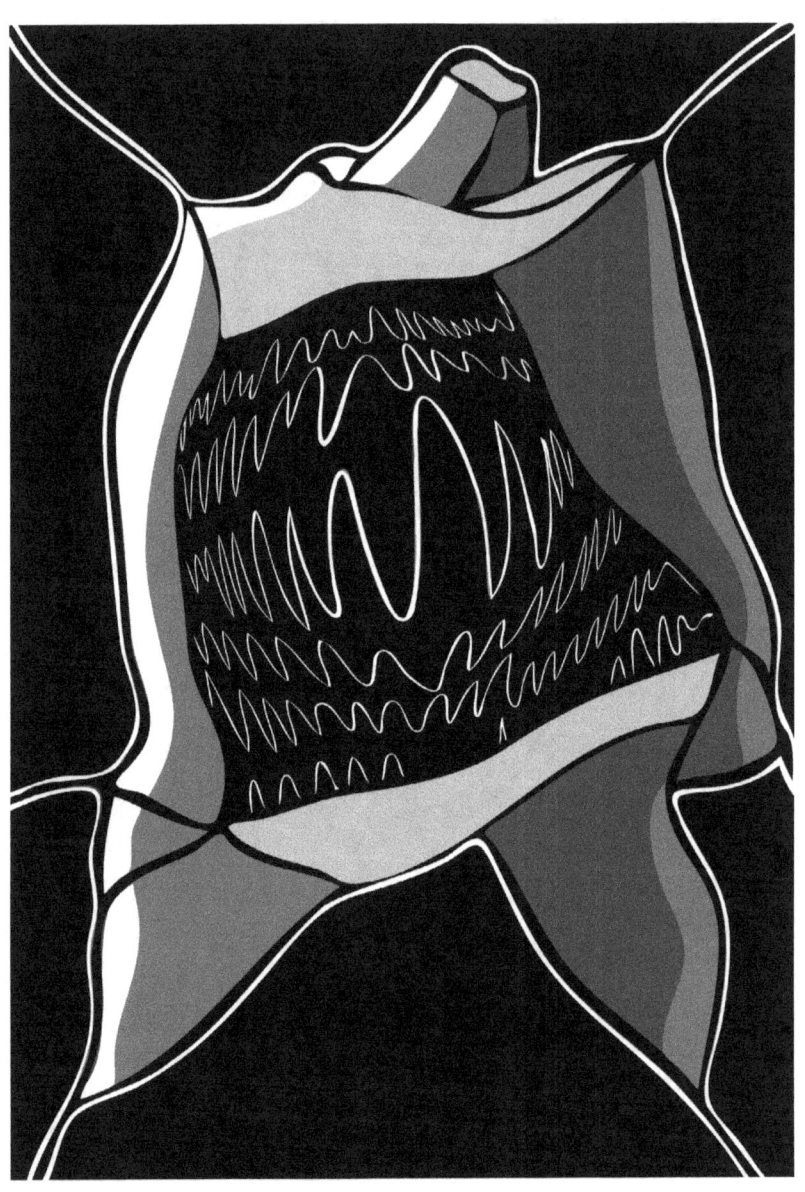

Maintenant, t'as un gros ventre plein de paroles.

il voit renaître l'étalon dans la masse des corps englués de la sœur et de son frère. Jean qui souffle et qui gémit la fin de l'histoire.

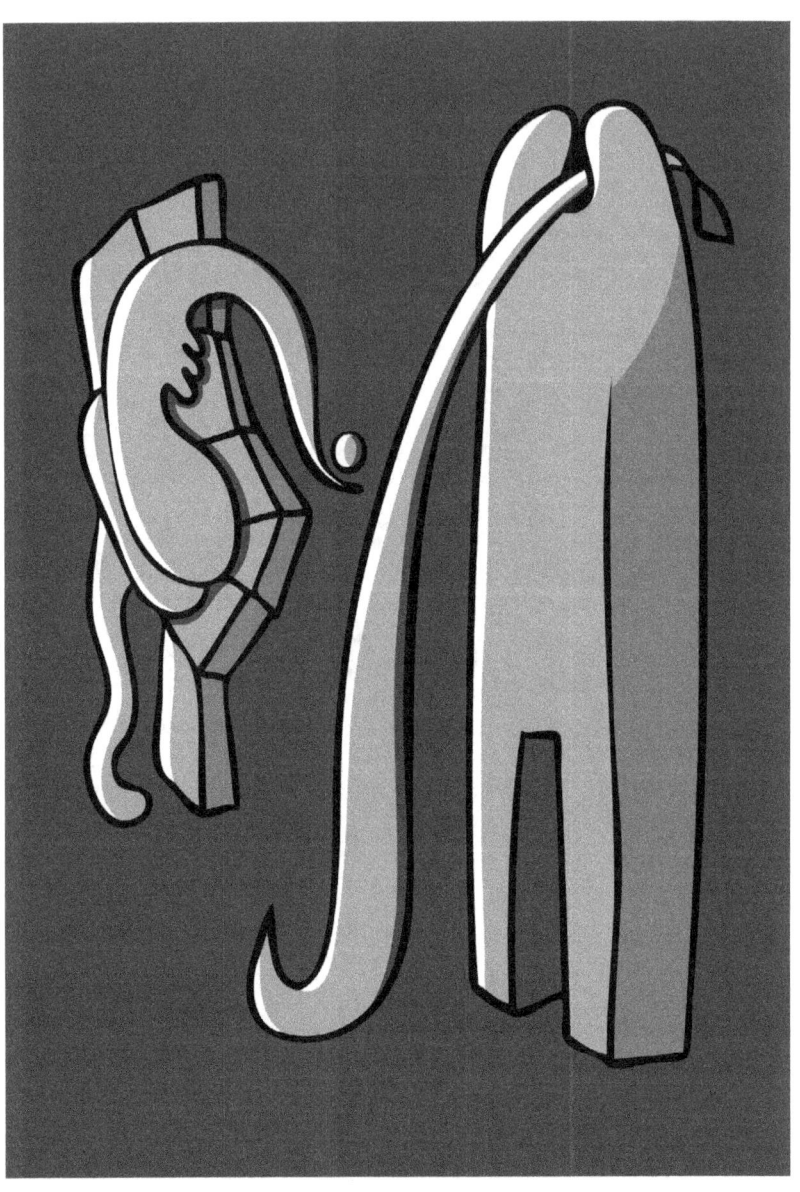

Elle l'essuie sur sa manche et le met dans sa propre bouche. Elle souffle. Le papier se déroule comme une langue de belle-mère. Le texte apparaît. Pierrot le suit du doigt et bouge les lèvres comme s'il lisait.

La vision à distance. Le Télectroscope. Il n'est bruit en ce moment, à Vienne, que de la dernière invention électrique de Jan Szezepanik. Le jeune Edison galicien, comme on l'appelle là-bas.[...]

MADONNE ATTRIBUÉE À PIERO DELLA FRANCESCA, avec écrit en dessous. — Musée du Louvre. —
Gravé par Jarraud.

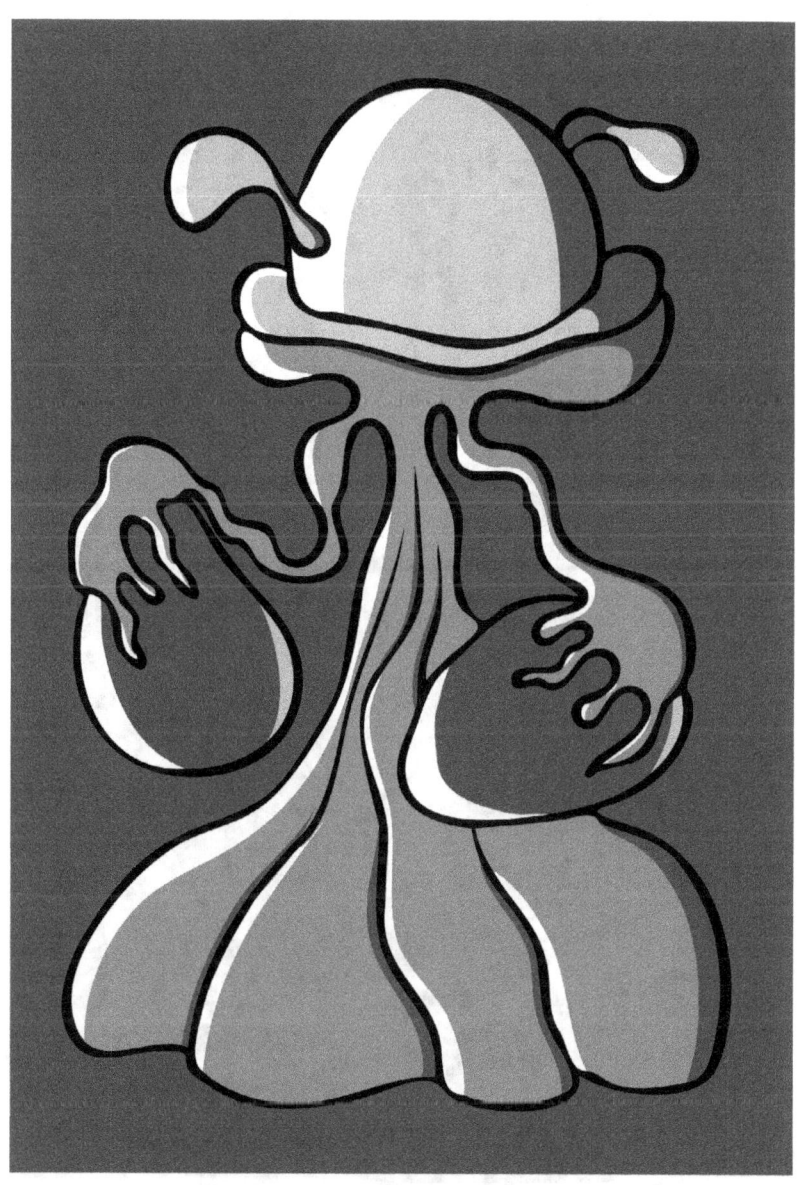

Le zboub veut lui parler. La bite aux klaouis sombres sollicite un entretien.

L'Abd el Kader ?
— Oui... peut-être... je crois que c'est celui là.
— 1579 tonneaux, moteur deux cylindres à pilon, 2000 chevaux.

Elle le voit venir. C'est l'avantage avec les têtes pleines de merde. On sait toujours à l'avance ce qu'elles vont produire. L'odeur. Rien qu'à l'odeur.

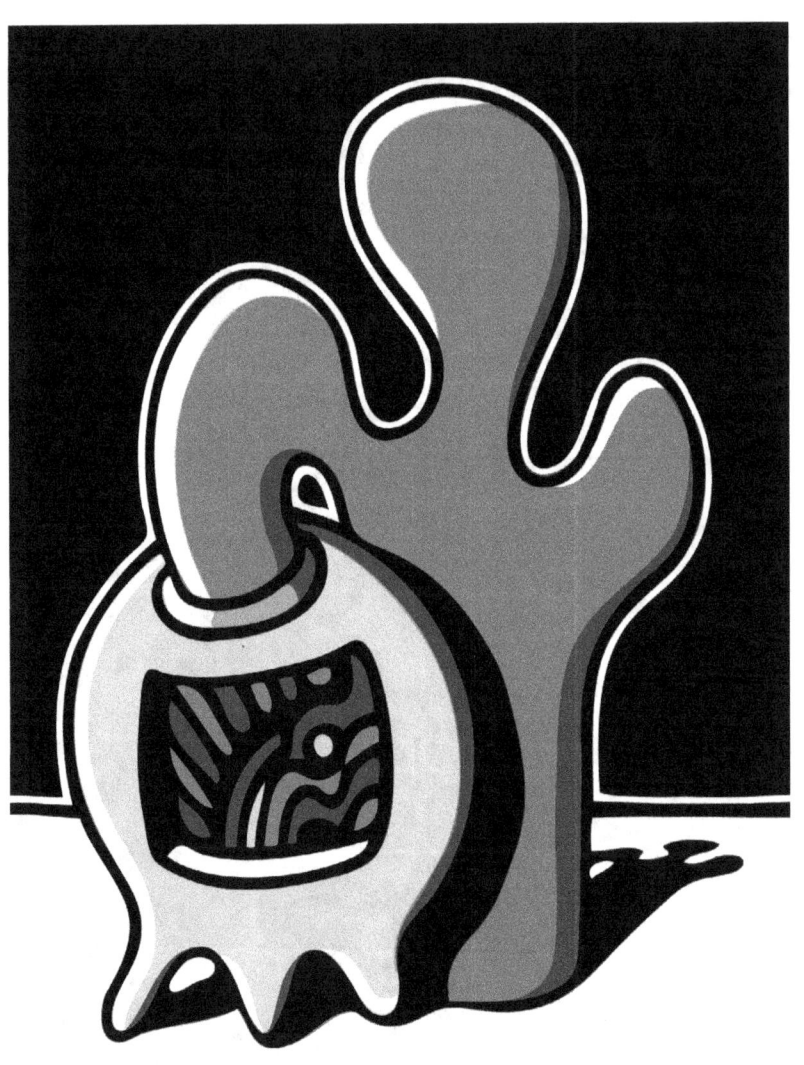

Elle rentre chez son père. Elle croise Mr Cano, il vient de chez les patrons. Elle lui fait un signe de la tête. Il la regarde bizarrement. Mr Cano a la confiance des patrons. Ils lui délèguent certaines responsabilités. Mr Cano a quelque chose en tête, un projet. Elle le devine dans ses yeux, dans sa façon de marcher. Dans sa façon de baiser aussi, elle se rappelle. Fouteur mécanique, opérateur consciencieux. Il maîtrise la conduite de sa femme-machine, de sa machine à couiner, de son unité de production. Il le croit. Il ne sait pas que sa machine lui résiste. Le joli trou qu'il remplit scrupuleusement en attendant qu'il lui renvoie des petits Cano. Le joli trou a une vie intérieure.

Tonio est allongé sur le plateau, entre les roues. Allongé n'est pas le mot. Il est sur le dos, les avant-bras levés, les mains comme s'il voulait gratter le ciel. Rigidité. Les jambes écartées d'une grenouille morte. Cadavérique. Tonio le cadavre raide vibre à chaque cahot. Le plus beau, c'est sa tête qui penche selon un angle étrange. Elle vibre elle aussi. Elle va se détacher. Elle grimace, dégoûtée. Édith pense à voix haute, il n'est pas mort dignement.

Au bout d'une ficelle, un lapin étranglé.

Contenir trois cavales farouches. Le petit aurige femelle y arrive. Quelques secondes.

De bonne heure, ils se lèvent. Elle mène Joseph au ruisseau, le frotte, le bouchonne. Soigneusement, elle lui brique le zboub. L'animal est aux anges.

Helhâl et kif sont deux amis
Si kif parti helhâl est là
Kif et helhâl sont deux copains
Helhâl au loin kif le rejoint

Sans effort son cul monte et descend au rythme de la marche. Il coulisse admirablement le long du zboub de l'italien. Un souvenir fugace de la petite enfance, dans les bras de son père, son odeur. Peut-être sa mère, qui lui caresse les cheveux.

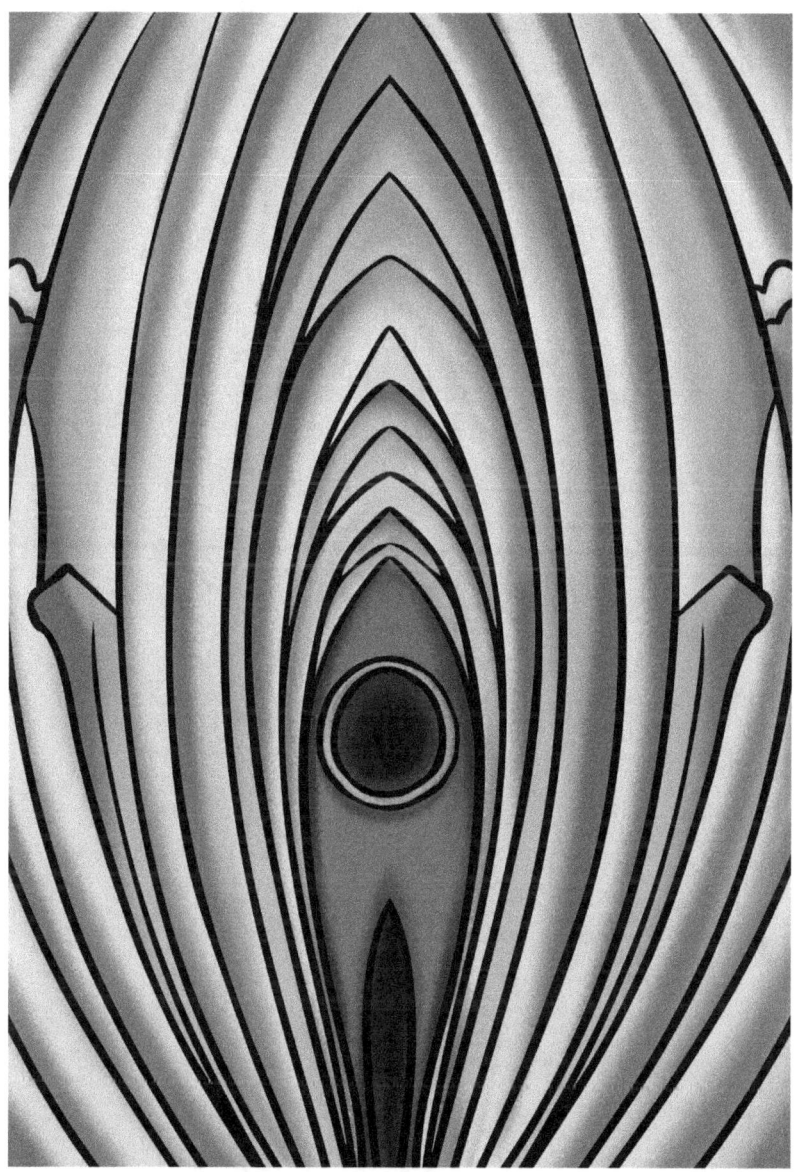

Une cathédrale d'excitation, elle s'assoit au milieu, dans la plus grande travée, et concentre tout son esprit. La voix, le bourdon, l'image, le plaisir, la résonance. De l'arrière de son crâne à la base de son ventre. Et l'axe gluant qui donne l'orient. Et le corps de Joseph comme caisse de résonance.

Le démembrer, lier ses membres en fagot pour pouvoir le porter et l'emmener par petits bouts dans un lieu plus propice à une sépulture correcte

Elle l'ouvre, des papiers au nom de Giuseppe Alessandro Zucchino, la photo d'une vieille femme assise devant une maison, elle tient un petit chien dans les bras, mais il a bougé et sa tête et floue.

Tout en continuant à fixer son regard, elle se met à genou et approche son visage de l'entrejambe de Cano.

Elle en prend son parti et s'amuse de voir comment son Hercule s'empêtre dans les filets de la poupée. Un jouet, chaud et vivant, au fond de ses grosses pattes.

Le Pierrot incomplet, le tuer, le rendre à la matière. Le tuer, deux mots, qu'elle n'arrivait même pas, ne serait-ce qu'à penser.

Édith la suit, mieux que son ombre, en syntonie. Les battements de son cœur, les pulsations de sa matrice, le chuintement de son sang.

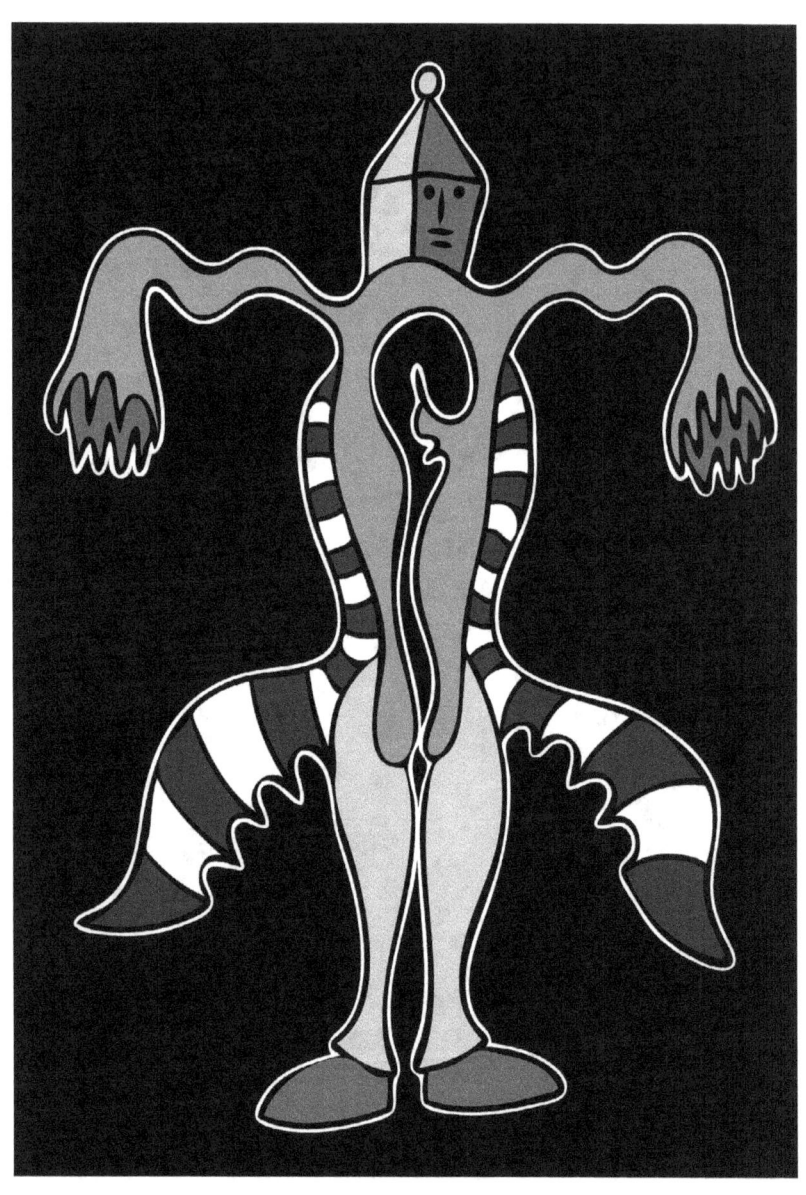

Non, parce que je ne suis pas mort, j'habite dans ta choune maintenant. C'est très grand, je chasse, je me baigne, il y a de belles forêts et je dors à l'ombre des chênes.

Il se sauve en courant. Elle hurle. Rouge, bavante. Veines bleues. Turgescente. Bleuissante.
À la fin du cri, elle gargouille et se jette dans la cour.

Son corps est traîné, tiraillé, disloqué sur le sable, un quartier de viande qu'une horde se dispute. Mme Cano, prostrée jusque-là, s'avance. Les furies, avides de coup de grâce, s'écartent, lui font une haie, la guide vers la dépouille. La mère s'approche en dodelinant de la tête, se penche sur la masse inerte et lui arrache sa culotte. Elle la brandit devant la foule et la déchire avec les dents.

Un oiseau de mer avec un poisson dans son ventre. Le poisson bouge et l'oiseau voudrait bien aller dormir pour le digérer. Elle se pose doucement sur une mer gélatineuse. Elle fait la planche. Elle flotte, comme sur un matelas. Elle est bien. À part ce poisson dans son ventre.

Les gendarmes ! Les gendarmes !
Une dizaine d'hommes à cheval. Ils mettent pied à terre. Un gros adjudant s'avance.

Il l'installe à cheval devant lui. Deux autres gendarmes passent une corde autour de leurs bustes. Attachée au ventre du militaire, elle fait face à la route. Une main sur le front, il lui maintient la tête droite. Ses yeux sont à demi fermés, sa bouche entrouverte. Elle est entiè-rement nue. Personne n'a voulu donner le moindre bout d'étoffe.

Histoire d'Une Petite Fille Assassin

Par le Dr Rouby,
directeur de la Maison de Santé d'Alger.

*Archives D'Anthropologie Criminelle de Criminologie
et de Psychologie Normale et Pathologique
Tome seizième -1901- n°93- p.270-281*

NOTES ET OBSERVATIONS MÉDICO-LÉGALES
HISTOIRE D'UNE PETITE FILLE ASSASSIN
Par le Dr Rouby, directeur de la Maison de Santé d'Alger.

Au mois de mai 1899, dans la campagne du département d'Alger, une petite fille âgée de douze ans assassina un petit garçon de deux ans. Le crime fut commis dans des circonstances telles que le tribunal hésita à croire à l'entière possession des facultés mentales de l'inculpée; à deux reprises différentes, des rapports médicolégaux furent demandés à divers médecins de Blida et d'Alger; c'est de la sorte que je fus appelé à connaître l'affaire que je vais raconter. Les antécédents de l'accusée, l'histoire du crime, ses mobiles, nos conclusions et enfin le jugement du tribunal formeront les divers chapitres de ce travail.

Thérèse K... est née à El... (Département d'Alger), le 27 août 1886; elle n'avait donc pas treize ans le 18 mai 1899, jour du crime. Elle est née d'un père arabe naturalisé et d'une mère espagnole.

Je signale à l'attention des anthropologistes ce fait d'une union matrimoniale entre un homme arabe et une femme espagnole produisant un monstre moral. Dans l'état présent, ces mariages entre mahométans et chrétiens sont excessivement rares; dans notre colonie d'Algérie, les deux races vivent côte à côte sans jamais se mélanger, la religion forme une barrière que ne franchissent presque jamais l'un ou l'autre des deux peuples; il faut dire d'autre part que les Espagnols qui habitent la colonie viennent pour la plupart des provinces d'Alicante ou de Malaga, provinces restées longtemps arabes; la plupart de ces Espagnols ont le type accentué de cette race.

Nous avons recherché dans les deux lignes paternelle et maternelle la présence d'aliénés ou de malades atteints d'affections nerveuses graves, nous n'avons rien, trouvé. Le père est un bon ouvrier, sain de corps et d'esprit, un très brave homme au dire de son patron; il buvait du vin à ses repas, un peu d'absinthe mêlée d'eau pendant les chaleurs de l'été, mais il n'était nullement alcoolique. Il était brutal et frappait souvent sa fille plus que de raison, mais il ne la frappait que lorsqu'elle le méritait, disent les témoins; jamais il ne lui donnait une correction pour le plaisir de donner des coups, jamais il ne l'a privée de nourriture.

La mère était une honnête femme; elle est morte il y a quatre ans laissant deux enfants, Thérèse, l'accusée, âgée de neuf ans, et René, âgé de six ans. Comme on le voit, rien dans l'hérédité directe ne peut donner lieu à une circonstance atténuante. Après la mort de la mère, les enfants vécurent à l'abandon; le père partait à son travail dès le matin, ne rentrait que le soir pour souper et se coucher, trop harassé de fatigue pour s'occuper d'eux; la petite fille s'est donc élevée seule. Chargée des soins du ménage, elle s'en acquittait fort mal; si elle ne recevait de son père ni soins, ni caresses, elle en recevait souvent des coups lorsqu'elle commettait quelque grosse sottise ou lorsqu'elle négligeait de préparer le repas du soir. Ce défaut d'éducation amena de tristes résultats; nous allons noter successivement les défauts qui se développèrent chez elle.

Elle devint méchante et même cruelle ; elle se plaisait à faire du mal; son jeune frère était souvent frappé; elle se vengeait sur lui des coups qu'elle recevait de son père; plus tard, ce frère, devenu fort, se défendait avec succès; il s'ensuivait de vraies batailles.

Elle devint voleuse; un jour à El..., elle prit dans le bureau d'une des parentes de sa mère une somme de deux cents francs en deux billets de banque; mais voyant le vol découvert, se croyant soupçonnée, n'ayant pas le moyen de changer, elle prit peur, et le lendemain, par la fenêtre ouverte, elle jeta la somme dans la chambre de la personne volée.

Une autre fois elle prit des vêtements qui séchaient dans une cour et qu'on ne retrouva plus; pour s'excuser, elle prétendit qu'une Mauresque les lui avait demandés comme sa propriété; mais la Mauresque se défend énergiquement de ce vol. C'est surtout son père qu'elle volait et trompait dans l'achat des provisions. D'autres petits larcins amenèrent des plaintes nombreuses de la part des habitants, en sorte que le maire d'El... fit écrire par le père une lettre au préfet d'Alger, pour demander l'internement de Thérèse dans une maison de correction. Cette démarche n'aboutit pas, malheureusement.

Se livrait-elle à la boisson? ce défaut, si elle l'avait, pourrait expliquer le crime dans une certaine mesure ; mais les témoins disent le contraire, sauf l'un d'eux qui prétend avoir vu l'inculpée en état d'ivresse; celle-ci s'en défend énergiquement. Il se peut malgré ses dénégations qu'elle se soit enivrée une fois ou deux par hasard, mais il ressort des dépositions qu'elle n'était pas alcoolique et qu'on ne doit pas rechercher de ce côté une explication à l'acte commis.

Parmi les autres défauts de l'enfant, nous en trouvons un qui, peut-être, nous donnera l'explication du crime commis, c'est le goût de la vengeance. Thérèse était très vindicative; lorsqu'elle avait été punie elle cherchait à se venger, sans s'inquiéter si c'était bien ou mal. D'autres races que les Corses ont dans le sang l'esprit de la vendetta poussé à ses dernières limites. Lorsqu'elle avait reçu des coups de son père, elle quittait le logis et ne reparaissait plus, passant ses jours et ses nuits à la belle étoile ou chez des voisins qui lui donnaient du pain et un abri mais ne pouvaient parvenir à lui faire réintégrer sa demeure; on ne dit pas qu'elle se conduisait mal, en vivant de la sorte à l'aventure; une fois elle resta quinze jours ainsi ne pouvant pardonner à son père, et se vengeant de lui, en le forçant à s'occuper de la cuisine et des autres soins du ménage.

Un jour, et nous insistons sur ce fait très grave (déposition de Melle P ... , sa parente), Thérèse ayant été frappée par son père plus fort que de coutume, vint furieuse se plaindre des mauvais traitements ajoutant qu'elle voulait se venger; elle demanda quels moyens elle pourrait employer pour empoisonner son père; ayant été chercher du vitriol dont on se sert dans la campagne pour le traitement des vignes, elle dit qu'elle allait lui en mettre dans ses aliments, qu'ainsi elle serait vengée ; on la gronda fort et on l'empêcha par des menaces de mettre son projet à exécution. Dans ses dépositions l'accusée dit qu'elle ne se souvient pas de ce fait, mais elle ne croit pas qu'il soit exact. Mais dans un autre moment, comme pour s'excuser de ces propos, elle dit que lorsque son père l'avait battue, elle perdait la tête et ne savait plus ce qu'elle faisait; j'insiste de nouveau sur ce caractère de Thérèse qui la poussait à la vengeance non pas pendant les heures qui suivaient les coups reçus, mais durant plusieurs semaines consécutives.

Relativement à ses mœurs, on ne sait rien et l'on ne dit rien de mal à El..., malgré ses vagabondages diurnes et nocturnes, malgré ses habitudes de dire des paroles et de faire des gestes obscènes; mais ici se place un fait des plus graves, et qui donnera peut-être la clef qui nous permettra d'ouvrir la boîte de Pandore où la jeune fille cache son secret. Un jour se trouvant à la ferme, sous le prétexte d'aller voir son père, elle rencontre un ouvrier italien occupé comme jardinier, elle le suit dans son logement; que se passe-t-il entre eux? Nous n'avons pour nous renseigner que le racontar de l'enfant; l'ouvrier la prit dans ses bras et la viola; était-elle encore vierge à cette époque? la chose est possible, malgré l'abandon complet où elle s'est trouvée. Comme nous lui demandons pourquoi elle ne s'est pas défendue, pourquoi elle n'a pas crié, elle répond qu'elle a été surprise et qu'elle n'a rien osé dire. Or le logement de l'ouvrier n'était séparé que par une mince cloison d'autres habitations, il suffisait d'un cri pour qu'on vînt à son secours. D'autre part si nous tenons compte du caractère vindicatif de l'enfant nous trouvons qu'à aucun moment elle n'a essayé de se venger. Comme enfin elle n'a raconté cette scène ni à son père, ni à personne, il est probable qu'elle en fut satisfaite. Elle eut d'autres rapports avec cet Italien, lorsqu'elle vint habiter la ferme avec son père, dans un logement presque attenant au sien. Lorsque nous l'interrogeons à cet égard, elle nous fait de la tête un signe approbatif qui est un aveu. Il nous a été impossible de retrouver cet individu malgré nos recherches et de compléter les aveux de la jeune fille. Depuis un certain temps le maire d'El..., voyant Thérèse devenir nubile et craignant qu'il n'arrivât quelque malheur, avait obligé son père à venir habiter avec ses enfants la ferme Salvator où il travaillait. C'est dans cette habitation que quatre mois après, se produisit le crime que nous allons raconter.

La ferme Salvator est située sur la commune d'H..., les bâtiments sont très importants; ils se divisent en deux groupes de locaux édifiés sur deux lignes parallèles et séparés par une véritable rue de huit mètres de large. Les bâtiments du côté droit se composent de vastes écuries et d'une série de logements occupés par des ouvriers; le dernier de ces logements est celui occupé par les époux G ..., les parents de l'enfant assassiné; l'avant-dernier est celui du père de l'inculpée; l'Italien Joseph en occupait un autre dans la même série. Tous ces logements ont la même disposition et la même orientation; toutes les portes donnent sur le même terre-plein. Les bâtiments du côté gauche se composent d'une maison de maître et à la suite d'un grand hangar sous lequel est installée une distillerie de géraniums. A un angle se trouve un bassin fait en maçonnerie de 50 mètres cubes de capacité, il est recouvert d'un béton sur voûtes et percé à un angle d'une trappe de 0 m. 80 de côté se fermant avec un couvercle en bois mobile; ce bassin a 1 m. 50 de hauteur. On y déverse les eaux chaudes d'un alambic à distiller des géraniums. C'est ce réservoir qui devint l'instrument du crime.

Thérèse K ... en venant habiter celte ferme trouva dans ses voisins les époux G ... de véritables amis et dans la femme G ... une seconde mère; dans ses dépositions, Thérèse déclare que cette dame a toujours été bonne pour elle, qu'elle la traitait comme son enfant, qu'elle lui donnait les meilleurs conseils, qu'elle lui apprenait à tenir son petit ménage, qu'elle lui apportait des bonbons et des friandises ainsi qu'à son frère René. Les époux G... avaient un petit enfant du nom d'Étienne, âgé de deux ans et demi, qui suivait souvent les enfants K... dans leurs jeux et leurs promenades autour de la ferme.

L'ouvrier italien Joseph prenait ses repas dans la famille G..., mais il y eut une brouille pour des comptes qu'ils avaient entre eux et comme d'autre part il ne faisait pas convenablement son travail, il fut renvoyé de la ferme par le propriétaire, sur les indications de G... Quelques jours après le crime fut commis; il fut prémédité; K ... René, frère de l'inculpée, déclare que depuis quelques jours, à plusieurs reprises, sa sœur Thérèse a tenté de jeter le petit Étienne G ... dans l'abreuvoir situé le long du mur de l'écurie et qu'elle avait toujours été dérangée par le va-et-vient des ouvriers de l'usine Salvator. Elle ne pouvait s'empêcher de parler à son frère de son désir de noyer l'enfant et elle le lui dit plusieurs fois.

Le 18 mai 1899 au matin, Thérèse K ... et son frère René sortent de leur logement et trouvent à la porte des époux G ... le petit Étienne à demi habillé et pieds nus ; ils l'entraînent avec eux à travers les écuries dans la grande cour de la ferme; en passant devant l'abreuvoir, Thérèse a l'idée d'y précipiter et d'y noyer l'enfant, elle le dit à son frère, mais à ce moment passent des ouvriers arabes qui mettent obstacle à son projet; alors l'inculpée, tenant l'enfant par la main et suivie de son frère René, traverse la cour et se dirige vers le bassin servant de déversoir aux eaux chaudes de l'alambic dont nous avons donné la description. Ce jour-là, arriver sur le réservoir était chose facile, car à côté, se trouvait un chariot rempli de tiges et de feuilles de géranium; Thérèse y grimpe tirant le petit Étienne après elle; de là ils passent sur la plate-forme du bassin. René K ... était resté au bas de la charrette dans un état de stupéfaction et d'effroi, parce que sa sœur, en montant, lui avait dit qu'elle allait noyer le petit G ... Thérèse écarte le couvercle de la trappe, elle prend l'enfant sous les aisselles, elle le suspend au-dessus de l'ouverture et le laisse tomber dans l'eau presque bouillante. L'enfant poussa deux petits cris en disparaissant, puis on n'entendit plus rien. Thérèse repousse le couvercle sur l'ouverture et repassant sur la charrette, elle redescend. Comme son frère restait là stupéfait et atterré, elle lui dit: « Si tu parles, je t'en fais autant ou je te coupe le cou. » Cette menace, elle la renouvelle plusieurs fois. Voici quelle est la déposition de l'inculpée. « Je reconnais le fait, j'ai volontairement jeté Étienne G ... dans le bassin contenant de l'eau chaude, sachant très bien qu'il mourrait instantanément. L'idée de tuer cet enfant m'est venue quelques instants avant, quand nous sommes partis, en voyant l'enfant me suivre et non pas seulement quand j'ai été sur le bassin, je reconnais que cet enfant ou ses parents ne m'avaient jamais fait de mal ; je m'amusais souvent avec lui et l'aimais; je ne puis m'expliquer comment l'idée de le tuer m'est venue; parfois je ne sais plus ce que je fais, par exemple quand mon père me bat. » D. - « A quel mobile avez-vous obéi en tuant cet enfant?'' R. - « C'est une idée qui m'est venue ainsi. » - D. « Est-ce la curiosité de voir ce qui se passerait quand il serait dans l'eau ». R. - « Oui ». D. - « N'aviez-vous pas l'intention au moins de le retirer· immédiatement après? » R. - « Non, j'avoue avoir voulu le faire mourir.»

À la suite de cet acte terrible, Thérèse n'éprouve aucun remords, aucune émotion, aucune peur; elle ne se cache pas, elle n'évite pas la vue des parents. Avec le plus beau sang-froid elle rentre chez elle en passant devant la porte du logis des époux G .... « En voyant revenir Thérèse sans mon enfant, dépose la mère, je lui ai demandé ce qu'elle en avait fait. Elle m'a répondu : - Que voulez-vous que j'en aie fait? Et avec un geste vague : Il doit être par-là, je l'ai laissé dehors. Un moment après, elle me dit qu'il était parti avec M. Jean C ... sur la voiture de ce dernier. J'ai été immédiatement bouleversée en ne voyant pas mon enfant qui, n'ayant que vingt-cinq mois, ne prononçait que quelques mots et ne bougeait jamais de la maison; j'ai fait des recherches et Thérèse K ... en a fait avec moi, me disant et me faisant dire par son frère René qu'il était avec les ouvriers sous les grenadiers. J'ai continué mes recherches en pleurant et des Arabes m'ayant dit qu'ils l'avaient vu descendre du côté du bassin avec Thérèse, j'ai encore questionné cette dernière, - Êtes-vous folle, nous sommes allés aux fèves, nous sommes revenus et j'ai laissé votre enfant devant la porte; s'il lui était arrivé quelque chose je vous l'aurais dit.» Les recherches ont continué toute la journée du 18. Thérèse n'a pas quitté la mère. Dans la journée, M. G ... , le père de l'enfant, revint de Blida, apportant trois gâteaux, l'un pour son fils, les deux autres pour Thérèse et son frère. L'accusée prenant alors les gâteaux dans les mains et les montrant aux parents qui pleurent « Pauvre Étienne qui ne mangera pas les gâteaux; qui sait où il est? » « Vers le soir je renvoie Thérèse chez elle, dit Mme G ... , mais vers 8 heures elle revient me trouver, me conseillant d'aller brûler de l'encens et des bougies sur la tombe d'un marabout enterré près de la ferme; déterminée à tout pour trouver mon enfant, je l'ai suiv-ie, et, accompagnées d'une femme mauresque, nous sommes allées à cette tombe. Si j'insiste sur ce point, c'est pour vous montrer à quelle comédie s'est livrée cette fille. » Enfin le lendemain le jeune René qui, malgré son âge, avait l'air soucieux depuis la veille, touché par les pleurs et les lamentations de la mère, appela à l'écart celle-ci pour lui dire : « Étienne est dans le bassin, c'est ma sœur qui l'y a mis.» «Je suis partie comme une folle, criant «le bassin, le bassin», sans savoir ce que je faisais; je me suis précipitée vers Thérèse pour l'écharper; à cet in-stant elle a nié avoir jeté mon enfant dans le bassin. Des ouvriers y sont allés et ils ont découvert mon fils, la tête en bas et les pieds en l'air. » La gendarmerie, arrivée bientôt sur les lieux, interrogea Thérèse qui avoua sans difficulté avoir commis le crime. Elle n'a cessé de persister dans ses aveux et, invitée à indiquer le mobile de sa conduite, elle a invariablement répondu : « C'est une idée qui m'est passée par la tête. » « Elle a même reconnu que cette fatale idée n'avait pas germé soudainement dans son esprit, mais qu'elle avait appelé Étienne, l'avait entraîné vers le bassin, l'avait hissé sur la plate-forme, l'avait précipité dans le réservoir avec l'idée arrêtée de le faire mourir.

L'autopsie démontra que le cadavre ne portait aucune trace de coups et blessures et que la mort était survenue presque subitement par suite de l'immersion dans l'eau très chaude.

Les mobiles du crime. – Transportée à la prison de B ... , Thérèse K ... voit son procès s'instruire et le 10 juin 1899, le juge d'instruction de celte ville renvoie la susnommée devant la Chambre des mises en accusation sous la prévention de meurtre. Mais, attendu que les circonstances du crime, l'attitude de l'inculpée, son âge, les précédents exemples de sa perversité précoce, les déclarations contradictoires des témoins sur son état mental, commandent de rechercher si elle est indemne de toute influence morbide, et pour ces motifs, la Cour ordonne un supplément d'informations. Le Dr F... commis pour procéder à l'examen de l'état mental, après avoir donné les preuves de la parfaite lucidité de l'accusée, termine son rapport par ses mots. « En résumé Thérèse K ... est très intelligente pour son âge ; elle a la notion complète de la responsabilité de ses actes. Son discernement est plutôt supérieur qu'inférieur à celui des enfants de son âge. Les mobiles de son crime étant absolument inexplicables, il y a lieu de se demander si elle n'a pas agi sous l'influence de conseils pernicieux ayant eu sur elle l'efficacité d'une véritable suggestion irrésistible. »

L'hypothèse de notre confrère, suggestion par conseils pernicieux d'un personnage inconnu, n'est pas confirmée par les dépositions des témoins; en compulsant toutes les pièces de la procédure, nous ne trouvons rien de semblable. D'autre part, l'inculpée ne cesse de déclarer qu'elle n'a reçu aucun conseil, qu'elle n'a subi aucune pression morale, faible ou forte, ayant pour but de la pousser au crime. Celte hypothèse doit donc être écartée, mais nous retiendrons de ce rapport l'ensemble des preuves concernant la parfaite lucidité d'esprit de Thérèse.

Enfin la Cour d'Alger se trouvant insuffisamment éclairée commettait par arrêt du 21 novembre ,1899 MM. les Dr Cochez aîné et Rey, médecins des hôpitaux et professeurs à l'École de médecine, et M. le D' Rouby, directeur de la maison d'aliénés d'Alger, à l'effet d'examiner l'inculpée, de procéder à l'examen de son état mental et de rechercher quel est le degré de responsabilité pénale de l'acte qui lui est reproché. Voici un résumé de leur rapport ; on y trouvera les mobiles du crime. Thérèse est d'une petite taille, pour son âge, mais bien conformée;

les yeux, bien placés, sont noirs, vifs, et intelligents, et ne présentent aucune trace de maladies anciennes ; si on ajoute un air simple et modeste, un maintien gracieux, on voit immédiatement que l'inculpée n'a pas l'aspect ordinaire des êtres dégénérés. Comme dans son interrogatoire certaines réticences de sa part nous font supposer qu'elle n'est plus vierge, l'examen des organes génitaux nous paraît nécessaire; il est fait par un de nous M. le Dr Rey, en présence de la directrice du Lazaret; on constate que l'inculpée n'a plus sa virginité; que la défloration remonte à quelques mois; qu'elle est complète, bien que les organes ne soient pas arrivés à leur entier développement; qu'il n'existe aucune trace de maladies vénériennes; que les règles n'existent pas encore.

Les nombreux et longs interrogatoires que nous avons fait subir à Thérèse nous ont prouvé l'intégrité de son état mental ; l'accusée ne présente aucun signe apparent de folie; son intelligence est très développée; sa mémoire sans perte, ni diminution; son raisonnement parfait. Elle dit ce qu'elle veut dire, sans jamais se couper. Son crime a été commis d'une façon très intelligente; elle a pris toutes les précautions pour n'être pas vue: depuis plusieurs jours il était prémédité, mais elle a attendu le moment favorable; sa seule faute a été d'en parler à son frère, croyant qu'elle !e rendrait muet par la terreur; l'assassinat commis, combien Thérèse fait preuve d'habileté pour empêcher que les soupçons ne se portent sur elle! Elle entoure la mère désolée de consolations; elle l'aide dans ses recherches; elle lui conseille cette scène nocturne sur le tombeau du marabout. Si son jeune frère n'avait pas parlé, peut-être le petit cadavre, se décomposant vite dans l'eau bouillante sans dénoter sa présence par l'odeur des corps en décomposition, n'aurait jamais été retrouvé. Lorsque nous aurons dit notre pensée sur la cause probable du crime, on verra mieux encore que Thérèse K ... savait parfaitement ce qu'elle faisait en le commettant et que son cerveau jouissait alors de toutes ses facultés.

Si dans les pièces de procédure nous cherchons la manière de voir des témoins et des magistrats sur l'état mental de Thérèse, nous voyons que tous s'accordent à dire qu'elle jouissait de la plénitude de ses facultés.

Mais il existe des formes de folie qui permettent à des aliénés véritables, mais non reconnus comme tels par ceux qui les examinent d'une façon superficielle, de perpétrer des crimes dont ils ne sont pas responsables. Comme, chez la jeune inculpée, on ne trouvait pas un seul motif plausible à son épouvantable forfait, on a supposé qu'elle pouvait l'avoir commis sous l'influence morbide d'une folie cachée, comme l'épilepsie larvée, l'hystérie, la manie homicide, la folie morale. Nous allons rechercher si Thérèse K... est atteinte d'une maladie semblable.

L'épilepsie est une cause fréquente de crimes, mais les malades atteints de cette maladie les commettent toujours de la manière suivante: l'acte n'est jamais prémédité, il est d'une extrême violence; il se produit instantanément, comme si un ressort intérieur partait subitement et faisait agir le malade ; le coup frappe une personne quelconque qui se trouve là par hasard, le premier instrument venu rencontré sous la main sert à frapper. Le lendemain aucun souvenir ne reste de l'acte commis. Cela ne ressemble en rien à la manière de faire de Thérèse.

L'hystérie est une cause fréquente de petits méfaits, de vols par exemple, beaucoup plus rarement d'assassinat; comme la chose est possible pourtant nous avons recherché avec beaucoup de soin cette maladie chez Thérèse K ... nous ne l'avons pas trouvée; M. le Dr Cochez a fait à cet égard un examen des plus sérieux sans découvrir aucun symptôme ; pas de maux de tête ; pas de constriction du gosier, pour empêcher de manger ou de respirer, pas de palpitations, pas d'étouffements, pas de douleurs gastralgiques, pas de constipation, aucun trouble de la motilité comme des paralysies partielles; aucun trouble de la sensibilité, comme la boule hystérique, les joues insensibles, les envies fréquentes d'uriner; pas d'hallucinations ou autres perversions des sens. La folie hystérique vient en dernier lieu dans le cycle des symptômes de l'hystérie, par conséquent avant le crime, commis dans un accès de folie hystérique, d'autres symptômes auraient éclaté et auraient été visibles chez l'inculpée.

On doit écarter aussi toutes les formes de folie homicide, avec délire de persécution par exemple, dans lesquelles les malades, heureux de leur acte, délirent à ce sujet et donnent des preuves éclatantes de déraison.

Reste la folie morale : cette forme se rencontre toujours chez des héréditaires, chez des fils d'aliénés, d'épileptiques, d'hystériques; chez les fils d'alcooliques aussi, souvent, il y a prédisposition héréditaire au crime, le père était voleur, le fils est voleur·; le père était assassin, le fils est assassin, cela maladivement. Ils subissent très vivement une impression qu'ils ressentent; ils subissent irrésistiblement un entraînement à commettre un acte mauvais. Le caractère psychique de la maladie est que le dégénéré est privé de la possibilité de diriger ses actes. De plus un malade atteint de folie morale n'est pas un homme comme un autre: on ne dira pas de lui, il est vrai, qu'il est aliéné, mais qu'il est un peu détraqué, qu'il a une petite fêlure au cerveau. En le faisant parler on ne tarde pas à voir paraître chez lui des idées fixes, des illusions étranges, des erreurs nombreuses, son amour-propre est exagéré presque toujours d'une façon extrême, il ne faut pas y toucher; presque toujours quelques accidents nerveux dénotent des troubles plus ou moins marqués de la sensibilité générale. On voit que Thérèse n'entre pas dans le cadre de la folie morale; elle n'est pas héréditaire, elle n'a aucun caractère des dégénérés ni dans la conformation physique ni dans l'état moral; elle n'a pas été entraînée irrésistiblement à commettre son crime; elle n'a pas été privée de la possibilité de diriger sa conduite; elle n'a pas présenté les symptômes bizarres ou incorrects qui se rencontrent toujours chez les individus atteints de folie morale. Donc pour nous Thérèse K ... n'est pas atteinte d'aliénation mentale.

Pour appuyer cette conclusion nous avons dû rechercher dans un autre ordre d'idées la cause du crime, c'est dans les passions de l'enfant, non dirigées, non refrénées, se développant comme à l'état sauvage que nous croyons avoir trouvé le mobile de son acte. Ce n'est pas la jalousie qui a été la cause de ce crime inexplicable, Thérèse n'était pas jalouse de sa victime le petit G ... , toutes les dépositions viennent à l'encontre de cette supposition. " Je me creuse la tête, dit MmeG ... pour trouver le mobile auquel a pu obéir l'inculpée en tuant mon enfant, et j'ai fini par me demander si Thérèse n'aurait pas été poussée par la jalousie; mais pourtant je ne me rappelle aucun fait qui me permette d'affirmer cela. Au contraire elle était toujours très bien reçue chez moi, je lui faisais part de tout ce que j'avais et la guidais continuellement de mes conseils, etc. »

Le père de l'accusée dit aussi qu'il a pensé que Thérèse avait pu commettre son crime sous l'influence d'un sentiment de jalousie, mais que cette idée n'est appuyée sur aucun fait, sur aucune parole pouvant en fournir la preuve.

Disons d'autre part que les époux G ... ont deux autres enfants sur lesquels leur affection pouvait se porter.

Enfin Thérèse interrogée répond : « Je vous assure que ce n'est pas la jalousie qui m'a fait agir. »

Retenons cette réponse; Thérèse en parlant ainsi avoue implicitement un autre motif. Ce motif est-ce la vengeance? Nous le croyons. Thérèse aimait l'Italien Joseph, elle nous déclare qu'elle s'est livrée à lui plusieurs fois; elle parle bien de viol; mais elle ne s'est plaint de la chose à personne. Tout à coup cet Italien a des discussions d'argent avec _Mme G ... , il quitte la ferme du fait des époux G ... ; d'autres jeunes filles auraient pleuré, auraient fait des scènes; Thérèse renferme sa colère; rappelons-nous ses épouvantables idées de vengeance contre son père pour de simples coups reçus; et l'on comprendra que les mêmes sentiments se soient développés, dans son âme, avec une intensité bien plus grande pour la blessure faite à son cœur.

Il faut qu'elle se venge du mal que les époux G ... lui ont fait sans le savoir; elle va les frapper dans l'endroit le plus sensible, dans leur enfant chéri. J'ai voulu faire pleurer Mme G ... , dit-elle dans une de ses dépositions, elle dit en ce moment la vérité; ce crime, elle l'a voulu, elle l'a prémédité depuis le départ de l'ouvrier italien, et si elle n'a pu s'empêcher d'en parler à son frère chaque jour, c'est que sa rage intérieure ne pouvait se contenir. - Telle est notre conviction. Thérèse K. a commis un crime passionnel sous l'influence du défaut principal de son caractère, la disposition à la vengeance.

Les circonstances atténuantes ne doivent pas être recherchées dans son état mental, mais dans son éducation livrée au hasard, dans l'abandon où elle a vécu pendant les années d'enfance, dans l'absence d'une direction familiale nécessaire.

Thérèse n'était pas atteinte d'aliénation mentale, lorsqu'elle a commis son crime; elle jouissait de la plénitude de ses facultés, et elle est responsable de l'acte qui lui est reproché.

Le 5 mai 1900 Thérèse passa devant les assises ; notre rapport avait amené un supplément d'instruction; l'inculpée avait avoué que Joseph C ... était son amant, et qu'elle croyait qu'il avait été renvoyé du fait des époux G ... ; c'était par esprit de vengeance, qu'elle avait commis son crime. L'avocat ne put que plaider la folie malgré notre rapport. Les questions posées au jury furent les suivantes:
1° L'accusée est-elle coupable de meurtre? Réponse : « Oui. »
2° L'accusée étant âgée de moins de seize ans, a-t-elle agi avec discernement ? Réponse : « Oui. »
Des circonstances atténuantes furent accordées. La Cour condamna Thérèse à sept ans de réclusion dans une maison de correction.

Dr Rouby

Archives D'Anthropologie Criminelle de Criminologie et de Psychologie Normale et Pathologique Tome seizième -1901- n°93- p.270-281.

Texte disponible dans:
Frénésie, n°6 Automne 88 p.62
et sur le site Criminocorpus
https://criminocorpus.org/fr/bibliotheque/doc/16/

Pierre François Adrien ROUBY (1841-1920)

Pourfendeur de l'illusion religieuse, fervent républicain, créateur de la Maison de Santé d'Alger et grand collectionneur d'œuvres d'art, le Dr.Rouby fut un notable estimé de l'Alger de la fin du 19e et du début du 20e siècle. Il a été dans les premiers, à une époque où les théories raciales commençaient à prendre une sinistre importance, à prôner l'union des races par la suppression des religions. Il considérait que ces dernières étaient le principal obstacle à la «Société des Nations» qu'il appelait de ses vœux. Il éditera d'ailleurs une revue, *«L'Union des Races»* destinée à diffuser ses idées. Il fut aussi à l'origine d'une réflexion approfondie sur la situation des «indigènes» souffrant de troubles psychiatriques. Il collecta des fonds afin que ces malades puissent êtres soignés sur place, en Algérie, et non plus déportés dans les mouroirs du sud de la France. Son action sociale, par le biais d'une participation active aux diverses structures associatives de la ville se démarquait de la simple charité bourgeoise en ce qu'elle s'appuyait sur une véritable réflexion sociale et politique. Pour finir, son goût pour l'art le conduisit à être le mécène de plusieurs artistes et à constituer une importante collection représentative de la production artistique algérienne de l'époque.

Son «double», le Docteur Rollet est plus jeune que lui d'à peu près quinze ans.

www.totejacquier.fr
ISBN: 978-2-9537240-3-5